二嫁得好

4

完

文創風 393

小餅乾 著

目錄

第六十一章　生產

八月二十，是院試的日子。

八月初十，田慧的預產期已經過了，只是肚子裡好似半點兒動靜都沒有。田慧的行動越發困難，腳背都腫得厲害。

這幾日，楊立冬在外頭的事兒都已經準備好了，就等著到了農忙的時候，百姓去服徭役。

楊府早就已經請好一個接生婆，就是在康定城裡的御醫也被請了來，常住楊府。

梅御醫對於換個地方住，適應得很快，但凡是秦氏給準備的東西，梅御醫一貫都說。「好，挺好的！」極好伺候。待得欣喜地發現鎮上的「石頭宴」，就是楊府的鋪子時，梅御醫掐著飯點兒就往鋪子裡鑽，根本就不用人招呼。

楊知故一開始並不知情，只道是這個老頭兒好生能吃，「石頭宴」的石鍋石碗都是大份兒的，可是梅御醫每日都是一個人來，點個兩份菜，可是每回在楊知故轉背招呼別的客人，等一回過神來，這老頭兒就已經用完，腆著肚子招呼著結帳了……

只過了兩日，楊知故就將人給記住了。

楊知故時常會去楊府送些點心，或是今日多出來的肉菜。總之，秦氏現在也已經是大門不出、二門不邁，就守在楊府，說不準哪一日田慧就要生了。

說來也巧，這日，楊知故是想著趁鋪子還沒開門，將新鮮的肉食送點兒來，可巧了就碰上正打算去「石頭宴」訂一份石鍋雞的梅御醫。

「你不是那掌櫃的？石頭宴！」吃了好些日子，若是連鋪子名字都記不住，就有些說不過去了。實在是這個名字，太好記了些，一看就不是讀書人的手筆。

楊知故是知道楊府住了個御醫，不過他哪知道鋪子裡的那個「大肚」的老頭兒就是特意請來的御醫，壓根就對不上啊！

待得梅御醫知道「石頭宴」就是楊府的鋪子時，梅御醫差點兒悔得腸子都青了。「唉喲，我的銀子——」

不過，楊立冬將銀子捧到他面前的時候，梅御醫就翻臉了。「難不成我在楊將軍的眼裡，就那麼缺心眼？」

吃貨也是有尊嚴的，惹得楊立冬哭笑不得。

「往後就不用準備我的飯菜了，我都在石頭宴裡吃著就好，我在那兒吃著挺好的，別擔心我。」

後來不知道怎麼的，南下鎮的都傳開了，一位醫術高深的御醫，竟是每日都待在「石頭宴」裡點上幾個菜，吃上一、兩個時辰，盆盆見底。

原本，梅御醫只是點個兩個菜，楊知故自打知道了這是特意請來的御醫後，熱情了不少，梅御醫照例還是點上兩個菜，但楊知故都會再多弄了一盆菜。

自打天氣熱了以後，這石鍋雞就不大做了，除非是客人要求的，改添了不少的石鍋乾雞、石鍋煎魚。

不過，梅御醫看著一位客人吃了石鍋雞後，第二日也要來一份，自打嘗過了之後，就念念不忘，給惦記上了。

田慧這些日子吃得越來越少，已經不吃肉了，這讓一個資深的肉食動物，情何以堪。每日散步的時間，也越走越多。

「好了，你們別圍在這兒了，我就是隨便走走——」田慧看著遠遠在石桌旁坐著站著、蹲著的那幾人。

只要田慧一停下，就會一個個殷切地望著田慧。「怎麼了，哪兒不舒服了，是不是要生了？」

接生婆自打兩個月前被楊府定了後，八月初就不再接其他的孕婦。

住進了楊府後，接生婆可算是見識到楊府了，果真無半個下人，唯一一個下人，還是梅御醫給帶來的小藥童。這會兒，聽說這楊府的大少爺都要去康定城考秀才了，每日還一刻不落地盯著他娘散步，就是趕都趕不走。

「無事兒，看樣子還沒到！」接生婆笑著道。

田慧被接生婆笑得微窘。「你們這是都沒事做了嗎？天天看著我做啥？」

田慧故作輕鬆，雖說這身子已經生了兩兒子，但是她沒有實際生過啊！這幾日來，隨著肚子越來越大，眼見著就要臨盆了，這些日子，她每晚上都要起個好幾回，真真就是吃不好、睡不好。就是低著頭，也看不到腳背了，布鞋都已經是鬆鬆垮垮的，鄭嬸子給做的布鞋大了好幾個碼，這才不會包著腳背疼。

就是夜晚睡得好好的，肚子裡的這個小傢伙，一看就不是老實的，有時候好不容易睡得好了，就在肚裡左踢右踹的，田慧頭一回又沒啥經驗，還以為這是要生了。

後來有經驗了，田慧就瞇著眼睛，將手放在肚子上，嘀咕上幾句，小傢伙衝著田慧貼在肚子上的手輕輕地踹個幾下，就安靜下來了。若是放上的是楊立冬的手，那肚子上到處都是一鼓一鼓的，田慧疼得直抽抽，如此來了幾回，她怎麼都不肯讓楊立冬伸手了。

楊立冬笑得討好。「我這不已經許久不在家了，就是將事兒都給辦好了……」

田慧瞪了楊立冬一眼，發自心裡，田慧還是盼著楊立冬能陪著自己的，實在是她心裡也沒啥底啊，聽說，生小孩可是到鬼門關裡走上一遭。

「兒子，你們去康定城吧。我這肚子啥時候有動靜又說不準，你們早點兒去康定城準備準備，這心裡也有個底兒。反正待在這兒也沒啥用，這不就是瞎等著嗎？」

田慧循循善誘，企圖對著圓子說道理。

圓子的性子，說來一向固執，甭管田慧如何說，就是有時候應得好好的，等回過頭依舊是我行我素。也幸虧圓子還是個講理的，否則田慧平時可沒費啥心思讓圓子「向善」！

「娘，我們在城裡，若是總惦記著娘有沒有生了，就是看書也看不進，還不如待在家裡，到了十八那日下午再去康定城，休息一日，二十就能精神抖擻地參加考試了。」圓子早就想好了說辭。

田慧無法，瞪了幾人一眼，就開始繞著牆腳散步了。

這已經八月了，院子裡種著的蔬菜都能吃了，雖說種類並不多。不過，楊府如今吃的蔬菜，都是自家種的，若是「石頭宴」有當日沒用完的蔬菜，也會送到楊府來，雖然留得卻是不多。「石頭宴」每日採買的肉菜，都是定量的，所以鮮少會有餘菜送到楊府來。

走了一圈，田慧又是瞪了一眼，還沒開口，團子就搶答道：「娘，您別替我們擔心了，若是就因為去得晚了，連秀才也考不上，那是我們自己學識不精。早去康定城的，大多都是路遠，或是怕沒地兒住，我們反正有地兒住，早去晚去都一樣。那康定城，又不是靈氣充裕，早去多吸幾口靈氣，就能中個秀才，我還真不信了！」

田慧看著團子，不知道這小子哪兒來的自信，這幾回，這三人中，可就是團子的成績堪憂。

「行了，就你不知道哪兒來的自信，看書去，都看書去！」田慧將人打發去了書房，自己慢慢悠悠地在院子裡踱著步，院子裡突然多了不少的石桌石凳。

八月十七，一大早，楊府的門口就停了一輛馬車，錢氏「指揮」著楊知故將東西都給搬下來，大包小包的。

她一進門就開始咋咋呼呼。「有沒有生了？待在村子裡，我就聽著人來報信兒，這左等右等都等不到，我只能一早就跟著知故過來了。這來了看到人才放心。」

「可不就是，得急死了！」秦氏看到了老姊妹，這心裡也算是放心了些。

「待在肚子裡一日，可是抵得上外頭十天的。當初我生知情她們的時候，可不就是都晚了好些日子的，咱哪算得準這要出來的日子，等著就是了！」錢氏寬慰道。

秦氏算是放心了，錢氏生了五個孩子，可都是平平安安的，可見著真是有經驗的。

田慧起得晚些，用了粥，笨拙地挪著身子走進了待客堂。

見著田慧進來，秦氏兩人也不再說田慧的肚子，生怕給田慧增加些壓力。

「知故這小子也不小了，聽慧娘說，知故那掌櫃做得還像模像樣的，不說旁的，今年都已經十九了，若是不想成親，就先訂了親，過幾年再成親也是行的。」錢氏說起這個就愁苦。昨晚，錢氏扯著楊知故說了一整晚，不過甭管錢氏說盡了口水，楊知故就是不鬆口。

這讓秦氏想起了楊立冬那會兒。「知故這會兒心思還不在親事上吧，妳先慢慢看著，若是有合適的，就讓知故回去相看相看。當初，冬子不也是如此……」

秦氏沒有說下去的是，楊立冬是如何攬黃了那些相親的，也不知道為何，後來就認準了田慧，千方百計地想將人給娶回來。

錢氏盯著楊立冬看了下。「你們說，這知故，會不會，真有中意的姑娘？」

驀地，田慧站起身。

「怎麼了，是有哪兒不舒服嗎？」秦氏也慌得站起身。

田慧紅著臉，搖搖頭。「我就是想、想如廁——如廁而已——」

虛驚一場。

「慧娘，別去茅房了，到妳屋子裡的那個恭桶去上吧，一會兒我倒就是了。」秦氏看著田慧這大肚子好些懸心，若是掉進茅廁裡，真是不敢想吶。

田慧紅著臉應了。「嗯，我晚點兒自己倒，若是連這事兒都要娘做，那我就真沒臉了……」這恭桶也不算是太重，雖說她屋子的恭桶，都是楊立冬趁著天沒亮就去倒了。不過，田慧仍是不敢讓秦氏去倒。

「這有啥的，等妳生了，還不是得給妳倒，不過是早幾日、晚幾日而已。」秦氏毫不在意。這事兒錢氏也是做過的，孔氏這回生的時候，家裡又沒人伺候，可不得凡事都自己做著。

一出待客堂，楊立冬就伸手扶住田慧。「急不，要不我抱著妳去？」遭到了田慧的瞪眼。

「你怎麼不說把恭桶給弄過來，更加便利些！」田慧咬牙切齒。

「嘿嘿，我就是怕妳等不及了。」楊立冬傻笑著。「我就是替妳著急！」說完，還覺得挺似那麼一回事兒的。

這尿急，越是想著說著，就越急……

田慧想哭了。

她乾脆閉了嘴，可是那頭楊立冬卻是不死心。「怎麼不說話了，是憋得急了？娘說了，有了身子，都是憋尿憋不住的。」

「閉嘴！」田慧怎麼都不明白，這母子倆難不成平日裡就沒事兒做了，光是想著說著這有了身子的各種症狀，這得說到啥程度才能說到憋尿？

楊立冬看著田慧臉色鐵青。「該不會是憋尿將兒子給憋出來了吧？娘沒有跟我說過這事兒，慧娘、慧娘，怎麼辦、怎麼辦？」

楊立冬哆嗦了，竟是連話都講不索利了。兩隻手顫抖地扶著田慧，連帶著田慧都被扶得顫顫巍巍的，差點兒將尿給哆嗦出來了。

「冬子哥，求求你行行好，我就是想如廁，你別折騰我成不？我若是一個人走，早就走到了，這會兒你拉著我不讓我走，你到底是想咋的！想讓我尿褲子？嗯？」田慧差點兒給急哭了。她已經肯定楊立冬這是故意的吧？不是故意的為何死拉著她？明明知道她好些著急的。

「哦、哦——那趕緊走、趕緊走！」楊立冬嚇得臉色鐵青，拖著田慧走。

天啊——

好不容易到了恭桶前，田慧邊撩衣衫邊趕人。「冬子哥，你先出去——」

楊立冬這會兒倒是沒囉嗦，直接去了屏風外頭。

噓——

可算是有驚無險。

田慧坐在恭桶上，不想起來了，剛剛承受的壓力實在是太大了些，生平第一次差點兒尿褲子，要不是她強大的意志力，早在她壓低了聲音暴吼的時候就擠出來了。

可是，這會兒是怎麼回事兒？尿不盡了？

田慧似是想起了什麼，猛地站起來。「冬子哥——」

楊立冬正「豎耳傾聽」，就是田慧噓噓的聲音也沒漏過，一聽到田慧呼喚自己，趕忙繞過屏風。「怎麼了，是腿麻了起不來嗎？」

田慧扶著邊上的護欄，嚇得不敢動。「冬子哥——」她驚恐地喚著。

楊立冬一轉過來，就看到田慧「衣衫不整」，腳下頓了一頓。「怎麼了，慧娘？是要、要生了嗎？」

田慧點點頭。「好像是的——」

「我去叫人！」楊立冬轉身就要出去。

「等等，冬子哥，先幫我把褻褲給穿好吧，我腿麻了。」田慧趕忙叫住楊立冬，若是讓人看見了自己這副模樣……

楊立冬一步跨過來，小心地給田慧將褻褲穿上，一件件地穿好……「別怕、別怕，咱家裡頭啥都有、啥都有……」也不知道是說給田慧聽的，還是給自己聽的。

聽著楊立冬一直碎碎唸，重複說著這幾句話，田慧不知怎的，心裡驀然安穩了。

田慧推了把楊立冬。「冬子哥，我沒事兒，你去叫娘吧——」

楊立冬衝出屋子，站在屋子門口大吼。「娘，慧娘要生了——」連吼了幾遍，就轉身跑了回來。

看見田慧正一步步地挪著出了屏風後，楊立冬皺著眉頭。「腿還麻不？我扶妳，別怕、別怕……」

產房就設在正屋的右首，還自帶了間耳房。

接生婆是最先過來的。「可是要生了？」看著田慧走路的姿勢極為怪異，問完話就撩起田慧的裙角，自言自語道：「羊水已經破了。」

待得田慧到了耳房的門口時，這人都過來了，楊立冬那幾聲吼聲，將府裡的人都給喚了來。得了接生婆的吩咐，燒水的燒水、弄吃的弄吃的。

「要不將那支人參也給拿出來？」楊立冬聽縣尉夫人說過，她生她家姑娘的時候，差點兒難產，還虧得含著參鬚，得了後勁兒，才將姑娘生了出來。

為此，楊立冬特意拐著彎兒向趙菜子要了支兩、三百年的人參。

「拿來、拿來，有備無患、有備無患！」秦氏也著急了，她自己生楊立冬的時候，就驚險萬分，這會兒看著兒媳婦要生孫子了，這心都噗噗地跳，也虧得一直抓著錢氏的手，這手心直冒汗。

錢氏畢竟有經驗，孔氏才生完兩個來月。「別急、別急，福嬸他們已經去燒水了，福叔也到石頭宴去尋梅御醫了。慧娘這會兒羊水才剛剛破，等生出來還早著呢，不慌不慌！」

錢氏將秦氏領著往耳房裡帶，田慧已經躺在木板床上，只是呼吸有些沈重。

「慧娘，怎麼樣，感覺如何？」秦氏撲在床沿，緊張地抓著田慧的手。

田慧被抓得手疼，這得花了多大力氣抓的？這母子倆都是一個樣兒——田慧竟是有些哭笑不得。

接生婆試著將握住田慧另一隻手的楊立冬趕出去。「好了好了，出去吧，這會兒離生還早著呢。男人是不能進產房的，出去、出去，外頭等著去！」

圓子三人一陣風似地跑了進來，看見耳房外頭一個人影都沒有，想也不想地就往耳房裡鑽。

「娘，您這是要生了嗎？」團子大聲喊道。

小小的耳房裡圍滿了人，很嘈雜。

接生婆趕了一個，溜進來幾個，很是無奈，不由得拔高聲音道：「出去、出去，這樣子沒法生小孩了，別添亂、別添亂。這幾個小子還要考科舉呢，產房不潔。小子不懂，妳們都老人了，難不成還不懂！」

秦氏這才回過神來，將人都趕了出去。「你們外頭等著啊，你們娘沒事的、沒事的啊，奶奶看著呢！」

楊立冬說道：「娘，您別添亂啊。聽接生婆和錢嬸的，她們有經驗！」

總之，求靠譜些。

福嬸兩人一人端水，一人拿著碗糖煮蛋往耳房裡送。

楊立冬挨著窗戶紙聽著裡面的聲音，聽到田慧還能好好地說話，才算是鬆了口氣。

田慧有些無力地躺在床上，因著如廁的事兒給花了好大一番工夫，真的是用生命在如廁！

「楊夫人，您可不能睡著了，要不下地來走走？」接生婆看著有些乏力的田慧，給嚇得不輕，這還沒開始生呢，聽說這可是楊將軍的府上！

錢氏一看田慧狀態不對，暗道不好！「慧娘，下地來、下地來，穿上鞋子，咱走走說說話兒！妳想這胎是兒是女呢？我聽妳娘的意思倒是盼著是個孫女兒，孫女兒可不就是小棉襖，又貼心！」錢氏撿起地上的布鞋，往田慧的腳上套。

「嬸子，讓我喘口氣唄，我就想躺會兒。」田慧被接生婆給架了胳肢窩，無奈坐了起來。「若是小棉襖倒是好的，要是生個軍大衣，那可真的悔死了！」田慧隨意地說著，肚子也就剛剛那會兒疼了一陣，這會兒跟個沒事兒人一樣。

錢氏附在秦氏的耳邊。「那人參去準備好，切成一小段、一小段的，弄個兩、三片來，先放著。」

秦氏的心一凜，點頭出去了。

接生婆接過鄭嬸子手上端著的糖煮蛋。「楊夫人，先吃點兒東西吧，一會兒還得花力氣呢。」

田慧就這樣子被要求站著吃完了整整一大碗的糖煮蛋。

「唔——」過了好一陣，田慧才感到痛意襲來。「我能不能躺下？好疼——」

「不行，妳繞著屋子裡走走，讓妳嬸子扶著妳走走、走走，多走走，適應了就好了，一會兒就不疼了！」

田慧無法，手貼著下肚，疼得冷汗直冒。

呼——好不容易陣痛過去了。

「一會兒痛得更頻繁些，再到床上躺著，現在還早，要不再吃點兒東西，攢點兒力氣。」接生婆就想著給田慧找點事兒做。

田慧搖頭，趁著這會兒肚子不疼，她只想好好地呼氣吸氣。

「唔——疼，開了幾指了，能不能出來了？」田慧躺在床上，咬著唇，艱難地問道。

「別讓她咬著唇，棉布給她一塊咬著。還有一會兒，這會兒才開了四指，攢著些力氣，一會兒聽我的！」接生婆擦了把汗。

福嬸往屋子裡端水，用開水煮過的棉布，都一條條地放在盆子裡。

屋子外頭，楊立冬聽著田慧不停的呼喊聲，就在窗簷下轉圈圈了，又不敢發出聲來，生怕驚擾了田慧。

這可是人命關天的大事哇！

看著一桶桶的血水往外搬，圓子哥兒倆眼都看直了。

梅御醫在一旁老神在在，小藥童還端了好幾把椅子放在空地上，排排坐。

不過，也就梅御醫挑了個正中間的椅子坐了，看著楊立冬握著拳頭，轉圈圈，不時地湊到窗戶紙上往裡看。

「楊將軍，這窗戶紙能看到嗎？」梅御醫看著楊立冬反覆地往窗戶紙上湊。

楊立冬聞言，頓了幾息。「不能看到——」他也真是傻了。

「不能看到你還拚命地將臉湊過去！」梅御醫早就料到了。這楊府也算是讓他大開了眼界，不一會兒，楊知故就依著說的，將梅御醫點的幾個菜送了過來。

這院子裡，還架起了一張桌子。

吸氣，都是血腥味，也不知道梅御醫是不是鼻子不好使兒。

他娘說過，醫者不自醫！天可憐見的。

團子小心地挨近圓子。「哥哥，娘會沒事兒吧？」

圓子的手心早就濕了，看著端出來的一盆盆血水，他娘壓低了聲音喊著，撕心裂肺，一下下地扯著他的心。自小，他就聽到村子裡或隔壁村子裡，誰誰難產沒了，若是換成了他娘……

他不敢想，越是不敢想就越怕。他不想成為沒有羈絆的，若是沒有娘，他，不知道為誰努力。娘沒了，這輩子兒子該做的，都已經做完了……

圓子越想，身子顫抖地越厲害，直到團子像一根救命稻草似地抓住自己，他的心才回了原位。

看著淚眼婆娑的團子，一眨眼，眼淚就往下掉，他們好似都回到了小時候，聽著團子軟語地叫著「哥哥」，緊緊地抓住自己的手。

這一刻，他好似想到了以往很多事，很多都快忘記了。

「別哭，娘沒事的，娘說不會丟下我們的，不管如何都不會的。我們要相信娘，娘不曾騙過我們，是不是？」圓子眼盯著耳房的房門，寬慰著團子。

團子無助地點點頭。

楊立冬得了福叔的示意，才看到這兩小子抱成一堆，小的這個已經哭紅眼了。不過，安慰的話楊立冬也說不出來，他的擔心不比這哥兒倆少。

半摟著圓子哥兒倆在椅子上坐了。「要不要跟著梅爺爺吃點兒東西，別擔心，要不先回房，等你娘生出來了，再來喚你們？」

「來，這筷子還有好多雙呢，吃點兒不？」梅御醫吃得起勁兒，四處招呼著。

這御醫瞬間跌了身分，好似個大街上賣著狗皮膏藥的，生意不大好哇……

「來，跟著我吸氣，我喊到一二三，妳再用力，宮口全開了！」接生婆大聲吆喝著。

屋外靜了。

啊——那裂骨的疼痛，讓田慧差點兒疼死了過去，耳邊的聲音都模糊了，疼痛無限放大。

「人參！」

田慧嘴裡被塞了人參片。

「不能睡過去！楊夫人，您想想，是兒子還是閨女，您不是想要閨女嗎？跟著我一起用力！」

一、二、三！

唔——

「再來，很好、很好，就這樣！我數到三，就用力，能看到頭了，能看到頭了！」

一、二、三……

「生了、生了，是個帶把的！小少爺，是個小少爺！」

「怎麼不會哭？」田慧撐著身子，人參的熱意給了她不少勁兒。

「喉嚨裡有痰，將痰吸了就好了。」接生婆抓著孩子的腳，拍打了幾下屁股。

「哇——」終於哭出聲來。

呼，正常的。

「好了，楊夫人，就跟剛剛一樣，用力，將胎盤臍帶排乾淨了。」接生婆將楊家小少爺洗乾淨了，再交給錢氏，讓她包好。秦氏，她是不指望了。

等到田慧醒來，已經在乾淨的屋子裡了，邊上躺著剛剛生出來的兒子，眼睛仍是閉著的，小臉兒通紅。圓子幾個也緊緊地挨著看，擠眉弄眼的。

「娘，您醒了？」圓子最先發現田慧睜開了眼睛。

田慧點點頭。「弟弟像誰？」恕田慧眼拙，她是瞧不出來，這巴掌大的小臉。

「像我，丸子像我！」團子搶答道。

「丸子？」田慧咳了咳嗓子，只覺得喉嚨疼得難受。

圓子好心地解釋道：「團子給取的，說是圓子團子丸子，一聽就是三兄弟，這樣子頂好。」圓子雖說不大願意承認，但聽起來確實挺像那麼一回事兒的。

「乾娘，丸子誰也不像！」阿土也是頭一回見著生小孩的場面，可給嚇得不輕。

如此，丸子這名字就被叫上了。

第二日，八月十八，楊立冬就將圓子三人送到康定城去了，這回，同去的只有福叔夫婦倆，實在是撥不開人手。

梅御醫也一道兒回去了，他本來就是因為科舉來的，康元帝特派下來，怕有啥意外。在走之前，梅御醫苦口婆心地勸著田慧，將鋪子開到京城去，云云。

原本，楊立冬是讓梅御醫進來給田慧搭搭脈，看田慧可有虧損了，趁著坐月子的時候好好補補。沒想到這脈還沒搭上，梅御醫就開始勸人「勤勉向上」！

丸子的洗三並不曾大辦。楊立冬一大早就從康定城趕了回來，雖說沒有廣發喜帖，不過，該來的人還是來得一個不少。第二日，楊立冬就又往康定城趕。

洗三禮，秦氏領著幾人收禮，除了吃的東西，其他的一概都鎖進了庫房裡，等著田慧能下地了，再去整理。

九月十七，丸子滿月。

楊府上下張燈結綵，洗三不曾大辦，這回的滿月，他們卻是打算好好辦一辦的。

「老是往外送禮。這回，咱也收些回來夠夠本！妳這月子裡的吃喝，可就是指著這了。」楊立冬輕輕地撫著丸子的小臉。

不過一個月，田慧的奶水足，丸子吃得圓圓滾滾的，名副其實的一個肉丸子。

只一個月，就能看出來，眉眼還是像了田慧多些，惹得楊立冬苦不堪言。

「丸子像了慧娘，若是往後閨女像了我這種粗模粗樣的，這可如何嫁得出去喲！」楊立冬光是如此想著，就已經好幾個晚上都在愁這個了。

團子聽了可是不依。「為啥不能再像娘，就是像丸子也成！」

豁然開朗。

穿著紅衣的丸子，手腳並用地踢著，嘴角含笑。

「喜報！喜報——」

鑼鼓響徹整條巷子，楊府裡正在大擺筵席。

「楊將軍，溫大人特意命我等來報喜訊。楊府大少爺，楊端辰，院試案首！恭喜楊將軍了！」來報信的是溫大人的親信，並著府衙裡的差爺。

道喜聲一片。

「雙喜臨門，雙喜啊！」

楊立冬喜不勝收。「不知溫大人可曾說，我那次子和乾兒子如何？是否也中了秀才？」

楊立冬將人往裡請，命人再加一桌。

「以令公子的才學，自然是雙雙中了秀才，還是廩生。」溫大人的親信笑著道，嘴裡恭喜的話不斷。

「那可不只是雙喜了，恭喜楊將軍！今日就這點兒酒水，可是不夠的哇，咱怎麼說都要不醉不歸的，讓咱也沾沾喜氣！」

「自然、自然，要多少有多少，不醉不歸！」楊立冬讓團子去吩咐廚房多加些菜。

楊立冬招呼了一圈，就讓圓子哥兒幾個去內院。「去跟你們娘說說這個好消息，讓你們娘也樂樂！」楊立冬原本是想自己去的，可是自己根本就走不開。

「嗯，爹，您少喝些。」圓子點頭應了，領著幾人往內院走。

外頭的吆喝聲越來越遠，團子拔腿就要跑，阿土一把拉住已經抬腿的團子。

「娘一早就囑咐過了，今日家裡客人多，別失禮了……」圓子慢慢悠悠地道，還衝著走過來的、不知道哪家的夫人，躬身道：「夫人好——」

團子也有模有樣地學著，倒是贏來了不少的讚揚聲。

「這楊府還真是一塊福地，這一門三秀才，就是放在康定城裡，也是少有的。這還是武將的府裡頭——」那位夫人的聲音越來越遠。

圓子也是頭一回覺得自家的院子太小了些，這只走幾步，就得停下來打招呼，好不容易才走到了屋外。

「快進去吧，剛剛還說到你們呢！」福嬸端著一個空碗出去，打起簾子，讓他們趕緊進去。

「楊夫人真是好福氣，幾位少爺可真是好相貌，我可得好好想想，我家親戚裡頭有沒有適齡的姑娘……」縣尉夫人一向善言辭，每回見著這哥兒幾個，總是有不重複的誇讚。

不過，這回，縣尉夫人確實是打心裡地羨慕，唉，若是自己的女兒小個幾歲，自己也能有臉開口。聽說，小小年紀念書就不錯，關鍵是運道好！

這天大的喜訊，團子是一刻都憋不住了。

「娘，哥哥又中案首了，小三元哦，小三元！」團子比了個三。

等了好一會兒，團子才找著機會說了，自己和阿土都中了廪生。

馮知縣夫人的妹子也坐在屋子裡，有些尷尬。來了南下鎮許久，這還是她頭一回來楊府，南下鎮的官夫人，她都不甚相熟，只因為她名不正言不順的。

家裡將她送來了南下鎮，馮知縣亦是不反對，好吃好喝地供著，卻是沒有再提起娶平妻的意思。娘家不時地來信催促她極力辦成此事，她只能無奈笑笑，讓她辦成「被娶」之事，自然只有勾引了姊夫這一法子……

她爹只是舉人，好不容易出了個縣官的女婿，自是不想離了這棵大樹。是以，臨出門前，她被責令，務必以馮知縣為天。她不知道馮知縣如何想，若是不娶平妻，將她送回去就是了，可又是遲遲沒個動靜，這讓她心裡沒底。

南下鎮的官家夫人也不知該如何對她，好生尷尬。

第六十二章　丸子

「慢點兒，丸子，別跑——」一轉眼，丸子也能走會跑了。

丸子說話有些晚，就是會走了，也只能說些簡單的幾個字。「哥哥——」

似是被丸子摸出了規律，丸子已經學會掐著點兒去迎接圓子幾人下學歸來。

「哥哥——哥哥——」丸子邁著小短腿，往外頭跑。天兒轉涼，丸子加了件厚的衣裳，跑起來，就跟個丸子在移動一樣。

秦氏緊張地跟在後頭，不時地說著「慢些跑」、「小心腳下」之類的話……

田慧的身材仍是有些豐腴，大抵是跟在丸子後頭跑的時間太少了，因為都是秦氏和福嬸三人跟著丸子跑，這三人都瘦了……

若說丸子最喜歡的人，還是團子，田慧啥的都得靠後些。

果然，田慧坐在院子裡，看著圓子幾人過來的時候，團子抱著圓滾滾的丸子。

「怎麼了，又摔了一回？」田慧看見丸子的衣裳上沾了些泥。

「彎兒，不，累累——」

一頭霧水。

「丸子沒哭啦——娘，我抱著丸子去書房了啊……」這一年，團子穩重了不少，許是有了丸子後，突然間有了做哥哥的覺悟，就是連話都不大多說了，每日只想著往書房鑽，活脫脫換了個人似的。

若不是圓子給田慧解惑了，田慧怕是得懷疑團子這是受了啥刺激，原是因為丸子而懷疑團子的「博學程度」。

不過，也確實是受了刺激。

這事兒，說來簡單。

因為，丸子只跟團子「心靈相通」，不管說啥，團子最多晚個幾息，就能明白過來。是以，丸子也愛黏著這個跟自己有「共同語言」的哥哥。

經常就能聽到丸子嘰哩咕嚕一陣，然後團子就以正常人能聽懂的話回覆丸子，丸子又是嘰哩咕嚕一陣。

一開始讓圓子好些抓狂，每日啥事兒都做不了，就光是聽著這哥兒倆在那兒嘰哩咕嚕和正常話之間轉換。圓子實在是太想知道丸子嘰哩咕嚕些啥了。

只怪自己好奇心太重了些。

有一回，圓子也是半猜測到丸子問了團子什麼，大抵就是「二哥不甚厲害，這都回答不上來。若是換成大哥，大哥一定懂的！」

「這個不好說啦，二哥知道很多啦！要不然，以前甭管丸子你問什麼，我都答得上來！」團子如是回答，有些含糊不清。

自此，團子開始奮發向上，力求能答上丸子的問題。

田慧目送著努力學習的團子進了書房，無奈搖頭，這幾個小子的心思向來都是難猜得很。

「慧娘，方夫人領著方小姐來了。」福嬸將人領了過來。

說來楊府變化最大的就是，終於請了個看門的小廝，還有個車夫，這兩人是父子。人是楊立冬給帶回來的，說原本就是康定城的，賣身給了楊府。原本楊立冬想跟人簽活契，只是康伯說啥都不肯，非得賣身給楊府，尋求庇護。

田慧原本就坐在院子外的石凳上，上頭墊了棉墊。

自打方小姐的病治好了，隨著方少爺時常跟著楊立冬後，方夫人也常會來楊府，帶著方小姐，隨意地說說話，打發打發時間。

方小姐確實是個玲瓏人，許是病好了後，看破的事兒多了，整個人散發著不一樣的氣質，光是那麼彎著嘴角，站在那兒，就讓人忽視不得。

方府自打分了家後，方夫人的氣度也不一樣了，對著庶出的子女也不苛刻，分家的時候，給的都不少。為此，方老爺更加敬重方夫人。

「方夫人快裡面請，我這不閒著沒事兒，就坐在外頭曬曬太陽——」田慧喜歡曬曬太陽，這是出了名的。天氣稍稍冷了些，田慧就開始每日一早、雷打不動地曬太陽，啥都不幹，真的就只是曬曬太陽。

「就在這兒挺好的，這天兒一冷，我就忙得不得閒。」方夫人時常來楊府，不等人招呼，就在一旁的石凳上坐了下來，方小姐也跟著她娘一道兒坐下來。

「我娘就時常念著，原本以為分了家，這日子就得了閒，這不，想得多了……」方小姐笑意吟吟，對著田慧，她有一種說不出來的輕鬆。自己最難的時候，都被田慧看見了，現在還能更醜到哪兒去？

等福嬸端著茶水走過來的時候，方夫人惶恐地站起來。「福嫂子，怎好意思勞煩妳了。我說楊夫人，妳也至少買個端茶送水的，每回都是福嫂子端著茶點來，我這都惶恐不安了。」

方夫人又是客氣地謝過了福嬸，方小姐幫著將茶點放在石桌上，等福嬸走了後，才又坐下，好一陣兵荒馬亂。

看來確實得買個丫鬟了。

「我這不是瞧不上中意的，下次若是有個好的，別忘記帶給我瞧瞧。」田慧是真找不到合適的，原本就想著再買個廚娘，不過，廚娘這事兒被福嬸給駁了回去。

方夫人自然道「好」。這選丫鬟的事兒能交給她來做，可見，這楊夫人也是極信任自家的。

「楊夫人，不知道那位錢嬸有沒有在府上？」錢氏時常會來楊府小住，有時候還會帶著他們家的三三，三三只比丸子大了幾個月，正是能玩到一處兒的年紀。

田慧不知方夫人為何會提到錢嬸。「嬸子已經回去了，今日一早就回去了，她二兒媳婦有了身子，帶著兒媳婦回村子裡去養著呢。」

知事媳婦好不容易有了身子，錢氏昨日樂了一整日，一大早就收拾包袱，讓知事媳婦領著二二，一道兒回村子去了，順帶著讓二二回村子裡的書院念書去。

方夫人一點兒都不含糊，直接道：「可是不巧了，我原本是想著來給我那庶女探探口風的，楊知故這小子我見過好幾回，我看著也是極歡喜。這不，想著來探探錢嫂子的口風。」

待得方夫人說完了，方小姐才接著道：「我那小妹一直養在我娘跟前，最是乖巧，跟我們兄妹倆也和得來。不過，這人啊，就是沒啥小心眼，說話直來直去的。我娘好不苦惱，錢孀可是出了名的好婆婆，我娘心疼小妹，這不就想著來探探口風了。」

如此，田慧算是明白了。看來這方府的庶女也還算是得寵的，若不然，方夫人也不會主動探口風來著。

「行，我回頭跟孀子說說看，不知道方小姐，今年多大了？」田慧很少出門，也不大清楚這南下鎮適齡女子的情況，看來還得打聽打聽去。

「已經十四了，不管是晚幾年，還是啥的都不成問題。」看來方夫人是真的相中了楊知故，如若不然，也不會凡事都依著男方。

田慧點頭算是明瞭。

「小妹就像是我娘親生的一樣，這才剛剛出生就被抱到我娘的院子。如今，我是已經不指望再成親了，也讓我娘嘗一把嫁閨女的滋味兒……」方小姐淡然地道，只是話語裡仍是有說不出來的寂寥。

田慧是知道的，方小姐其實並不乏來上門提親的，只是，多半是還沒有放下心結，也沒有那個中意的他……

「難不成，妳真的打算不嫁了？妳看看我，帶著兒子倆，不也照樣風風光光地出嫁，如今過得不比旁人差……」南下鎮裡，不少女子，過得不如意的、卑微的，就會想到楊府的女主人，還能比楊夫人更差嗎？

不過，南下鎮和離的女子越來越多，這倒是令人始料未及的。

「我跟楊夫人不一樣。若是我有楊夫人這般運道，當初也不會混得這般淒慘，若不是有楊夫人救命，我怕是早就化成一抔黃土了……」方小姐自嘲道，她知道自己，或許所有的好運都已經用光了，不喜不悲。

「楊夫人若是能勸，就幫我勸勸小女吧。這年紀輕輕的，就這樣子過一輩子，讓我就是老了，怎麼能安心閉眼。」

一看她娘又要開始抹眼淚了，方小姐適時地阻止道：「好了，娘，本是來給小妹說親的，您老是提我做什麼，我現在不都是挺好的，難不成是不想我在家裡待了？」

田慧也是個不大會勸人的。「妳小妹這事兒我記住了，回頭，我就帶信給嬸子去。」等將人送了出去，福嬸才神祕兮兮地問道：「我剛剛好像有聽到楊知故，怎麼了？是來給知故這小子說親的？」

自打楊知故做了「石頭宴」掌櫃的，說親的人就沒有斷過，錢氏那兒倒是好過得很，但凡務實些、心眼好些、大度些、長得過得去些，錢氏都看著歡喜。

不過，到了楊知故那兒，就算是將人給誇到天邊兒去，楊知故都不會眨眼一下的。

錢氏也不是沒張羅過相看的事，可是楊知故就是連人都不肯去一下，藉口還是現成的。

「鋪子裡離不得人，走不開……」

錢氏氣急。

就是將人給帶到「石頭宴」也是有的，但即便鋪子還沒有開門，楊知故也有法子讓自己忙得腳不沾地。

「可不就是，知故這小子可是越長越好了，人家可是丈母娘看女婿，越看越歡喜……」田慧促狹地讚道。

「我看這事兒玄，八成那小子有了自己中意的，我可是好幾回到鋪子裡去，都沒見著那小子。」福嬸有時候起得早，閒來無事，就去鋪子裡轉轉，可是卻有好幾回沒見著楊知故。

田慧追問了幾遍，福嬸還說得有模有樣的，看來不似作假。

秦氏的大嫂劉氏，帶著大柱，來了鎮上。

自從和劉氏將話給說開了，劉氏便安分地待在村子裡，照顧著地裡的那些莊稼，若非有事兒，絕不會來鎮上，就是有時候來了鎮上，也不一定會來楊府。為此，秦氏對大房這一家子，高看了一眼。

「大嫂，怎的，有啥喜事呢？我看妳這嘴角彎得都撫不平了。」秦氏如此順風順水，對親戚啥的，也客氣了不少。

劉氏聞言摸了摸嘴角，復又開心地笑了起來，兩人之間的緊張感不在。

「可不就是有喜事兒，大柱訂親了！」

站在一旁的大柱，聞言紅了臉，不好意思地低著頭。

這兩年，大柱已經長得高高大大，像極了他的名字。大柱有一把力氣，平日裡都是跟著下地的。劉氏正張羅著給兩兒子分家，老大家的這些年也沒有再添子嗣了，老二家卻是人丁興旺，有了二柱、四柱後，今年又生了個五柱。

「大柱，今日圓子他們休沐，丸子那小子也整日都待在書房裡，你去書房尋他們去吧！」田慧一看劉氏這模樣，是有啥事兒要說，遂打發大柱去尋圓子他們說話。

大柱可是記得書房是個「禁地」，當初三柱就是為了書房前的那一把鎖，把楊府上下給得罪光了，至今都不受楊府上下的待見。

「二嬸，不用、不用，我就在這兒坐著挺好。圓子他們看書念書，我也不懂……」大柱慌得擺擺手，雖說他有去書院跟著認字，不過那也只是認字，家裡並沒有花錢讓他們買紙買筆，閒來無事的時候，會在地上塗塗寫寫就是了。

劉氏一向慣會看人眼色，也知田慧並不是隨便說說的，劉氏樂得自家孫子跟圓子他們幾人交好。「大柱，聽你二嬸的，你們兄弟幾個那是難得見幾回，一處兒玩玩也好。」

大柱有些緊張地跟在田慧身後，還沒到書房裡，就聽到了好大的動靜。

田慧踮著腳，回頭「噓——」了聲，示意大柱別發出聲音來。

「哥，嫩……」丸子奶聲奶氣地道，中間喘了好大一口氣。

團子不知道在做啥，隔了好一會兒才翻譯道：「哥哥，丸子問你們銀子呢？」

「銀子？啥銀子？丸子怎麼會知道銀子？」圓子倒是好些詫異，聲音拔高了不少。

團子這才顯得有些心虛，聲音弱了。「上回我帶著丸子出去，他看著那美人扇歡喜得不得了，我哪敢買那東西。若是被丸子拿著那東西回來，娘還不得削了我。這不，就哄他說不能買，可是那小販一點兒都不配合，真真是鑽到錢眼子裡去了，哄著丸子拿銀子來買。反正我就是沒銀子，我便哄著丸子，來跟你們要銀子了。」

團子不敢說的是，後來他磨不過丸子，給丸子買了一把美人團扇，好好地用帕子給包好了帶回來，這一路回來也算是沒驚沒險的。

這把美人扇一直藏在團子的屋子裡，那幾日團子是生怕誰進了他的屋子，發現了那把團扇。

若是讓人知道了自己有這癖好，不敢想吶……

也不知道丸子是怎麼玩的，只玩了幾回，這美人就毀了容……

擔驚受怕了幾日，團子怎麼說都不肯再去買了，只得推說沒銀子。丸子哪裡有那麼好打發，纏著團子好幾回了，卻買不回美人扇來，每回都在攤子前癡纏好幾回，那小販的臉色也越來越難看，實是因為這兄弟倆拉拉扯扯，給擋了好幾日的生意。

這才確信，團子是沒銀子的。

這不，就惦記上了銀子。

「你別蒙我！」圓子怎麼說都不信，這半點大的孩子還曉得美人扇了？

團子大呼冤枉。「哥哥，你還別不信，就這一回，我算是明白了。丸子週歲抓週的時候，不是抱著一幅畫不放嗎？咱不是都說，往後丸子會是個畫家！」

阿土點頭，確有其事，他還記得，當初丸子扯著那畫卷，直流口水。秦奶奶還以為這是餓了，拿了塊點心餵丸子，可算是堵住了。

「那畫可是不簡單吶，金陵十三釵，整整十三個美人吶！」團子誇張地大喊了一聲，真相就是如此簡單。

一片譁然。

圓子三人看著丸子的眼神都變了。「丸子——」實在是問不出口啊，對著個奶娃娃，能問啥東西？哪個美人好看？為啥喜歡美人？問啥都不對啊！可是團子說的偏偏是有理有據的。

田慧在外頭聽得差點兒一頭栽了過去。不過為啥丸子不對著自己流口水，難不成自己已經是昨日黃花了？唉，果真老了……

田慧回頭看了眼大柱，幸虧他仍是待在原地。

自打田慧說了聲「噓」後，就站在那兒沒動過。大柱知道自己個子大，哪能做到踮著腳走路，靜悄悄的，實在是太為難人了，索性就站在那兒不動了。

自家的這條「黑祕密」保住了！田慧鬆了口氣，對著大柱笑得愈加和藹可親。上了年紀，只能用「和藹可親」來形容了，唉……

「圓子，快開門。」田慧倒退了幾步，站在大柱身旁，好似啥事兒都沒有發生。就是連叫門的語氣，都聽著特別「可親可近」。

大柱看得瞠目結舌，他還是頭一回見著如此的二嬸，衝擊力太大了些，容他好好消化消化。

就是待得田慧走了，大柱仍是有些反應不過來，一直愣愣的。見團子笑得賊兮兮的，大柱想也沒想地就回道：「我就是覺得二嬸不一樣，好似很好說話……跟以前不一樣！」話都說完，大柱就是想悔也來不及了。

阿土也樂了，這個大柱好似跟小時候不一樣了，少了小時候的「圓滑」，許是都被磨平了吧？

「乾娘本來就很好啊，一點兒都不凶，若是處得久了，你也會知道的。」

能被田慧親自帶來書房，阿土幾人自然會好好招呼大柱。

不一會兒，鄭奶奶就送了點心來。「大柱，你可別客氣啊，有啥需要的，就跟圓子他們說，你奶奶他們還在說話呢，午飯就在這兒用。」

大柱一一應了。

「大柱，聽說你也是在書院裡念書的，學得如何了，有沒有想過要考科舉？」本就沒啥接觸過的，阿土得了圓子的眼色，就知道這人又將這差事交給自己了。

大柱撓撓腦袋，在秀才面前，說起念書的事兒，還是有些拘謹的，哪怕是小秀才。「我腦子不好使兒，雖是一直跟著念書，不過就是識了幾個字，沒想過考科舉，我都沒提筆寫過字，就是想要認認字，往後能做個夥計啥的。」

待得田慧回去的時候，劉氏正在跟秦氏說著，大柱訂親的那家閨女。

「就是附近村子的，長女，打聽了下，雖說有些潑辣，但是心眼兒不壞。老大家就大柱一個兒子，這不想著大柱媳婦若是個性子柔弱的，這一家子可指著誰啊……」

劉氏也是考慮了良久，跟著大柱他娘商量了許久，才選了這家的閨女，娘家的日子也只是過得去。

「可不是，咱過日子不就是圖個和樂安康，這樣子就頂好了。」秦氏一向知道自己的這個大嫂是個妙人，自己就是學不來她的幾分。如今，也算是自己上輩子積德了。

劉氏嘆了一口氣，拍了拍秦氏的手。「唉，老大家只有大柱這麼一個兒子，我這不就得多打算著些，老二家如今可是有三個兒子了。這不，我想著，要分家了，往後我就跟著老大家過，老人都是跟著長子過的，我也是這樣子想的。不過家裡不過二十來畝地，這地還是這幾年你們幫著才置辦起來的。

「這若是平分著田產，可不就是看著老二一家子去賣兒賣女嗎？若是向著老二，我又生怕這兄弟倆反目，這幾日，可是愁煞我了……這不，順道來跟妳取取經，這鎮上的大戶人家都是如何辦的。」

鄉下地方，多半都是由著當家老人的偏心，畢竟活了大半輩子，私房銀子都攢了不少，或多或少都會補貼些自己偏心的那個兒子。可對於劉氏來說，大兒小兒都是一樣的，卻是不可能平分著來，所以才讓劉氏為難了。

秦氏暗忖。「這我倒是沒啥聽說，不過鎮上的大戶人家，大多都是注重長子長孫，家產多半都是留給長子的，跟咱鄉下地方可是不一樣……」總而言之，秦氏也沒啥好法子。

劉氏是真的愁上了。「實在不行，我也不能看著老二這一家子喝西北風，總得給老二一家子多些田產的，實在不行，就按著孫子來分。我也是想過的，讓我占著一份，合到老大家，等我老了，兩兄弟再平分了！」

秦氏點頭，按著劉氏這說法，真的已經算是頂好的。清官難斷家務事。

「我剛剛也聽說了，大柱是識得幾個字的，若是願意，讓他來我家的鋪子裡打打雜，先做做跑堂試試？不過，我可先說好了，若是不合適的話，我是不會要的！」田慧提議道。

這一刻，劉氏懷疑自己的耳朵出了啥問題。

田慧居然會開口，讓大柱去鋪子裡做夥計。在劉氏的印象中，誰都比田慧好說話，田慧在楊家村也算是一個「人物」了，就是柯氏，不也拿田慧無法。

在劉氏看來，不管田慧如何，田慧能坐穩這個楊家當家夫人，還能一成親就有了身子，這就是田慧的福運！

「大伯娘，是捨不得大柱來我那鋪子裡做活？」田慧揶揄道。

劉氏呼吸急促，好似遇到了天大的喜事，一張臉正脹紅著。天大的餡餅，她差點兒給砸暈了。

但凡是有眼的都能瞧出來，她這是給喜的。

「沒有、沒有，我這是沒想到這回來，撞到了這麼大的喜事兒！我這哪想得到，以前、以前我就是想著，二弟妹，我對不住妳啊，我沒有照顧好你們母子倆，我還起了齷齪心思，我……」劉氏有些語無倫次，抓著秦氏的手，不住地在懺悔。

秦氏拍著劉氏的手，寬慰道：「好了，大嫂，過去的都過去了，如今我啥都有了，沒有什麼不好的。就是當初，如果我是妳，說不準我也會有這種心思，過去了，都過去了……」

秦氏的心裡，早就不怪了。怪來怪去，怪累人的，如今她吃喝不愁，過得比誰都好，還有啥好記仇的。關鍵是，劉氏也只是有這個心思，卻是從來沒有對自家造成啥傷害。

「大嫂，那鋪子可是慧娘的嫁妝銀子給開的，我可做不了主啊，慧娘可是等著妳應不應呢。這麼好的日子，說點兒開心的，咱往後一家人好好處……」

劉氏本就是愧疚得抬不起頭。「慧娘，大伯娘也對不住妳，難為妳還能記著大伯娘，記著大柱。妳放心，大柱這小子最是實誠，萬不會生了旁的心思。說不準小時候是有點兒小心思，不過這些年，我也看著，不是我自誇，我這幾個孫子，也就大柱能扛得起事兒，關鍵是嘴巴也牢靠。」

田慧笑著點頭。「大伯娘，我就是剛剛聽說大柱也是識字的，這都訂親了，可不得找點兒事做做。大伯娘，您也知道，我那鋪子裡並不是缺人，那是大柱得了我的眼緣。不過，這也得看大柱自己了，先做兩、三個月，五百文一個月，若是做得好的話，咱等來年再說，行不？」

劉氏哪有啥不滿意的。「慧娘，這五百文太多了，旁的鋪子裡學徒都是沒有工錢的，這太多了，不行、不行！包吃就好、包吃就好。若是鋪子那兒沒屋子了，讓大柱來回走著就好，大柱壯實，來回鎮上，腳程快得很。」

「按照我說的就成了，看著啥時候方便，啥時候來就成了。娘，咱家不是還有之前給夥計做衣裳剩下的布料子嗎？就那個藏青色的，讓大伯娘帶回去給大柱做兩身換洗的，樣衣也帶一套回去，比著做。」

石頭宴裡，跑堂的夥計，都是一身的藏青色，背後用紅線繡著簡單的「石頭宴」三個字，胸前繡著壹號跑堂、貳號跑堂。至於廚房裡忙活的，都穿著白衣。

「哪還要你們的布料子，慧娘每年過年送來的布料子我都放著，給大柱做幾件都有的，有的！樣衣借我一件，我回去就跟大柱他娘做。」劉氏爽利地道，聽到藏青色的時候，就在盤算著自己箱底還有這個棉布的。

楊府的布料子啥的物什，都是秦氏給放的，因為田慧對這個實在是不拿手，也就懶得管這些。

「一會兒我就去給找出來，那些個夥計都是如此，先做一身出來，其他的等慢慢做就是了，大柱這是第幾號夥計了？」秦氏不大去鋪子裡，並不知道鋪子的事兒。

恰巧福嬸送完了蜂蜜茶，說道：「鋪子裡已經有三個夥計了！」

「娘，那一會兒讓圓子去寫個伍號跑堂。」田慧不用「四」，果真是迷信了不少。

等到了夜間，丸子早就斷了奶，田慧餵丸子吃了碗蛋奶糊，丸子就有些昏昏欲睡了。

楊立冬回來的時候，田慧正趴在床上，拄著下巴發呆，雙眼不離丸子。「這是在想啥呢？丸子都睡了，妳怎麼還沒睡，是在等為夫嗎？」

楊立冬早就在外頭沖了個澡，這會兒外衫一扔，就往床上鑽。

「嘶……離我遠點兒，又沖涼水澡了？冰死我了，我可是暖和著呢！」田慧倒吸一口涼氣，往丸子那兒擠了擠。

楊立冬搓了搓手，一把握住田慧有些豐盈的「小蠻腰」，往自己胸前帶。「娘子，妳這是欲拒還迎嗎？為夫還真就吃妳這套了！」

田慧握著丸子的小手不放開，真舒服，軟軟的。「冬子哥，別鬧啊，吵醒你兒子可別怪我啊……」

「吵醒了，就抱去跟娘睡！我都有兩日沒回來了，告訴為夫，娘子有沒有想為夫了？嗯？」楊立冬一觸碰到田慧柔軟的身子，就不爭氣地被下半身給控制了。

田慧可不想將丸子送到秦氏的屋子裡去，這會兒，秦氏早就睡了好不好！這是讓整個楊府都知道他們啪啪啪了嗎？丟不起這個人啊……

楊立冬的大手撫著田慧的前胸後背，有些粗糙的掌心，刺激得田慧心裡酥麻酥麻的。楊立冬緊緊地貼在田慧的脖頸處，輕聲地說著情話，不時地用嘴唇刮過露在外頭的脖子。

「楊立冬，你要來，就來個乾脆的，不帶這麼折磨人。」田慧知道楊立冬每回出去幾日，除非是累癱了，否則晚上總是不會放過她。

楊立冬「嘿嘿」一笑，伸出舌頭舔了下田慧的背，輕啄了幾下，滿意地看著田慧微微地顫抖了幾下。「娘子，兩日沒見，怎的這般心急？漫漫長夜，為夫包妳滿意！」

「楊立冬，你無賴！」田慧伸手就咬住楊立冬放在自己胸前的手。

楊立冬吃痛，翻身壓在田慧的身上。「原來，娘子喜歡這般玩……噓，別吵醒丸子！」俯身就輕啄田慧的紅唇。

翻雲覆雨，一室旖旎。

楊立冬滿足地讓田慧枕著他的胳膊，田慧紅著臉，將雙腳搭在楊立冬的腿上。

「怎麼了，有心事嗎？」田慧輕聲問。

「嗯？」

「別裝了，每回你這樣子，準是有心事或是難事了？」田慧捏了一把楊立冬胸前的肉，擰了小半圈才鬆開。

楊立冬低頭輕啄了田慧紅通通的臉頰。「娘子這是在控訴為夫還不夠盡力嗎？」

田慧張牙舞爪。

楊立冬將田慧的手腳都給塞到被子裡，才道：「好了、好了，不是啥大事兒，京城裡的事兒，跟咱關係不大，天高皇帝遠的，誰也管不了咱，咱也幫不上誰。」

既然是京城裡的事兒，多半就是大事兒了，楊立冬不說，田慧也不追問。

「等明年三、四月時，軍營大致就要建好了，我想著將圓子他們給扔進去鍛鍊鍛鍊。」

楊立冬早有這個打算，這回只是知會田慧一聲。

圓子幾人雖說小小年紀就考了秀才，不過先生說了，若是接著考舉人的話，多半就是靠運氣，所以讓他們晚幾年再考，左右年紀還輕。

「嗯，你看著辦就是了。我估計丸子可夠嗆了，團子也去了軍營，這誰能聽懂丸子的話，他肯定得哭上好久……」田慧有些幸災樂禍，誰讓這小子不黏著自己，哼哼！

「兒子哭哭啼啼像什麼樣子，讓娘老是寵著他，都這麼大了，連話都說不清，還好意思因為旁人聽不懂而哭？」楊立冬對兒子的要求一向嚴格。

再者，對這個小子都一歲多了還霸占著他的床鋪，楊立冬內心怨念很重。

就是做著這事兒都得小心翼翼的，生怕吵醒了他，後半夜給報銷了。

田慧想起了今日聽到團子說的事兒，也來了勁兒。「冬子哥，我跟你說哇，這屁大的小子，竟然喜歡看美人！」

真真是一點兒都不添油加醋，原原本本地將團子說的事兒又給道了一遍。

楊立冬一聽也來了精神。「行啊，這小子若是這麼小就知道看美人了，我倒也算是服了他了，往後我不揍他！」楊立冬顯然不信，屁大點兒的孩子，任憑田慧說破了嘴，楊立冬也不肯信。

田慧心裡其實也不大信，再者這話又是從團子嘴裡說出來的，不過聽到楊立冬想也不想地就反駁了她，田慧這心裡又老大不願意了。

「等丸子醒的時候，我就拿美人圖來，讓丸子看看，歡喜不歡喜！」

楊立冬「嘿嘿」一笑。「妳箱子底的那個美人圖不是挺合適嗎？拿出來給丸子瞧瞧，不就知道了？」

「我箱子底哪有啥美人圖？有嗎？」田慧歪著腦袋，半晌才道：「楊立冬，你這個混帳！那東西能給丸子看嗎？啊！你是啥時候知道的，你、你居然偷看！」

春宮圖。

田慧嫁過來的那會兒，錢氏放在箱底的，還特意囑咐「好東西在箱子底」！

「這不是妳準備的嗎？我以為這是在嫌棄為夫水準不好，為夫特意研究了好一陣子。」田慧又掐又咬，惹得楊立冬大笑不止。

第六十三章　變化

第二日天沒亮，楊立冬就精神抖擻地上馬出了城。

「慧娘，一大早，知縣府上就送了喜帖來。」丸子昨晚好似睡得極不安穩，今早就起得就有些晚了。

鄭嬸子給丸子準備的衣衫都是喜慶的大紅色，楊府裡，隨處可見一團紅的肉丸子，在亭臺水榭中穿梭。自打有了門房小子後，福叔幾人也算是空了下來，每日照理閒不下來，除了做點兒農活，就陪著丸子「胡鬧」了。

自打丸子會走路後，就禍害了楊府裡的不少菜，秦氏看得肉疼不已，原本養著能慢慢吃的，這不都被提前給連根拔起了。丸子最喜的就是摘黃瓜，摘了黃瓜學著福叔的樣子，在外衫上蹭蹭，就往嘴裡塞，喀嚓。

「唉喲，我的小祖宗喂……」福叔和鄭老伯如今已經隨身帕子不離身，有時候，還不止一條。

田慧對丸子唯一的要求就是，自己的事兒自己做，譬如吃飯。這會兒丸子正拿著一個勺子，跟碗裡的麵片兒鬥爭。

說來也是奇了，許是在田慧肚子吃粥吃多了，丸子自打能說話會拒絕了，就不要喝粥。一大早，別人都在那兒喝著粥，就是這小子不願意吃。

如今又不是幾個月大的丸子了，在七、八個月的時候，丸子就會「突突突」地將餵到嘴裡的粥給「逼」出來，打一開始，秦氏還以為丸子覺得白粥淡而無味。

秦氏偷偷地背著田慧，燉了骨頭粥，加了蛋花絲。總之，不管是甜的、鹹的，丸子都不愛吃。

好不容易混到能走會說了，丸子再也不肯受人「糊弄」了。

自此，福嬸又多了一項活兒，沒事兒就研究一大早給丸子做啥麵食兒，連帶著，圓子三人一大早的伙食好了不少。

福嬸幾人如今手頭寬裕了，田慧給他們的一成乾股，哪有用的地兒，如今多了一項去處兒。就是偶爾買點兒大骨頭燉燉湯，或是在外頭買點兒點心帶回來給一家子做早點兒。

「慢點兒吃，你這是急著做啥去？」秦氏看著丸子狼吞虎嚥的，可是偏偏那麵片兒不聽話，這小手一哆嗦，麵片兒就滾了下去。

秦氏幫著丸子擦拭著桌子上濺起來的湯汁，嘴裡念叨著「慢點兒、慢點兒吃……」

鄭老伯在飯堂外探頭探腦，不等秦氏發飆，鄭老伯就自己先招了。「這不原先種著的菜都被拔光了，趁著天兒還熱，就種點兒蘿蔔下去。」

「現在種蘿蔔有些晚了吧？」那些被丸子拔了大半的，自家吃不完，石頭宴裡能用上的都送過去了。用不上的就曬乾，做成菜乾。

田慧雖說不大會做農活，但是看著鄭老伯這副模樣，穿著乾乾淨淨的，這哪像是做活兒，分明就是逗著丸子玩兒。「娘，這是鄭伯他們給丸子玩的吧，可不能這般寵著。冬子哥昨兒個就說了，可不能寵著丸子，這小子一看就是不好對付的。」

趁著人家丸子不大會說話，田慧打算好好地過過嘴癮，兒大定是不由娘的……

「就那麼點兒蘿蔔籽，不礙事兒、不礙事兒。」鄭老伯打著哈哈。「這麼大的孩子，就懂得要做農活，可不容易，是好孩子、好孩子！」

睜眼說瞎話！

秦氏一聽也樂了，端過碗，就來餵丸子吃麵片兒。

肉丸子側頭看了眼田慧，還以為自己做得神不知鬼不覺，哪知道在他偷偷瞥田慧的時候，田慧已經在盯著他了。

他悻悻地從秦氏的手裡拿過碗，繼續奮鬥。

吃了一勺子，抬頭，可憐巴巴地喚了一聲「娘」……

「嗯？」

「彎兒，怪……」本就說不清楚，現在更加含糊不清了。

「娘知道丸子乖的，娘這不是看著丸子乖嗎？」田慧最喜歡對著丸子說話，彎彎繞，繞暈這小子。

鄭老伯偷偷地抹了一把「辛酸淚」，這麼小，就活得這麼不容易……太慘了！

「娘，彎兒，抱抱……」丸子摸著自己的小肚子，示意自己飽了。低頭，看著還剩下的半碗麵片兒，好多……有些心虛。

田慧又是一聲。「嗯？」

「娘……彎兒，最喜花娘了……」丸子嘴裡吃得油油的，張開手就往田慧的懷裡撲，順帶還蹭了蹭。

田慧順勢抱住，這小子就是吃定了自己會接住他。

「沒有下次哦，丸子可是得好好做活兒，餓了就找福奶奶……」田慧儘量說得慢些，對著這麼個小肉丸，難不成真能一巴掌揍下去？

末了，田慧還吧唧吧唧地親了兩口，丸子還懂得回禮「兩個」。

看得秦氏都羞愧地低下了頭，鄭老伯早就溜到了門外。

鄭老伯將丸子的工具都給帶了來，小竹簍、小水壺、小鐘子、小簸箕、小扁擔……整個就是過家家。

等丸子走了後，秦氏含蓄地道：「那樣子不妥，不大妥，慧娘，往後別做了，若是被外人看見了，怕是會惹閒話的。」

秦氏紅著臉兒，還有啥不知道的。這事兒秦氏也不止說過一回了，可是碰到丸子的小臉兒，田慧總忍不住親幾口，怎麼改也改不了。

「唉，早知道還是生個閨女好哇……」田慧不由得感慨道，自己的兒子親親都不成。

「閨女更是不成！若是養成了習慣，旁人也這樣子輕薄她，這還不是要我孫女的命了！」秦氏心裡默念，阿彌陀佛，幸虧生了個孫子！

輕薄了別人，總比被別人輕薄來得好哇。

田慧謹記。

「娘，我就是看著丸子胖嘟嘟的，想親幾口。」實在是情有可原啊。

秦氏深表理解。「丸子可是都能說話了，抱在懷裡的時候倒是沒啥事兒，若是被外人瞧見，就不大好了，所以，往後注意著些。」

軟萌軟萌的，誰不愛。

秦氏有時候趁著丸子睡著了，偷偷地伸手捏上臉、手，過過手癮，像田慧這般直接親上了，秦氏是想都不敢想的。

「妳看看這喜帖，這上頭說的啥，來的是一個婆子，還說了讓咱整府都過去，十一月初十。」秦氏很努力地記了日子。

田慧這才想起桌上這張紅豔豔的喜帖。

「是知縣娶平妻，說來這端姑娘來南下鎮也有幾年了，可算是修成正果了。」田慧已經見過好幾回這端姑娘，雖說是知縣夫人的庶妹，可是跟知縣夫人完全是兩樣的性子。

並不是一個張揚的姑娘，總是柔柔地笑著，就是來了楊府，也總是在一干官夫人之間，笑得甜甜地坐在那兒，就算是被人打趣了也只是好脾氣地笑著。

是個討喜的姑娘。

可是不知為何，馮知縣一直不曾開口要娶平妻。直到今日，才算是發了喜帖來。

「喔，那端姑娘我瞧著挺討喜的，圓圓的臉蛋兒，一看就是好生養的。」秦氏看姑娘家，頭一個判斷的標準就是是否好生養。或者說，秦氏、錢氏都是如此。

「在這種大戶人家，好生養說不得不是好事兒。知縣夫人留著的一雙子女，府裡還有庶出的呢，若是端姑娘又是個好生養的，情況如何咱都不好說，大戶人家的骯髒事兒還少嗎？」田慧並不以為然。

端姑娘一直沒有透露出做這個平妻的興致來，如若不然，以端姑娘的聰慧，難不成還拿不下馮知縣？馮知縣可是流連花叢數十載，據說，當初年輕的時候，就是個風流翩翩佳公子，豔遇無數。

說來，馮知縣的才學也是不錯的，小小年紀就中了秀才，只是朝中無缺，這才在南下鎮做了好些年的知縣，無功無過。

說起這些，秦氏也是聽過的，秦氏時常出門，還偏愛往西市去，有時候一待就是一、兩個時辰，每回都能聽到好大的八卦。

無非就是哪戶人家後院的姨娘如何了、夫人如何了、庶子如何了……紛紛擾擾，爭亂不休。

秦氏也真是怕了，每回聽了回來，總得念叨到一家老小都聽說了。

「還是咱家好，一家子和和樂樂的，多好，就是丸子他們兄弟幾個再淘氣，也沒有這種戳心窩子的大事兒！」

「依我看吶，那端姑娘，既是個庶出的，哪有啥權力，就是能有個得用的丫鬟婆子就不錯了。說不準哪日知縣夫人就回來了，這平妻不過是平平馮知縣的怒火而已。這都好多年過去了，知縣夫人又是那端府的嫡出姑娘，哪能不回來？」田慧一直都知道，知縣夫人並不曾被休棄。

秦氏心裡隱隱有些擔憂。

後來，秦氏也知道了些，知縣夫人與田慧有些衝突，雖說並不是在檯面上的衝突，不過，知縣夫人被馮知縣送回娘家這麼些年，多半還是因為她家冬子夫婦倆的緣故。

若是讓秦氏說，這個端姑娘入主縣衙後院，挺好的。要是讓知縣夫人回來了，這端姑娘一準兒不是知縣夫人的對手，那麼，她家慧娘哪是別人的對手。

唉，等哪日有了空閒，看來得跑一趟郊外的寺廟了，求個平安符，多添點兒香火錢！

自打劉氏他們回去後，第二日下半晌，大柱隻身一人，包袱款款來了鎮上。

「怎這麼快就來了，衣裳做好了？」劉氏祖孫倆回去已經是下半晌了，就是馬不停蹄地當晚就做，也不可能這會兒便做好了。

大柱身量高，光是裁剪就得花了不少時間，關鍵是還得繡上好些字，這可真是得花上不少工夫的。

大柱撓著頭，有些不好意思地道：「奶奶和娘連夜給做的，今早天不亮又起來繡了一日，這不才完工了一件，讓我先來鎮上，過兩日再託知故叔他們帶了來。」

大柱將包袱裡的那件夥計服給拿了出來，遞給秦氏，秦氏抖開。「你奶奶的繡活可是到老還越做越好了，半點兒看不出來是趕工趕出來的！」

聞言，大柱總算是放心了，臨出門前，劉氏還又不放心地打開包袱，仔細地檢查了一通，才算是放了心。「大柱啊，你去鎮上可要眼色活絡些，咱也不是說去搶著做掌櫃啥的，咱就本分些，若是有不懂的，就多問問你知故叔，你別存著小心眼，說這個不是那個不是……」劉氏不放心地又給勸導了一遍。

昨晚，劉氏和大柱他娘忙著做針線活兒，大柱也乖乖地坐在一旁，聽著劉氏忙裡偷閒地教導。至於楊府裡的人的性子啥的，劉氏統統一個都不說。

「娘，您都沒跟大柱說說，說說該注意啥的，大柱年紀輕，許是不知道輕重……」楊立海有些不放心，若說自家兒子小時候還有幾分機靈，越大倒越木訥了，生怕去了鎮上，沒半點眼色勁兒的，惹了人家的厭。

劉氏瞪了一眼這個大兒子，聽明不足。「你當人家是看上了大柱機靈？你自己摸著胸口說說，二柱不比大柱機靈？還是不比大柱討巧？」

楊立海悻悻地摸摸鼻子，他也知道他娘說的是實話。「大柱小時候可不比二柱差！」

劉氏抓起掃帚衝著楊立海掃了過去。「收起你的這副嘴臉！你兒子這是有福氣了。你別給人添堵，人家可就是看中了大柱老老實實，大柱的事兒你別攙和。你二弟心裡指不定在罵娘了，明日我就找里正給你們分家。這農田，多半都是給你二弟的，我先給你們夫婦倆吱個聲兒，一會兒等你二弟來，再商議商議。」

這個家還是劉氏說了算的，楊立海雖說偶爾有些不靠譜兒，不過，對於劉氏的話，卻是半點兒不敢有異議。

兄弟兩人感情也還算是不錯。

秦氏讓大柱先坐會兒，今日就歇在楊府，明日再去鋪子裡。

「二奶奶，這會兒還沒到飯點兒，我去鋪子裡看看能不能幫上啥忙，我坐不大住……」

說到後來，大柱都有些不好意思了，三柱就時常說他是「勞碌命」，不會享福。

因為他娘就生了他一個兒子，而二嬸卻是生了三個兒子，大柱是將自己當成了兩人在用，他不想自己娘抬不起頭，不想被人說道自家壯丁少，占了人的便宜，哪怕這個人是他二叔。

後來，大柱就只知道埋頭幹活了。

昨晚，聽他娘偷偷地跟自己說，他們家可能要分家了，驀地，他鬆了一口氣。這些年，壓在他身上的重擔，讓他快要喘不過氣兒來。

他娘抹了把淚，大梅牽著四梅，一個個都抽抽搭搭的，他娘只知道囑咐他。「娘一直知道，咱大柱就是有福氣的，一直都知道的……到了鎮上，也別闖禍，娘在你的包袱裡放了五十個銅板，這是你大妹這些年做針線賺來的，偷偷地攢下了那麼些。娘沒用，這麼些年，就是半兩銀子也沒有攢下，竟是要靠你們……」

大柱他娘，鄔氏的娘家並不算是頂好，只是鄔氏的娘家人丁興旺，是個大家。當初劉氏自己一個人，孤兒寡母的，不想兒媳婦太強悍，只想尋個聽話的兒媳婦。

人丁興旺，又不多話，關鍵是看起來並不聰明，不會自作聰明！如此，劉氏也是請了媒人上門去說了好幾回，才將鄔氏求娶了回來。可惜，鄔氏只生了大柱一個兒子！

說來也怪，鄔氏的親姊妹、堂姊妹，嫁出去的，都會生兒子，但是生的都不多，頂了天兒的，也就兩個兒子。為此，鄔氏的姊妹在婆家的日子，都有些抬不起頭來。

鄔氏本就是軟弱的性子，弟妹生了三個兒子，越發讓她抬不起頭，連話都不敢說重了，至於平日裡做繡活兒換來的銅板，哪敢自己私藏著。還是大梅膽子大些，這才藏了五十個銅板，這回算是派上用場了。

昨日劉氏回來，當著一家人說的。「大柱，明日就去鎮上做活，他二嬸親自開口說的，也算是他的造化了！」

劉氏雖說得不經意，不過，沒忘記打量著兒子兒媳婦的臉色。這些年，劉氏雖說沒有苛責鄔氏，不過，言語中自是將不滿帶了出來。

對著兒媳婦，自是不必將自己的情緒藏著掖著。

看著鄔氏抑制不住地有些顫抖，劉氏竟是不知道該作何感想。劉氏雖說自認為心眼不偏不倚，到底還是照看著老二家多了些……

「娘，那我們家二柱呢，慧娘可有說讓二柱也一道兒去？」楊立河的媳婦，方氏脆生生地道。

方氏自打三子出生了後，眼裡的那種得意勁兒，竟是怎麼都掩飾不住了。欠敲打！

劉氏低頭喝粥，悶不作聲。

方氏急了。「娘，沒說我家二柱？娘，怎麼可能，肯定是弄錯了！」

劉氏不語，方氏就知道二柱是沒有戲的，不管楊立河拉著她的袖子，拚命地對著她使眼色兒，方氏仍放下了碗筷，上半身傾斜，想讓自己靠著對面的劉氏近些。

劉氏看了眼楊立河，楊立河正緊張地拉著方氏的袖子，二柱也擺著臉，瞪著大柱，活脫脫好似大柱搶了他的活兒！

越看越惱火！劉氏將熱騰騰的一碗粥，連粥帶碗全砸向了方氏。

「楊立河，你是死人了不成，就由著這個婆娘這樣對你娘說話，這是巴不得我死了不成！」

到底是劉氏積威猶盛，楊立河給了方氏一巴掌，打得滿手的粥，也不敢擦一下。「死婆娘，妳這是想造反啊！娘一向一碗水端平，這兒有妳說話的地兒嗎？」

劉氏暗嘆了一口氣，不管信不信，還是將田慧親口讓大柱去鎮上做活的事兒說了，並不算是正式的，只是去做做看，沒有工錢。

至於工錢這事兒，劉氏在回來的路上已經跟大柱說好了，大柱這人雖說實心眼，但是並不傻。

「這兩日，咱就分家，該如何分就如何分。」

這會兒，楊立河也急了，自家三個兒子，大哥家卻只有一個兒子，現在大柱又開始能有一份不薄的進帳，若是分家的話，自家明擺著吃虧啊。

「娘，我不分家，我們這樣子挺好的，二柱他娘不懂事，回頭我就去教訓教訓！」楊立河說著，又喝止方氏不許哭。

「行了，平日裡就見你最疼你媳婦了，別打給我看。」劉氏接過鄔氏又端過來的一只碗，重重地放在桌上，嚇得一干人等都不說話。

「這些年，託冬子的福，咱家也多置辦了幾畝地，如今好賴都有二十餘畝了，分成三份，老二家獨占兩份，老大家就一份，這地，也讓老二家先挑。至於我，跟著老大一家子過，每年也不用你們給銀子，送點兒口糧過來就好了。」

楊立河心動了。

就是方氏也不哭了，只是低著頭在啜泣，心裡頭也盤算開了。

「你們若是覺得合意的話，這事兒就這麼定了，老大家，我替他們做主了！」劉氏飯也不讓人吃了，趕了老二一家子出了門。

劉氏端起碗，喝粥，屋子裡只能聽到喝粥的窸窣聲。

「老大，你可怪過娘？」劉氏雖說問的是楊立海，眼睛卻是盯著鄔氏，鄔氏慌得直搖頭，不過，不敢開口說話。

這麼些年，劉氏還是頭一回發如此大的火。

楊立海剛剛才盛了第二碗粥，端著碗愣住了。「娘，您說啥啊，我就是您一手帶大的，有啥怪不怪的，您不是說大柱往後會有出息嗎？往後我等著享福就是了……」

楊立海一向是個心寬的，聽到劉氏說跟自己一家人一道兒生活，便沒有啥不樂意的，縱然是吃苦，娘也是一道兒的。

「若是由著老二家先挑，挑了十幾畝的好田去，這剩下的田，可是出產都是不高的，你們這日子便艱難了……大柱還不一定會得了這活計，若是不能留在鋪子裡，你們可得想好了。你別看這十幾畝地，一進一出，也有近二百兩銀子了，咱附近的地可是真真的值錢！」神祕商戶留了個管家，仍是在鎮上收農田，不管好賴，都收！

劉氏說完，定睛看著鄔氏。

鄔氏知道，劉氏這是讓她表態。

「娘，我信大柱這孩子！大柱是我生的，我知道他不會有壞心眼，我信他！」鄔氏就是過得再艱辛，若是分了家，往後她也能給閨女置辦上嫁妝，而不必看二房的臉色了。

劉氏嘆了口氣。「這些年，委屈妳了，我都知道……大柱是個好的，妳就等著享福吧……」

鄔氏搗著嘴，大哭……

這日，錢氏從楊家村匆匆而來，黑著臉，一看就知心情不大美麗。

一跨進楊府的大門，錢氏就已經說了好幾次。「反了、反了！」

秦氏一看這陣仗，就知道有事兒，而且還不是小事兒，這人啊，可是尋常不發脾氣。「這是咋的，一大早發那麼大的火！先進屋，喝口茶，緩緩氣兒，慢慢說。」心裡卻是好奇得不得了，這是誰反了？不過，錢氏這一家子，誰敢惹呢？

福嬸幾人都在那兒排排坐，等待錢氏喝完茶，但錢氏早就忍不住吧啦吧啦地說開了。

「這不，慧娘昨日不是讓知通給我來了信兒嗎？這不，我才曉得慧娘早就讓楊知故帶信兒讓我來一趟鎮上……」

方夫人有一日還特意帶著自己的兩個姑娘來了一趟楊府。

「楊夫人，不知道錢嫂子那兒，可說過了？」方夫人試探地道。

因著楊知故時常來楊府，田慧自然是不做他想，隨口就跟楊知故說了聲，讓錢氏有空就來趟鎮子。田慧並沒少讓楊知故帶信兒，楊知故都已經習以為常，便是隨口那麼一問，田慧也隨口那麼一說，結局就是，楊知故，連個口信兒都沒往家裡帶。

知通知事兒弟倆，若是石頭宴關門得早，時常會回村子裡去。

原本錢氏還想著搬到鎮上來住，不過，一一在書院裡念書後，錢氏也就歇了這心思，二二也回了村子後，錢氏就更沒啥時間了。

這不，才小半個月沒到鎮上來串串門，就被楊知故坑得好慘，連親娘都坑吶！

「說起這事兒我就胸口疼。若是不想成親，我也沒逼著今年就得娶媳婦回家，就是再晚兩、三年，我都隨著他去了，反正兒子還怕娶不上媳婦？就是這樣子不明不白的，讓我這心裡頭怕著啊！」錢氏拍拍胸口，真是被氣著了。「昨兒個知通回來說了這事兒，我這一晚上沒睡好，天不亮就催著知通進鎮來了。」

福嬸是頭一個發現楊知故不對勁兒的，不過，她也不好多說。在一旁勸著錢氏，左右不過兒大不由娘的話。

錢氏這心裡是說不出的苦吶！

田慧如今就是想睡懶覺也睡不得了，丸子睡得早、起得早，可不管外頭冷不冷的，醒了就不想在被子裡待著，田慧無法，只能硬著頭皮跟他一道兒起了。

「嬸子，知故這小子也沒啥不好的，旁人不知道有多羨慕您有這麼能幹的兒子呢。不就是親事上難了些，許是還沒有這想法吧，等大了些就好了……」

錢氏聽得直搖頭。「妳們這是不知道啊，我昨晚逼問著知通。原來，這小子時常會不見蹤影，倒也不是在鋪子開門的時候，就是開門前、關門後……至於去了哪兒，他們都不知道。我昨日發了好大一通火，將老大、老二和兒媳婦們都給罵了一通，這不是欺上瞞下，就哄著我一個玩嗎？讓他們管著些弟弟，這倒好，聯合瞞著我了！」

田慧默默地低頭玩指甲。

她是不是也在這一分兒了……

「好了，現在說啥都沒用了，若是有喜歡的姑娘，不也是好事兒嗎？回頭我給作個媒，探探人家姑娘家的口風，這不就結了嗎？」秦氏寬慰道。

錢氏的臉色突然間怪怪的，一臉的便祕樣兒。

在秦氏的追問下，錢氏深吸一口氣，一口氣兒地吐了出來。

「妳們回村子少，就是回去，也待不了多久就走了，前段日子，咱附近村子裡，可是出了大事兒！

「就那下坡村，說來也真是奇了，這下坡村的村民的日子確實是一日不如一日，還真是像了這名字，都走下坡路，這不，住在村子裡的村民越來越少了，都說是村子裡風水不好。還真有搬出去的村民，有的就跟著媳婦，去了媳婦娘家的村子裡落戶，這日子倒真給過了起來，還不止一、兩個，這些都不算是啥大事兒了。

「這回，下坡村的一個年輕後生，他爹娘是早就沒了，吃著百家飯長大的，如今也是二十好幾了，前些日子不知道從哪兒帶回來一個男人，一個男人吶！這也沒啥，村裡人還道這兩人是表兄弟或是啥的，這年輕後生也啥都不說，村人問著，他都笑嘻嘻地聽著。可是這哪有不透風的牆，這不，就有人看著這兩人在自家院子裡，嘖嘖嘖，不說了，說了妳們都不信，這抱著摟著，就跟別人夫婦倆做的事兒一樣！

「這可不得炸了鍋，一開始村子裡的也看他可憐，憐他娶不到媳婦，才走上了這條不歸路。下坡村就是日子艱難，里正都出面了，說是村人籌錢，給他買個媳婦來，叫他讓那男子打哪兒來回哪兒去。妳們倒是猜猜，後來咋的？」

錢氏原是不擅長說故事的，學嘴這事兒，對於錢氏來說，真真是要命的事兒。不過這回，卻是說得活靈活現。

福嬸也是一臉的怪異，繃著臉兒問道：「這人兒，妳去瞧過了？」

「我這不是閒著也是閒著嗎？碰巧我回了娘家，這下坡村就在我娘家村子的隔壁的隔壁！」錢氏說起來，深深後悔，去了一趟悔死了！

鄭嬸的臉色卻是好看了不少。「我跟老頭子當初過來的時候，有經過大的城，就聽說過，有一種青樓，裡頭全是男的，這叫啥地兒，一時想不起來了。」

人家那是面首……田慧低頭不說話，懂得太多，不好不好……

這不，鄭嬸子的話才落，眾人就紛紛盯著鄭嬸看，好似，這人要不就是去過了，要不就是見識太廣了，真是令人浮想聯翩。

「這盯著我做啥，不是我，繼續說事兒、繼續說事兒……」慌得鄭嬸臉色變了，連連擺手。

噗哧！

「看把鄭嬸給慌得，嬸子，繼續說唄，這人到底如何了？」田慧解圍道。

「還能如何，那年輕後生說，他們倆是真愛！真是臊死人了，這啥情啊愛的……苦勸無果，這下坡村的名聲已經不大好了，這麼一弄，誰敢住下去？這年輕後生，還虧得是吃百家飯的，百家飯養活了這麼一個人……這下坡村怕是就這麼完咯，村裡人勸不了這後生，本就剩下那麼二十來戶人家，現在倒好，這村子弄不好就得空了……」錢氏說完，還嘆了口氣。

下坡村的老人還讓年輕人將這後生給綁了，帶到他爹娘的墳前，那年輕人也就跪在那兒哭，說是對不起他爹他娘，往後他會去收養個小孩兒，不讓他爹絕了後！

好賴都說了一通，實在是拿這年輕人無法，就是趕都趕不走。

院門前堆了雞屎豬屎，這人就是不肯走，第二日悶聲不響地就將這些屎給鏟了、埋了。這長久丟屎，也丟不起啊，這來年地裡的莊稼可就指著這些屎的。

說完，眾人靜默了。

錢氏這話裡的意思，無非是怕楊知故這小子，也走上這條不歸路了。

是挺嚴重的事兒……

「妳說說，這得是瞧上了誰家的人，才不好回家開口說？一回不成，咱多求著幾回，凡事都有可能成的，但現在這樣子，只想阻撓著說親，這……若是以前我倒是不會多想，可是自打我從下坡村回來，我這、這就忘不了！」錢氏一蹬腳，給惱得不行了。

「想多了，這絕對是妳想多了！」秦氏雖說是如此說著，可是心裡頭卻是盤算開了。南下鎮的這些大戶，都知道錢氏這家人跟自家關係匪淺，當初慧娘出嫁還是從錢氏的家裡出嫁的。楊知故到楊府，就跟進出自己家一樣，慧娘待楊知故一向不薄，就跟自家小弟一般，來往密切的這些人家都是知道的。

一看楊知故的性子，還有些像楊立冬，都不是藏著掖著的，若是真說得出口，怕是早求到田慧的跟前了，如此的話，錢氏這擔心，也不算是空穴來風了？

唉喲，這可不能走上這歪路了……

「知故這小子，若是真有瞧上的姑娘家，早就眼巴巴地求上慧娘了，哪會現在這樣子……」錢氏已經想了一晚上，這心已死！

「妳定是想多了，我瞧著知故好得很，這事兒還不好辦，將人給喚了來，弄個明白，可不就好了，咱在這兒自己嚇自己！」秦氏仍是一百個不願意相信這事兒，前幾日還見過呢，挺有正氣的一個小夥子。

「我這都已經想好了，若是連楊知故都成了這個樣子，我就將人給送到下坡村去，來個眼不見為淨！」錢氏氣狠狠地說道，說完自己也給樂了。

「我這說了一通可算是舒服了些，昨晚連老頭子都不敢說，生生地差點兒把自己給憋過去了，唉，還果真應了那句話，兒大不由娘。想當初，知情知趣姊妹倆，就半點事兒都沒好讓我操心的，可就兒子，特別是這最小的，可讓我是操碎了心。」

田慧，感同身受……

楊知故看著他娘的身影，身旁還有那麼一大串人，忍不住冒了冷汗。

他總算是明白了，他大哥今早那自求多福的眼神。

殺氣騰騰。

鋪子裡還不曾開門，楊知故正閒著，雖然他想裝作很忙，不過，最終敵不過他娘那眼神，恨不得過來跟他拚命。雖然，他的命，就是他老娘給的，只是那架勢太嚇人了。

「啊……」田慧驚呼。「我想起來了，我那時候懷著丸子，每日都吃著楊知故這小子不知道從哪兒弄來的點心，後來讓知通去打聽打聽，竟是一直沒啥回音。我還當不過是個鋪子的事兒，楊知故這是給忙忘記了，也就沒放心上……」不過，那點心的味道還真是不錯，就是現在，她偶爾還能吃上……

楊知故衝著田慧眨眨眼，田慧視若未見。

「知故，你倒是說說，這是哪家鋪子的，我現在就去買！」

田慧話落，錢氏就大大地鬆了一口氣，總不至於還有個男子點心做得這般好吃吧？不過，一想起下坡村的那兩男子，不也是沒女人做飯嗎？不照樣沒餓死，聽說還吃得紅光滿面的……錢氏心又冷了幾分，年紀大了，禁不起嚇了。

秦氏示意錢氏別開口說話。「知故啊，我們讓你娘來一趟，是關於你的親事的。方府的姑娘，我跟你慧姊看了，都覺得不錯，這不就來跟你娘說說。方府也是咱鎮上的大戶人家了，方夫人跟知縣夫人還是表姊妹。雖說這姑娘只是養在方夫人跟前，不過，方夫人一向待她如親生，跟方少爺也親近，就跟個嫡出的也無差。我聽方夫人話裡的意思，這方家姑娘的嫁妝定然不薄！關鍵是那姑娘家長得行，性子也不扭捏，我跟你慧姊都挺中意的……」

楊知故低頭不語，也不說好，或是不好。

錢氏一看他這副樣子就來氣兒，這頭上的白頭髮，都被這小子給氣出來的。「自古就是父母之命，我今日就不走了，明日跟著你慧姊去方府看看人家姑娘去，如是合意的，這事兒就定下來了！」

楊知故抬頭，衝著錢氏咧嘴一笑。「娘，若是您想害了人家一個好端端的姑娘家……」

「你們聽聽，這個不孝子，料定我不敢了！」錢氏指著楊知故「你」了半天，還是罵不出口。這左右罵來罵去，還是將自己給捎上了。唉喲，氣得心口疼。

「楊知故！你別老是氣你娘，你想怎樣？這到底是誰家的姑娘，若是好的話，我跟娘一道兒出面跟你說親去，大不了就是多走個幾回，也給你把人說回來。」田慧這才想到，還有些姑娘，可是在見不得光的地方的……

秦氏附和，楊知故也只是眼睛一亮，就又低頭不說話了。

到了後來，不管如何說，楊知故就是不肯開口。

「好了，嬸子，這事兒您也放心吧，若是知故這小子能憋著不去見那家姑娘，咱也沒法子。若是憋不住，自有被咱知道的那一日，那這往後，可就是這小子求著咱給他提親去了！嬸子您也別著急，回頭我讓冬子哥去查查，看看能不能知道這是哪家的姑娘……」

錢氏默默地點頭回村子去了。

「我看楊知故這小子玄了，就是真的娶了這家姑娘，妳嬸子的心裡定是彆扭得慌……」

秦氏搖搖頭，這楊知故畢竟還是嫩吶。

田慧聞言，嗄，自己可是三個兒子……

圓子過幾年也要說親了，若是真像楊知故這般，說不準她脾氣上來了，連兒子都不肯要了！

難不成她這也是「吃醋」了？為兒子吃醋了？

第六十四章 平妻

十一月初十，是馮知縣娶平妻的日子。

可十一月初一，知縣夫人就回到了南下鎮。眾人私底下都在議論，這娶平妻的事兒，是不是要取消了？

哪知，到了初二這日，知縣夫人就領著端姑娘來了楊府。

知縣夫人態度極好，言語卑微，也只是跟秦氏和慧娘寒暄了一陣，就領著端姑娘走了，很是讓人摸不著頭腦。

除了去楊府，知縣夫人還去了一趟范縣尉的家裡，最後一趟，就是方府了！

端姑娘是一改常態，低頭不語，臉上的笑容也是淺淺的，不失規矩就是了，只是站在知縣夫人的身後，竟是連個坐的地兒都沒有。

十一月初十，這喜宴辦得很熱鬧！知縣夫人臉上的笑，從喜宴開始到送客，一刻都不曾落下。

眾人紛紛道，這回了一趟娘家，這性子就大變樣兒了！這話也只敢在心裡默默地念叨。不過，這回一趟娘家，可也是回了兩、三年，若是還不變，怕是回不來了吧？

秦氏提心吊膽了半個多月，見知縣夫人也只是安安靜靜地在縣衙後院，聽說就是連大門都很少出，這才放了心，安心地過起自個兒的小日子來了。

丸子最近時常會黏著團子，實在是「知音難覓」，就是連去書院也哭著吵著要去。

這頭一回去，鄭老伯還不放心，跟福叔兩人守在書院的外頭了，就等著先生將哭著鬧著的丸子給送了出來，眼巴巴地等了半個多時辰，還不曾出來，就在書院不遠處的茶棚坐下來，要了一壺茶，喝了半日。

直到後來送午飯的時候，才見著了丸子，據說，很乖。就是連先生都說了，往後丸子若是想跟著來，就隨他。

聽說天賦異稟的人，都有不同的待遇，難不成……總之，福叔兩人在茶棚裡，將丸子的無限可能，都給分析個透兒。

待到下學歸了家，福叔才知道，丸子這一日啥事兒都沒做，就看著先生在那兒畫畫，丸子也拿著小號的筆，學著先生的模樣，在畫畫……

只是，誰也沒看出來丸子畫的是啥。

丸子在一旁解說，團子嘴角抽抽，沒臉翻譯。

不過，這日，丸子並沒有跟著去書院，因為起得晚了。也不知道是不是團子故意起早了那麼一刻鐘，將丸子給落下了，因為團子早出門了那麼一刻鐘。

磨磨蹭蹭地，圓子幾人總算是下學回來了，才剛剛出現在後院，就被丸子給拖著走了。

團子拚命地給圓子、阿土使眼色兒，倒是惹得圓子大笑不止，還不待田慧追問，等團子被拖走後，圓子就迫不及待地招了。「團子這是心虛呢！誰讓他一大早故意躲著丸子，生怕丸子跟著去書院，早早地催著我出門，這早點都沒吃成，還是團子用他的私房銀子給買的兩個大包子……」

「丸子在書院闖禍了？」田慧有些不明所以。

「若是讓丸子聽到了，說不準就得跟您急了！在書院裡可乖了，比在家裡乖多了。每日就拿著畫筆，跟著先生學畫……」圓子難得「蔑視」地看了眼田慧。「丸子吧啦吧啦地說了半日，我們都聽不大懂，可不就是團子一人聽得懂嗎？最近讓他翻譯，團子總是支支吾吾地說他也聽不明白，明明看他的臉色，啥都明白……」

關鍵還是一副見了鬼的表情，這還聽不懂，蒙誰呢！

「丸子還小呢，這筆能拿穩就不錯了，往後可不許聽團子的，丸子一心向上，這可是好事兒，可不許阻止丸子向學，你們先生是難得一見的好先生。」最重要的是，楊府的花花草草，可是真的解脫了。

團子因著心虛，被丸子拖著走，也是半點兒反抗都沒的。

一進書房的門，丸子使出了吃奶的力兒，關門！還指使著團子將門給鎖上。

「丸子，咋的？關門做啥，哥哥他們還要進來呢……」在丸子小有威力的怒瞪下，團子還是幫著丸子將門給鎖上了。

團子被丸子帶到了書房的東北角落裡，那裡擺著一張翹頭長案，這一看，團子也得給瞎了……

楊立冬最喜的澄泥硯，平日裡練字，都是用的這一方硯臺。

「完了，你怎麼去碰爹的硯臺，你要是想換一塊硯臺，娘那兒收著好幾塊呢，你去問娘要就是了，這可是爹最中意的一塊硯臺了。前些日子爹還說了，就這塊硯臺用得最是順手，這可是從京城裡特意帶回來的……」楊立冬帶回來的東西不多，這塊硯臺就是。

不過說來也真是怪了，爹爹明明那字寫得，也只是比娘稍稍好上了一點。

每回在書房，楊立冬也總是拿著大號的筆，寫著大字……

砰砰砰！

「團子，你們這是在做啥，幹麼將門關上，快打開！」

門外傳來了圓子的敲門聲，丸子雙手合十，朝著團子不斷地作揖。

團子揚聲道：「哥哥，一會兒，你們先去玩會兒，娘說一直看書對眼睛不好，丸子尋我有事兒呢！」

「快些呢！」

幸虧圓子也不追問，還當是丸子在尋團子「算帳」。

「這事兒我也不敢給你頂缸……我說你幹麼去折騰爹的東西，最怕爹了，還非得去折騰爹的東西，我看你這就是欠揍！」

團子還是彎腰替丸子收拾殘局，瞞得了一日，就先瞞著吧。

「人……」丸子口齒清晰。

團子的手，頓了頓。「又是美人？」

想了半日，才想起來，硯臺上雕刻的是嫦娥奔月……還真是美人吶！

團子忍不住打量了下丸子，肉嘟嘟的，嗷……豬八戒……

這幾日，團子生活得很拮据。

原本，團子就是摳摳索索的性子，這麼些年來，壓根兒就沒出一個銅板給楊府的長輩買東西過，適逢生辰啥的，都是送自己畫的畫，或是寫的字，總之，該怎麼省錢，該怎麼摳，就怎麼來。

不過，這幾日，團子一臉的晦氣，四處借銀子，可惜以前「銀品」不大妙，這回借錢，遇上了前所未有的阻撓。

「娘，我昨日在書鋪看見了一本書，孤本！可算是我運氣好了，這若是一般人還真是想都別想的，我讓掌櫃的給我留著，等我這幾日籌夠了銀子就去買來。」團子說著心在滴血。

田慧最不喜這些孤本、絕筆啊……反正她都看不懂！

「我可沒銀子……這事兒別尋我，我不是讀書人，不興這種孤本的，若是買鋪子啥的，你倒是來尋我！」田慧想也不想地就拒絕道。

這兩年「石頭宴」替田慧賺了不少的銀子，不過，田慧早就將銀子都給了楊立冬，讓楊立冬在康定城裡置辦了兩間鋪子，待得過了年就將鋪子收回來。

這兩間鋪子是相鄰的，按照楊立冬說的，等過完了年，就將鋪子的後院給打通了。康定城的大戶人家規矩又較之嚴格了些，大戶人家的女眷大都是戴著帷帽，領著丫鬟婆子，不過倒也算是常見。

「娘！這話若是讓先生聽見了，定會說您不尊重讀書人……」團子還未說完就被田慧打發了出去。

「好了，你娘我不是讀書人，供得起你們念書就不錯了，往後有啥孤本也不用跟我說。回頭你跟書鋪的掌櫃的套套交情，弄個手抄本也是一樣的，不都是書嗎？別迂腐，念書念傻了啊！」

處處碰壁。

倒是丸子那兒還有一點點進帳，不過是到福叔他們家，各家要了半兩銀子。福嬸小心將銀子放在荷包裡，荷包上還繡著五子送福。「丸子，銀子可要收好了，回頭出去的時候，買糖葫蘆吃。不過不能一個人出去，啊？」

丸子忙不迭地點頭。

福嬸還不放心地將丸子送到書房裡團子的身旁，又是一番囑咐。「好了，這事兒別讓你們娘知道了，否則可是要發大火的！」

田慧不給丸子一個銅板兒，也不許旁人給。

「團子，你這是做啥？向我們借銀子還不夠，還問福奶奶他們要銀子？你說說，都拿多少了？」圓子等人一走完，就示意阿土將門給鎖上了，逼問團子。

丸子若無其事地被放在了圈子外。

「你們又是半點兒銀子都不肯借，一兩銀子都不肯借！」團子為此很受傷，還是不是親兄弟啊，一兩銀子都不肯借給他！

阿土本就沒有多少私房，大概也就二兩多些，這還是如今他家日子好過了些，他娘偷偷給的零花。雖然這兩年，他爹已經不管事兒了，家裡的銀子都歸阿土娘那兒管著，平日裡無事兒也不大回楊家村。

頭一年，也是啥事兒都不管，阿土娘一向是要強的性子，不想被旁人說道，每逢過年，也不給銀子，就買些豬肉，買顏色顯老氣的布料子，掐著半兩銀子花。

到了年前，一家三口，一人拎著一樣東西，從自家的新院子出來，大搖大擺地往阿水家去，路上遇著村人，特意主動地招呼上，大聲地告訴人，他們這是給阿水奶去送年禮了！

「雖說是隔房的叔叔了，不過，這禮儀可不能少了。這不，畢竟也是在一道兒過活了那麼多年，阿土念書了，還勸我來著，文謅謅，我聽不大懂來著……」

大老遠地，阿水奶就聽到了阿土娘的聲音，阿水奶早就在正屋等著了，可是隔了一刻鐘，阿土一家子還沒有走到屋子裡，這可是將阿水奶給氣著了，大聲吆喝阿土爹。

阿土爹低頭不說話，阿土娘卻是吆喝上了。「孀子，您這是在喚我們呢！我們這不剛剛從鎮上回來，特意置辦了些東西給您和叔，家裡都還亂著呢，這就不進屋坐坐了。」

阿土娘語氣倒是恭順，只是阿水奶聽著那一聲聲的「孀子」、「叔」，怎麼聽，都覺得刺耳。她可是聽說了，錢氏趁著年前，可是買了好些地，同在一處幹活的阿土娘兩人，怎麼可能沒銀子，就這麼點兒東西，不用半兩銀子可就被打發了。

阿土娘的氣兒都還沒消，阿土爹對她的話唯命是從，來之前就已經說好了，將東西放下就走。阿土爹一向老實，將東西往阿水奶的懷裡塞，完了，就要走人。

阿水奶早知道這個兒子已經指望不上了，不過這送上門來的宰人機會，她還是不能放過的，否則，這一年，她怕是都要睡不好了！

「老大，你也知道娘跟你爹都老了，年前又出了阿土這事兒……怕是這個年，就難嘍……」阿水奶不顧遠遠圍觀著的那些村人，神情拿捏得恰到好處。

阿土那是一刻都不想待了。「叔奶奶，難不成您把我們趕出去了，又想我們不吃不喝地供著您家的兒子孫子吃喝？這麼些肉，就是光吃肉，也能將年給過出了，這布料子還能各做好幾身衣裳呢！村子裡，多少老人家可是過年穿不上新衣服的，您也是多虧了我娘能幹！」

「爹，娘，我們走吧，還要打掃院子呢，還有錢奶奶家要送禮呢，我腿被打的時候，可都是錢奶奶一家子照應著。」阿土這才一說，阿土爹就立刻應了。

「走，那趕緊去錢嬸家，阿土可是多虧錢嬸了，就是牛骨頭啥的，都有尋來過。」阿土爹真心地感激錢氏，雖說那會兒因為田慧在楊家村，對阿土的照應自是沒話說，就是比自家都好。

阿水奶就這麼看著一家子急匆匆地走了，手裡的東西想扔，又不捨得。「哎呀」、「唉喲」幾聲，也沒將人的腳步留下。

是以，雖是阿土娘掌著銀子，不過，阿土娘還是習慣性地偷偷塞銀子給阿土。

「我就二兩多的銀子，你、你若是要的話，就都給你吧，不用啥借不借的……」阿土早幾日前就將銀子給準備好了，頭一日，團子來借，被圓子呵斥了一頓，還責令阿土不許借銀子給團子。

阿土才剛剛伸出錢袋子，就被圓子給劈手奪了去，一隻小手、一隻不大的手給晾在了空中。

圓子看著這隻肉肉的手背，怒了。「你看看你，將好好的丸子給帶成了啥樣子，也就娘這種，才會不在意！娘有說過，不許給丸子銀子的！」

「你不肯借銀子給我，不是好兄弟，哼！」團子冷哼。「阿土哥借銀子給我，你先把銀子給我！」

圓子軟硬不吃，仗著個子比團子高，更是不願意將銀子給他。「我估摸著你自己藏著的銀子都應該不止十兩了，你、你這到處圈銀子這是做啥，別跟我說孤本啥的，誰不知道你一向不大願意看書，願意花銀子在書上，那就奇了！」

先生有時候說的有用的書，圓子三人都用的是手抄本，圓子是捨不得花銀子，想著手抄本一樣能用，但是心裡還是盼著有一日有錢了，能買原版的。

阿土是因為手頭拮据，不想增加他爹娘的負擔，旁的不敢想。

至於團子，那手抄本，還是自己抄的，至於買原版的，得了，別花這個冤枉錢，買啥不好！

硬的不吃，就來軟的。

「哥哥吶，你當我願意拿出我的私房銀子，那可是我攢了不知道多少年的，我還想著買宅子的！」團子說得好不悲切，伸手一指，指著圓子的身旁，想撈錢袋子，可總是被圓子避了開來。

「那又是為何，你要買哪處宅子？」

團子一拍大腿。「我的親哥哥吶，你看看我這樣子，還像是買得起宅子的嗎？都是你的好弟弟惹的禍，我就是幫人擦屁股的……唉喲，你們可別不信，就那日，我被丸子拖著走了，這硯臺我還不敢扔了呢！」

看著長案上擺著的碎成好幾塊的硯臺，團子苦哈哈地道：「我早就說過，這種好東西沒啥用處，這碎了，大筆的銀子也就跑了，黏也黏不上！」

團子更加清晰地認識到自己正確的人生觀、價值觀！

圓子給團子一個「自求多福」的眼神。「我那兒還有八兩的銀子，都給你了，不夠我也沒有了。」圓子可不打算管這事兒。

「哥哥，你蒙我吧，你怎麼就只有八兩銀子呢，那麼些年，我想想，這都六、七年了，你就存了那麼點兒銀子？」團子驚呼。「阿土哥都快趕上你了！」

圓子被鬧了個大紅臉，他不大管銀子，也就是田慧他們給多少，他就收在自己的匣子裡，適逢生辰啥的，都會買點兒小東西送回去，那些個小東西可真不便宜，這不，一來一去，這銀子也就沒攢下來。

「你那兒有多少，八兩已經是不少了，等過完年就是我的生辰了，到時候又會多了些的。」

團子撇撇嘴。「那也是我的生辰先，好不好！」

「行了，你那兒能有多少？」

團子得意地在圓子面前晃動著兩根手指頭。「我可是有二十多兩銀子呢，唉，如今可好，都給泡湯了……」一失足成千古恨。

好不容易湊了幾十兩銀子，團子就是將南下鎮給尋遍了，也沒找著一塊差不多的硯臺。

「下回去康定城的時候，再去尋尋吧，咱南下鎮太小了些。」圓子如是說道，團子也知這事兒一時半會兒也沒啥辦法了，況且，楊立冬忙得腳不沾地的，就是回來，也只是匆匆而來，匆匆而去。

團子也實在是有些心疼銀子，能拖得了多久就先拖著吧，反正惹禍的是丸子。

後來，團子的銀子倒是沒花出去，丸子卻是逃不了一頓胖揍。田慧還在一旁慫恿著楊立冬狠狠地揍，這「色狼」的苗子可半點兒不討喜啊！秦氏幾個老人大呼肉疼心疼腦門疼，也沒有攔得住這頓揍。

眼瞧著就要過年了，楊府，這日迎來了重要的客人。

說來也真是巧，這日一大早，眼瞧著都已經臘月二十六了，「石頭宴」昨日就是最後一天對外開門做生意了。忙完了今日，打打掃掃之後，就要關門了，田慧領著三個兒子前往「石頭宴」，算帳去了。

這一年忙到頭，過年的紅包多少也得包點兒意思意思，四個跑堂的夥計，田慧每人十斤肉、半疋布料子，並著半兩銀子的紅包，這也算是老厚的紅包了。

實在是「石頭宴」裡上菜用的都是石鍋，每日下來都累得不想動彈，這就算了，有時候，還會不小心被石鍋燙到，可算是傷痕累累的。不過，做久了，倒是也習慣了。石頭宴的夥計的工錢，可也算是比旁的鋪子裡高了許多。

當大柱拿著紅包，這心裡仍是抑制不住地激動，從在石頭宴做夥計起，第一個月沒有工錢，第二月沒有工錢，到了第三個月，他有些受不住了。

這兩個多月來，大柱的奶奶，劉氏，並不曾因為這個那個的事兒，去過一趟楊府。只在楊家村做著自己該做的事兒，絲毫不過問大柱的事兒。

那夜，他娘緊緊地攥著他的手。「兒啊，你若老老實實地做活，你要相信，別人都能看見……就是不行，咱有手有腳的，去哪兒不行？娘啊，不後悔，這輩子最不後悔的就是這事兒了！我兒啊，也長大了，娘早就盼著我兒長大，如今真的長大了……」母子倆就這樣子抱著，默默地留了一夜的淚。

第二日，大柱仍是穿著乾淨的夥計服，坐著楊知通趕著的馬車去了鎮上，如往常一樣做活，並不曾有何不同。

終於，三個月期滿，大柱得到了三個月的工錢，面如死灰。

這是結了帳，讓他走人嗎？

「怎麼，大柱，銀子不想要嗎？」田慧笑意吟吟地道。

大柱低著頭，搖搖頭。

「既然是要銀子，那又為何好像不大高興？是銀子太少了嗎？這可是讓我為難了，石頭宴的夥計的工錢可都是這些的……」又是搖頭。

「慧娘，妳別嚇唬大柱了，我看大柱就頂好的！」阿土娘忍不住出聲道，大柱就同阿土這般大，這會兒卻是讓人說不出來的辛酸。

這一家子可是真的就指望著他了……大柱，其實，也只是個孩子啊！

「大柱，你二嬸跟你說笑來著，她是讓你繼續做下去。前幾個月沒發的工錢，都補給你了，好好幹啊！」阿土娘拍了拍大柱的胳膊。

大柱怎麼都忘不了，這一刻，自己好似重新活了過來一般！

楊府就留下了秦氏，福叔他們都去打掃石頭宴，等著好過年。

秦氏想著先到西市去逛逛，看看可有啥牛肉羊肉，或是野味兒啥的，再從西市逛到「石頭宴」，正巧順路。

第六十五章　四年

四年後。

「丸子，你過來！門外站著去，誰讓你又打隔壁王府的孫女！」田慧的肚子已經顯懷，丸子也已經有七歲了，正是淘氣的時候。

楊立冬得了聖上的指令，在南下鎮附近建立了軍營，日日操練，打擊東海來犯的倭寇，早出晚歸，好不辛苦。有時候出海抗倭，甚至整月半月就在海上度過，曬黑了不少。圓子團子倒是大多都在軍營裡，丸子自打去年開始，就已經跟著先生在念書了。

隔壁王府的孫女，甜甜，人如其名，是個挺乖巧的女娃子，不過，卻是比丸子大了一歲，兩人不知何時認識的，時常在一處兒玩。玩的地點就是兩府的門口，不拘什麼，但凡能玩的，兩個小娃子都要拿來耍上一耍。

甜甜的身旁跟著好幾個丫鬟婆子，至於丸子那兒，也就只是福叔兩人，因為不放心，也時常搬一把凳子，坐在府門口，曬曬太陽。

「娘，您聽我解釋、您聽我解釋！」自打建了軍營後，丸子自小算是在軍營裡摸爬滾打著長大，若是如此就乖乖地束手就擒，他真的沒臉提這茬。

田慧這點兒人權還是願意給丸子的，雖說這小子一向是狗嘴裡吐不出象牙，但是做娘的，總盼著他有一日能吐出「人言」來。「我聽著，你倒是好好地說清楚，人家甜甜長得多好哇，說話軟軟糯糯的，脾氣又好，你怎麼就能打下手去？你這還是不是男子漢啊，不能動手打女人，這個你不知道？」

自打又有了身子，田慧的性子急了不少，都說性子急，生女兒，楊府上下，空前一心，對田慧這個肚子裡的娃兒，格外有熱忱。

「娘，您把那鞭子放下，抽著人生疼生疼的，要是不小心抽到您自己，就該哭了……」丸子苦口婆心地勸道。

小時候，丸子就是連話都說不清，還得自帶翻譯。這才幾年工夫，就學會噎人了，田慧不得不感慨，人性變化之快！

「快說！」田慧不耐煩地催促道，還甩了甩鞭子。田慧不大會使鞭子，也只是每回拿出來嚇唬丸子的。

丸子看著田慧隨意地揮著鞭子。「娘，您別再玩兒了，求求您了，若是傷到您了，爹回來非得揍死我，您如今可是精貴著，您肚子裡的更是精貴。您行行好，放過我這個不受寵的么子吧，讓我再做半年么子吧……」

啪！鞭子抽在了地上。

「娘，您還真抽啊……」丸子倒吸一口涼氣。「停、停、停，我說，我說，我說就是了……娘，您是不是我親生的，哦不不，是我是不是您親生的兒子啊？」

丸子看著田慧舉高的手，也不敢再貧嘴了。

「啊——娘，我說……是那甜甜非得跟我玩過家家，我就想玩大將軍打仗，可是甜甜不中意，我就跟甜甜猜正反，我沒她玩得溜兒，就讓她先來了。其實我平時都在做正事兒，玩的時間都沒的……這不，就辦家家酒玩了，我當小爹爹，甜甜當閨女，這女兒不乖，非得鬧騰個沒完沒了，要這個要那個，我還沒來得及去賺銀子，閨女不懂事，我這不就打下手去了！然後，就這樣子了……」

「你們這是過家家鬧著玩兒的，你怎麼能真的打下去呢？」對著丸子，田慧耐心都快用盡了，就那麼點事兒，就能鬧到動手打人？

丸子慣會「看圖說話」，這會看見田慧也不「喊打喊殺」了，換了個策略，兵書上說，這就是以柔克剛！

丸子有些「委屈」地嘟著嘴。「可是甜甜的，卻是真的哭了，那我就真的打啊，甜甜說要認真玩兒的！」

「甜甜就是甜甜，好好叫人，什麼甜甜的……」田慧反正已經無力吐槽，走遠了。

丸子看著田慧的背影，就知道自己又躲過了一回，幸虧，他爹不在……

「丸子哥哥、丸子哥哥……」甜甜的聲音。

唉……這大概就是風叔叔說的，魅力太好，就是打也打不走了。

丸子正對著火辣辣的日頭，嘆息著造化弄人的時候，甜甜已經小跑著進來了。

「丸子哥哥、丸子哥哥，我不哭了，你跟我玩吧。咱們玩打架吧，丸子哥哥當大將軍，我做小丫鬟好不？前幾日，我還聽丫鬟說，麻雀能變鳳凰，這丫鬟好歹也能變成烏雞吧！」

甜甜小跑著進來，把身後的丫鬟婆子給甩得遠遠的，過了楊府的大門時，福嬸正在那兒摘著黃瓜，打算洗淨了，給丸子嘗嘗，解解暑。

見著福嬸，這些人都停下來，跟福嬸打了招呼，這不，哪比得上一顆紅心繫在丸子身上的甜甜，邊跑著邊喚了聲。「福奶奶，我尋丸子哥哥去了，我也要吃黃瓜。」

等丫鬟婆子追上來時，甜甜已經軟糯地說完了這話。

丸子頓時惡趣味起。「甜甜的，妳跟丸子哥哥說哦，是哪個丫鬟跟妳說的，妳偷偷告訴丸子哥哥……」

丸子嗲聲嗲氣地誘哄道，甜甜立刻中招，看了這幾個丫鬟一眼，附耳輕聲地告訴了丸子，丸子了然地點點頭。

甜甜身邊的這些丫鬟婆子最怕的就是，這個小主子往楊府跑，每回去，每回都得哭著鬧著跑回府去，可累了她們這些做下人的，見著夫人和老夫人都得解釋一回。

一聽說是隔壁楊府的小主子給欺負的，就是氣得牙癢癢也無法。不過，不拘田慧或是其他人，若是丸子錯了的話，都會押著丸子過府來賠罪的，如此，倒也算是相安無事。

早些年，雖說一直在隔壁住著，但是因著秦氏那些個寶貝雞，王府就已經鬧過一回了，雖說是下人，但也是主人家的那麼個意思。後來一直相安無事地住著，原以為，一個官家，一個商戶，會一直這麼默默地比鄰住下去的。

不過，自打王府的嫡孫女出生，不知道她何時在巷子口見過丸子一眼後，每回見著丸子，都甜甜地叫著「丸子哥哥」。

傳說中的一見如故，再見傾心，大抵就是如此的。

王府的老夫人雖說不大願意自家一個嬌滴滴的孫女兒跟丸子玩，只是無奈落花有意，甜甜自打懂事了後，可就是數著日子等著丸子休沐。

有時候，丸子就是休沐也會被送到軍營，甜甜就有好些日子見不到丸子。自打有一日，在家裡折騰得狠了，王夫人只好抱著甜甜，將人送到楊府，甜甜在看到丸子後，立刻破涕為笑。

有了這一回，甜甜就是不管丸子是不是休沐，只要甜甜得了空就會往楊府跑。

若是丸子被送去軍營的日子久了，甜甜也會跑一趟楊府。看看田慧，說幾句話，大多問的都是丸子的事兒。這難不成是從丸子的娘身上，尋丸子當初的影子？

田慧至今還沒弄明白這事兒！日子久了，王府的老夫人也終於認清了，真是女大不中留啊。

自此，甜甜便成了楊府的常客。

楊府上下也習慣了三、五個丫鬟婆子追著個小丫頭在府裡撒腿跑的情形。

「我跟妳說啊，妳那些丫鬟婆子都是在教壞妳，妳瞧瞧我，妳丸子哥哥可是看過兵書的，對這些想對妳什麼來著，對，就是我娘說的洗腦、洗腦，居心叵測的丫鬟，妳就應該捏住她們的小祕密！這樣子，她們就不敢不聽妳的了！」丸子是深有體會。

看著甜甜崇拜地望著自己，丸子頓時覺得自己形象高大了不少。

「我看妳還是不大懂的樣子，我跟妳舉個例子吧！我二哥，藏私房銀子的地方被我發現了，我每回都能找著，我二哥都說我有一個狗鼻子，哼！我就拿捏著我二哥替我做事，我爹要揍我的時候，只要我一個眼神，我二哥就會撲上來求情，抱著我爹的大腿，哭爹喊娘地要替我挨打……」哼，哥厲害吧？

「真的嗎？丸子哥哥好厲害！甜甜也要學，要拿捏別人的小祕密，可是，啥是小祕密啊？」

可真是難為丸子了，啥是小祕密呢？

「銀子是我二哥最寶貴的東西，這就是他的小祕密啊。別人的話，不能跟別人說的事，就是小祕密。妳多試幾回就知道了，這人若是變了臉色，八成就是了……」

整整一個下午，丸子也顧不得當啥大將軍了，當務之急，可是先將甜甜的教會了才好，別傻傻地受人欺負……

效果是相當顯著而驚人的。

用了一個下午的腦子，甜甜回去的時候，就有些精神恍惚，呆呆的。

滿腦子都是小祕密，發現小祕密，拿捏小祕密……小祕密長，小祕密短，所以，人很不幸地暈了。

甜甜仍是做不得一心二用，想得多了，這看起來精神頭就有些差，當日，就賴著王夫人不肯挪身子，非得跟著她娘一道兒睡。

王夫人也就這麼一個閨女，自然是疼極了。

看著甜甜如此難受的模樣，想也不想地就一口應下了，等王老爺上床的時候，就看著甜甜已經在床上睡得香甜了……

甜甜迫切地有一種要發現小祕密的「求知慾」，果真是最可怕的哇！

半夜裡——

「爹，我娘呢？」

被王老爺壓在底下的甜甜娘，羞憤難當。「娘在這兒呢，甜甜乖，妳在作夢呢！」

甜甜喃喃地應了聲，正欲翻身睡去，突地又坐起來，嚇得王老爺還沒翻身下去，就人贓俱獲被抓了個正著！

「娘，您那東西好吃嗎？爹好像吃飽了！」甜甜伸出魔爪，啪地被王老爺給拍開了。

唉喲，這可好，甜甜就是在夢裡何嘗受過這種委屈。「娘，爹打我，他打我，我這個夢做得好苦……」

王夫人頗為頭疼，自打甜甜跟丸子混熟了後，自家閨女說話從來就是顛三倒四的，好好的一個嬌嬌女，在女漢子這條路上越演越烈，大有一去不回頭的架勢。

說來，王老爺如此辛勤耕種，可不就是想給甜甜添個弟弟妹妹，甜甜都五歲了，王夫人的肚子仍是絲毫不見「起色」。

王老爺又向來潔身自好，王老夫人給塞的丫鬟，一個都不碰，用王老爺的話說——「他就是愛吃這一盆過夜的菜！」好不容易耕種得久了些，就被自己閨女給抓住了，王老爺的臉色並不好看。

「甜兒，爹這不就是手快了些嗎？爹肚子餓了吃完了，明早讓娘給妳弄點兒大白饅頭……」

甜甜這才止了哭。「往後都不許罵我，不許不讓我去楊府，往後我要啥時候去楊府尋丸子哥哥，你們都不許攔著，否則……」

「行行，小祖宗，都應了妳！」王夫人趕忙應下了，若是今晚這事兒說出去了，還是被自己閨女說出去，她怕是沒臉見人了。

其實，甜甜也只是睏著，將心裡念叨了很久的話，說了出來，沒承想歪打正著，給蒙對了！這句話，還是丸子教了她許久的，甜甜跟著練了好多回。

直到第二日，甜甜在王夫人的屋裡，用了早點，看著白花花的饅頭，擺了一大盤在自己的面前，甜甜這才信了。

「娘，這饅頭真好吃……」難怪她爹就是在夢裡都捨不得分給她一個嘗嘗，就是一個都不肯給她！

王夫人鬆了口氣，幸虧這丫頭睡醒了好似忘了一般，果然小孩子睡了一覺，這事兒都給忘記了。

「我將剩下的饅頭送去給丸子哥哥嘗嘗。」甜甜一手抓著一個饅頭，跳下圓凳，就要往外跑。

王夫人早有防備，一隻手給抓住了。「妳這丫頭說風就是雨的，楊家三少爺今日怕是去書院了吧，誰家差妳這兩個饅頭了，快給我回來乖乖坐好，將碗裡的粥給喝完！」

「娘，爹呢，咱昨晚說的都不管用了嗎？」

最後，還是王夫人笑得「動人」，將人送出府去。

生了個冤家！
甜甜妞這才剛剛到了楊府，便遞了兩個饅頭給田慧，這還是王夫人百般勸阻之下，甜甜妞才願意放下手裡抓著有些鬆扁的饅頭，去廚房裡親自挑了兩個圓潤的大白饅頭往楊府送，放在籃子裡的。
王夫人百般無奈，若是多幾個倒也算了，可不知為何甜甜妞就死心眼地認準了兩個……到了田慧面前，甜甜妞乖乖地將籃子放在一旁，取出一個盆子，盆子上放著兩個饅頭。
「姨，給！」
軟軟糯糯的聲音，田慧這心都快化了。田慧就盼著這肚子裡的也是個小丫頭，看著甜甜妞乖巧的模樣，更是愛得不行。
田慧雖說已經吃完了早點，不過為了捧甜甜妞的場，還是決定吃一口，以示愛戴！她故作誇張地張大嘴，啊嗚咬下去了半口，還一邊嚼著，一邊點頭，模糊地說著。
「嗯，不錯，加了糖……」
甜甜的奶娘，恭順地立在一旁，頭都不敢抬，依著這小祖宗，怕是接下來就是一場大鬧。
「姨覺得好吃的話，丸子哥哥定是覺得好吃的！」甜甜道。
田慧待得嘴裡的那口饅頭咽下去了，才張嘴。「嗯，那是自然，丸子可是我生的，錯不了。」說得好似有多光榮，不過甜甜卻是羨慕不已，大大地取悅了田慧，催生極大的自信心。

田慧指著盤子裡另一個完好的饅頭，絞盡腦汁地誇讚了一番。

「姨，我出去就讓廚房多做些饅頭，每日都給你們送來，一人兩個可夠了？」甜甜妞還記得她爹吃了兩個就足夠了，想來田慧他們也應該盡夠了。

不過看著田慧的肚子，又猶豫上了。

「夠了夠了……」田慧也不做他想，這饅頭還真心味道挺好的。

田慧只當是逗著小孩兒玩兒，哪承想，自此，甜甜妞每日都往楊府送饅頭，不過，甜甜妞只送了三回，早起不了，就讓她的丫鬟往楊府送，一日都不落下。

直到送了半年，楊府實在是不想再吃饅頭了，這才斷了供應，王府的廚子也算是鬆了一口氣。也不知道丸子是如何勸動的，反正田慧就是明示暗示都用盡了，也拿這個實心的丫頭無法。

福嬸才剛進門，就看到了甜甜妞在院子裡安靜地坐著。「甜甜，又在等妳丸子哥哥吶？」

這一幕，已經見怪不怪了。

「福奶奶，丸子哥哥快下學了。」甜甜妞的時間觀念很準確，也不知道是不是在每回等著丸子下學的時候，給算出來的。

福嬸看著這小人兒正經的模樣，給逗樂了。「嗯嗯，快下學了。」

田慧躺在竹椅上，樂得起不來。「嬸子，扶我一把吧，我起不來了。」

「說了妳多少回，別躺在竹椅上，別貪涼。妳這躺著就起不來，一會兒就要腰痠背痛的，有妳難受的時候！」福嬸嘴裡雖是責備的語氣，不過還是小心地將人給扶了起來。

也不知道為何，田慧懷這胎的時候，躺在竹椅上就起不來，還容易腰疼背痛，這每晚都得有人輕輕地捶背，才睡得好，可算是折磨人了。

楊立冬心疼不已，直道，生完了這個就不再生了。自家四個孩子盡夠了，還有阿土這個乾兒子，只是，若是都是兒子，可真的夠讓人愁心的。

秦氏每日都是燉著大骨頭，兩、三根大骨頭，就燉成那麼幾碗的湯，讓田慧喝，可仍是不管用。

自打田慧這胎懷得艱難，楊立冬就是不管多晚，都會趕了回來，也算是折騰得夠嗆，雖說騎馬只要半個多時辰，不過本就是累了一日，來回奔波也極累人的。

田慧也勸著楊立冬，若是不放心，三、五日回來一趟就成了，可是楊立冬應得好好的，不管多晚，總是會回來。

「在軍營裡，我就是惦記著，也睡不踏實，還不如多費半個時辰，睡得安心些。」如此，倒也無法。

田慧每日都會等著楊立冬回來，不管多晚，都會等著，或是坐在被窩裡等著，或是乾脆在丸子的屋子裡等著楊立冬過來叫喚。楊立冬每回勸都勸不了，又捨不得發火。

田慧說道：「你能做的，我也想為你做一回。」

丸子沒等回來，倒是等來了楊知故，這可是驚掉了一屋子人的下巴。

「知故，你不是在康定城嗎？怎麼了，是出了啥事兒嗎？」秦氏有些緊張地問道，又看了眼田慧，田慧可是大著肚子，別給驚著了。

田慧正坐在椅子上，雙手捶著背，有一下沒一下的，早知道就要抵制得住躺椅的誘惑，這會兒可就受罪了。

在康定城的「石頭宴」一開業，楊知故就被調去了康定城，同去的，還有阿土爹娘、大柱和段娘子夫婦倆。不過，大柱在康定城待了一年後，就回了南下鎮做起了掌櫃。

不知為何，田慧竟親自讓三柱，楊立冬三叔家的獨孫也去了康定城。倒是果真應了那句話，江山易改本性難移。三柱在康定城待了三個月，就開始大話連篇，差點兒要鬧出賣方子的事兒來。

原本，三柱倒是沒想過要賣方子啥的，他也不知道方子是啥。石頭宴才一開張，生意還算過得去，不過自打溫府的老太太，每日都讓下人去「石頭宴」帶走兩份石鍋雞，生意就大好了。

溫府，可是非以前的溫府能比擬的。自打溫家長孫，受到康元帝的器重後，溫府在康元帝的一舉一動都時常引人關注。至於溫府以前的親家，現在的仇家——衛府，自然是一落千丈。

衛府被查出舞弊後，衛府的直系官員，多人受了康元帝的責難，降職的降職、貶官的貶官。舞弊的考生，自此，就不得應考！科舉之路，從此斷了。

衛府的老夫人，這些年，如今每日正籌劃著給兒子孫子添丫鬟……

康定城裡的衛府，也只是其中一房，京城裡就有兩房衛府，老太爺這一輩親兄弟，自然來往密切，不過，這回也算是牽連甚大，若不是看在京城裡的兩房衛府，康定城裡的衛府，怕是岌岌可危了。

說來，在這麼個人生地不熟的地方，三柱才來了三個月，如今又是吃喝不愁，頓頓有肉，三柱已經滿足得不得了。

對於三柱這個吃貨來說，吃，已經是頭等的大事了。

嚴格來說，三柱還是屬於比較次等的吃貨，原本，他的要求，只是能吃飽，就是白粥啥的，能吃飽就成。如今可是大不同了，楊知故時常會讓廚房留個幾道菜，等關門了，剩下的菜就做了自己吃著。

這可都是硬菜，大菜！

三柱猶自覺得，這是到了仙境。

每日做著跑堂的活兒，都是盡心盡責，從來不等楊知故打發，就能將活兒做得妥妥的。對於三柱來說，光是聞著那些個菜香，都覺得這是一種享受，一種誘惑！

三柱的表現倒是真的驚掉了楊府上下人的下巴，就是手被石鍋給燙得起泡了，也都只是默默地搽了藥膏，不喊苦不喊累。

饒是表現如此「優異」的三柱，據說是被不遠處的照冬閣的大掌櫃給「誘惑」了，換的還是照冬閣的兩個招牌菜的方子。

說來，三柱也是好些冤的，三柱從來不打聽石頭宴裡的菜方子，就是去了廚房，也從不盯著瞧，他會吃能吃，但是不會做，有了菜方子也是無用，真真的一個踏實人。

不過，饒是如此，楊立冬仍是將三柱給扔到了軍營裡，給待了小半年，出來後，就好似不像個人了。

至於二柱，原本也是在南下鎮做著跑堂夥計的，倒也算是安安分分，不過，後來，自打大柱被調到南下鎮做掌櫃的後，二柱就有些壓抑不住蠢蠢欲動的心思了……

二柱的心思一向比大柱活絡些，若是用在正途上，或許會有一番了不得的出息。不過，不知為何，自從劉氏將兩兒子分家後，大柱去了石頭宴做夥計，二柱家則是分得了大部分的家產。大柱家的擔子，由大柱擔了起來，雖是艱辛，不過一家子都是吃苦耐勞的，倒是越過越好，越來越有盼頭。

二柱的性子，說來，也只是比較現實些。

看著大柱的日子精彩，他憋了一口氣，親自去尋了楊立冬，正巧「石頭宴」裡缺人手，也就應了下來。二柱剛剛來的那會兒，表現也算是可圈可點。

二柱向來有些不服大柱，大柱做了掌櫃的，可自己還只是個跑堂的，康定城的大商戶找上門來的時候，一而再、再而三，二柱再回到鋪子裡，聽著大柱的吩咐，看著大柱頤指氣使，大商戶那些誘惑的條件又浮上心頭。

「楊二少爺，你想想，你一個月就拿著那麼點兒的工錢，能夠做啥？就是吃喝不愁，哪一日能攢夠銀子買宅子買鋪子？到你老了成不？

「聽說你還沒訂親，難不成就想娶個鄉下的野丫頭？據我所知，你那堂哥家，如今的日子可是蒸蒸日上，不需幾年，定是將你家的那些田產給比了下去……難道你就不想表現表現，給你奶奶，給你村子裡的那些人瞧瞧？有了這些銀子，你能做的事兒可就是多了……」

終於，按捺不住心思，二柱不動聲色地打量著廚房裡做菜的方子。

因著沒有合適的人選，福嬸她們也都會偶爾去幫幫忙，二柱對著福嬸幾人，都是熱情非常，這原也是福嬸不經意的一句話。「我總覺得二柱這人心思不正，妳說，就是一個跑堂的，做啥問我做菜累不，還說著，想在廚房裡幫忙……」

碰巧被楊立冬聽見了，只是讓人悄悄地盯著些。

直到後來，康定城裡的一家酒樓裡，出現了類似「石頭宴」裡的兩道菜，楊知故第一時間帶了信兒來，這一查，就查到了二柱身上，二柱哪肯應了。

後來，若不是楊立冬直接從那家酒樓入手，二柱才不得不認。據說，這家酒樓，屬於衛府的，這下，梁子算是結大了……

二柱給開除了，若不是劉氏苦苦相求，這才只蹲了五日的大牢。不過，他也只能悻悻地回了楊家村。

二柱不知道拿了多少的好處，不過，在二柱蹲在牢房的那五日裡，只有劉氏跟二柱他娘去牢裡看了一回，用了半兩銀子孝敬牢頭。後來，就沒有了下文。

若不是秦氏幫著說情，這事兒怕是不會如此快了結。

不過，只半年後，二柱就在鎮上買了一進的小宅子，還有一家小鋪面，自己做起了小生意。

楊家村裡，說啥的都有。不過，二柱這一家子，卻是被人不齒。

私底下，楊家村的也有不少人覺得二柱這筆銀子雖是來得不明不白，不是正路上的，不過，這銀子進了自己的口袋就是自己的，如今，這日子過得不是照樣子有聲有色？

總之，各人有各人的看法。

這會兒，楊知故正應該在康定城做著他的大掌櫃，可是卻在這會兒出現在楊府。

田慧如他人想的一樣，難不成又有哪家商戶來偷方子了？

不過，自打楊立冬對抗上了衛府，康定城裡的大小商戶可都是睜著眼瞧著，若是這「石頭宴」是如此容易被吃下的，接下來，他們也要分上一瓢羹。

而衛府，原本也不需要去打頭陣，只是，在溫府的打壓下，他們在康定城裡原先的地位不保，岌岌可危。如今，衛府急需證明自己的能耐。

而石頭宴，這一個外來的商鋪，就成了一塊「磨刀石」。衛府也早就打聽清楚了楊立冬的來歷，並不算有背景的，祖籍是南下鎮的一個小村莊，至今，也只是一個五品的武將，不足為慮。

只是，結果就是，衛府落敗！

「沒有的事兒，鋪子裡都好著呢！嬸子，別多想、別多想……」楊知故急著擺手。

「那到底是何事兒，讓你這麼急著跑回來，難不成是想媳婦了？」田慧笑著打趣道，順手摸了下鼓起的肚子，撐著椅把手，微微地站起來了些，又重新坐正了。

「嗯……」楊知故半點兒猶豫都沒有，只是聲音卻是低得跟蚊子叫似的，嗡嗡嗡。

「啥！」秦氏的反應最大，這幾年，錢氏每一回來鎮上，總是得抱怨好半日，楊知故不肯娶媳婦。現在去了康定城，錢氏可算是管不著人了，就是相看相看，也抓不著人。

不過，錢老爹卻是說了，緣分未到、緣分未到。

應付了一、兩回，幾回後，錢氏就不幹了，非讓錢老爹說個明白。「爹，您今日若是不說清楚，我就不走了！知故可是您最中意的外孫子，他的親事，您給個準話，都是二十好幾的人了，哪家的小子到了這個年紀還不成親，就是做祖父，也快了！」

錢老爹看著自己的菜園子被糟蹋了一番，可勁兒心疼，直告饒。「我的小祖宗啊，妳這是做啥，這些可都是我的命根子哇！有啥話咱好好說，成不？」

這些年，經過堅持不懈的嘗試，錢老爹終於種出了反季的蔬菜。

不過，量少，每一小棚子，也就那麼幾斤。

「我又不是算命的，我哪曉得知故這小子的姻緣，我只是活得久了些，到底也不是那啥牽紅線的月老啊……」

錢老爹言之有理，錢氏也不鬧騰了。「大師說了，知故的姻緣怕是有些難，晚些年怕是會更好……」

秦氏這會兒聽到楊知故親口承認，是為了說媳婦而來，怎能不吃驚。

「趕緊說說，這是哪家的姑娘家，你這是瞧中誰了？」秦氏的腦子裡飛速地想著，這南下鎮適齡的未成婚女子。

「可是我識得的？也不知道是哪家的姑娘，讓咱知故小爺給瞧上了……」田慧也是好奇得緊。

輪到說這姑娘的時候，楊知故倒是給吞吞吐吐上了，若不是田慧威脅道：「你若是不想說，那你就別尋我啊，我可是挺著肚子。我看你沒直接去尋你娘，這會兒千里迢迢地來尋我，是遇上難事兒了？」

楊知故點點頭，伸頭一刀！便說道：「范家的……」

「范家的？娘，范家的可有認識的？我這一孕傻三年，果真記憶力不好了，范家的、范家的……范縣尉他家姑娘？那個范念兒？」田慧驚呼一聲。

田慧死盯著楊知故，直到楊知故點頭，才鬆了一口氣，在椅子上坐了下來。

「讓我喘口氣兒，這般提著一口氣，多來幾回，我可吃不消……」待得氣喘勻了，那廂秦氏就開口了。「這范家的姑娘不是聽說要訂親了嗎？還是表親來著？我記得前幾日，那個范夫人不是還說過，她家姑娘也大了，說是想著今年定下來，等明年就嫁出去，可不能給留成了老姑娘。」

也不知為何，范念兒已經有二十了，只是今年才要訂親。

「慧姊，救命吶……」這最難的都說了出來，楊知故也沒有了顧忌，直喊著讓人救命，幫幫忙。

「你這是讓我們給你搶媳婦，你早幹麼去了，這人家都快訂親了才想起來，不行，這事兒可不道德……」田慧直擺手，拒不答應。

第六十六章　逼親

這些年，因著投了田慧的眼緣，范念兒倒是成了楊府的常客。來的次數多了，就是范夫人脫不開身，范念兒也會時常自己來楊府小坐。

楊府並沒有那些擾人的閒雜瑣事，范念兒時常抽著空就給溜了出來，實在是被她娘碎碎唸，唸得快抓狂了。

偷得浮生半日閒。

范念兒時常會做些自己拿手的小玩意兒，或是吃食，來逗逗丸子，不過自打丸子大了後，范念兒就嘗到了一種挫敗感。

范念兒舉手投足間雖有大家閨秀的氣度，只是半點兒不會讓人覺得疏遠，就是連福嬸幾人，在旁人眼中的楊府下人，范念兒俱是有禮相待。

不時會幫著福嬸穿個針眼，或是打個下手，半點兒不覺得這有何不妥。

關鍵是，范念兒長相甜美，光是看了第一眼，就會讓人情不自禁想親近，就是楊立冬也曾說過，范縣尉一個粗人怎麼養出這般精緻的閨女。

秦氏也是時常見著范念兒來楊府小坐的，只是，任憑如何，也不會將這兩人給聯繫到一塊兒。

這，是不是有些不搭啊？秦氏只敢放在心裡默默地配對著，卻是不敢說出口來。

楊知故殷切地望著田慧，等待著田慧吱一聲。「慧姊、慧姊……我已經讓大哥去接娘過來了。」

「人家范家姑娘會不會要你啊，我看你準是一頭熱了，若是人家姑娘有意，這麼些年，也應該透露些啥啊，又不是少來。再說，我看你這副模樣，哪配得上人家姑娘家。」田慧揶揄道，反正這事兒還等著錢氏來定案，若是這個兒媳婦錢氏不肯點頭，田慧自然是不會幫著使勁兒的，免得往後婆媳相處不自在。

「嬸子，您幫我跟慧姊說說，嬸子，我這回是真的想成親了，往後有了媳婦後，成家立業，我就幫著慧姊把石頭宴越開越多，往後開到京城去……」楊知故緊張到有些胡亂地說著，想來想去，他能做的就是給石頭宴賺多多的銀子，做好掌櫃的。

楊知故可是秦氏看著長大的，自小就沒少往自家院子裡跑，秦氏看著這會兒他抓耳撓腮的模樣，很不厚道地樂了。「一會兒，你還是想想跟你娘如何說吧，我們呢，反正是聽你娘的吩咐。若是你娘同意了，我們跑一趟范府再說也不遲。不過我看這事兒玄了，連我們都曉得這范家姑娘可是就要訂親了，這日子聽說都在挑了，這擺明是兩家商量好了，合了八字，我說你，早幹麼去了？」這會兒愁媳婦，活該！

「我這是啥都沒有，不是不好張口嗎？我就是想著，等哪日能有點兒出息了，配得上人家了，再說也不遲。」

「那你現在成了啥了？」田慧忍不住在傷口上撒把鹽。

楊知故早就有些悔意了。「慧姊啊……我現在後悔了，若是死纏爛打，說不準早就抱得媳婦歸了……」

楊知故連連討饒，眾人才算是放過他，直到錢氏來了。

錢氏二話不說地給他一個後腦瓜子，楊知故有求於娘，伸出脖子，讓他娘再拍幾下消消氣，錢氏果真是毫不留情地「啪啪啪」幾下，脆脆的聲響。

「甭理他，這小子就是鬧騰得慌，這不是沒事找事兒！」這一路過來，錢氏早就想明白了，這事兒可真是不厚道，若是早前范府要訂親的風聲沒有放出來，倒是還能託慧娘走一趟探探口風。

任憑楊知故如何求，錢氏就是不肯鬆口，楊知故一蹬腳，跑出了楊府。

「嬸子，您這是做啥，凡事兒咱好商量不是？這會兒這小子闖了出去，不知道會不會去范府鬧騰。」田慧倒是有些憂心，楊知故這一跑，半點兒徵兆都沒有，二話不說地撒腿往外跑。

錢氏說不擔心倒是假的，只是這會兒嘴正硬著。「若是他真是個傻的，倒是不勞妳們費這個心，隨他去吧……」

聞言，也知道錢氏這是有些鬆口了。

「行了，這會兒知故小子也不在，妳倒是說說心裡頭如何想的。」秦氏率先開了口，依著田慧的想法，田慧自然是盼著楊知故心想事成，再說，念兒也確實討喜。

錢氏在秦氏福嬸身旁的椅子上坐了下來，長長地嘆了口氣。「這天底下哪有娘不疼兒子的，這好不容易願意娶親了，我自然也是高興的。范家姑娘那可是一等一的好，我也是見過幾回，心裡自然是極中意的，就是作夢都沒有想過，知故這小子會有這等眼光……只是，怕是人家不會同意吧！」

正當錢氏吐露著自己心聲的時候，好似聽到了自己老爹的聲音，驀然一回頭，看著楊知故扶著她老爹，錢氏就想罵娘……抽出了一絲理智，理順了人物關係，還是決定閉了嘴。

「你這小子，你給我等著！」錢氏放出惡言。

錢老爹在外頭，一向很有老爹的風範。「嚇唬我乖孫兒做啥，這還不準備去提親？我可是將妳娘給留下的玉鐲子都帶來了……」

錢老爹人逢喜事精神爽，精神矍鑠，恨不得立刻去范府，將祖傳的玉鐲子往那一擺，然後就套個孫媳婦回來，皆大歡喜！

「走吧、走吧，咱去探探口風也是無妨……」田慧撐著身子站起來，自打有了身孕後，她也變成了個好熱鬧的，果然是歲月不饒人，越來越八卦。

這還未出門，就見著楊立冬正巧回來了，看著一夥兒人浩浩蕩蕩地往外走，田慧挺著個肚子夾在人群中，喜氣洋洋。

「你們這是做啥去……」然後，不露痕跡地擠到了慧娘身旁，小聲地責怪道：「妳這都有身子了，還跟著湊啥熱鬧！」

田慧可是絲毫感受不到自己受了責備，拉著楊立冬的手就一道兒往外走。眾人很有眼色勁兒地快走了幾步，沒見著這夫婦倆一把年紀了還「交頭接耳」。

「咱去范府，看知故這小子的好戲……」

楊知故雖是對田慧抱著看好戲的態度很不滿，不過，若是多了個楊立冬，怕是至少不會被打出來吧？

范府的門房看著這一夥兒人離著自家府宅越來越近，早就拔腿跑著向裡頭通報去了。

這像是來打架的？

范夫人攙著兒子媳婦趕了出來迎人，這還是頭一回楊府的人到得如此齊全，就是這幾年已經不大見得著面的楊立冬都來了。

難不成真像通報的小廝所說，這是來尋仇或是算帳的？

范夫人還讓下人趕緊去將范老爺從衙門裡尋了來，不管是啥事兒，這勞師動眾的，就絕不會是小事兒。

還不等范縣尉回府，錢老爹倚老賣老。「我這人老了就糊塗了，若是有說得不當的，還請范夫人別見怪啊，我這個鄉下老頭兒沒見過啥世面……」

范夫人自然不敢小覷了，就是連楊知故也將這個上座讓給了錢老爹，范夫人自然是客客氣氣地敬著。

「聽說妳家那小閨女還沒訂親，我的那乖孫兒這不火急火燎地尋了這許多人來，特意探探口風來了……」錢老爹話音才落，田慧低頭裝作跟楊立冬說話。

范夫人這回可是為難上了，若是說訂親了嘛，又確實沒訂親，若是說沒訂親嘛，駁了楊立冬面子，怕是不大好，左右為難。

楊知故，范夫人也是知道的，她沒少聽念兒從楊府裡回來說起過。

她自然也知道楊知故在楊府裡的地位重要，石頭宴的掌櫃的，雖說只是掌櫃的，可是田慧卻是做了個甩手東家，凡事兒都由楊知故打理著。就是自家老爺也時常誇讚，楊知故這小子目光獨到，小小年紀就有這番作為，倒是田慧慧眼識珠了。

范夫人攜著兒子兒媳婦，手忙腳亂地招呼著楊府的來人，總算是撐到了范縣尉回來了，書房相請。

這麼一來，楊立冬也算是知道了首尾，楊知故這小子自然知道這重心在哪兒，立在楊立冬的椅子後，噼哩啪啦地一陣說。

直至用了晚飯，楊家人才打道回府。

「若是多來那麼幾回，咱家往後都不用做飯了……」福嬸笑著道，這難得嘗嘗別人府上廚子做的菜，切磋切磋也算是不錯的收穫。

「行啊，若是范夫人他們不答應，咱每日都整府上下來探口風就是了……」田慧笑著道，反正對她來說沒差啊，吃完總是得習慣性地走上一走。

田慧倒是真的只是說說的，不過，卻是有人當真了。

三日後，范府並沒有回應，錢老爹就尋上了楊府，拉著老老少少都往范府去。范夫人好吃好喝地供上，之後笑著將人給送出府去。

「哎喲喂，我這是實在沒瞧見過這樣子逼親的，若是三日來上一回，咱家可真的啥事兒都不用做，光是準備著那日的吃食就成了。」

范夫人倒是被自己給逗樂了，真真是哭笑不得。

「沒承想，這兩回楊夫人都來了，難不成這有了身子，這性子倒是變得多了，好似愛湊熱鬧了，說不準這一胎還真是個閨女呢……」范府的大兒媳婦也跟著湊趣兒道，若是換了一戶人家，怕是早給打了出去。

「那可真真就是遂了慧娘的願兒了，我早就聽說，這回可是最後一胎了，若是個姑娘倒是個好的，兒女雙全了。」

原本大兒媳婦想探探范夫人的口風，沒承想，范夫人是隻字不提。

這一晃眼，田慧如今也是三十出頭了，原本田慧夫婦倆並不打算再要一個的，只是，這胎來得突然，沒承想四、五年都沒懷上，這突然有了，倒有些措手不及。

頭一個就是田慧的身子，股錐子時常疼，腰痠，各種痠痛。楊立冬隱隱地急在心裡，田慧拿自己的身子無法。

這些年，田慧在南下鎮早就小有名氣，大戶人家的，但凡女子有些病痛，都願意請田慧上門去瞧瞧。不過，等求到楊府裡頭，倒也不算是一件容易的事兒。

但是這並不妨礙，田慧成為「婦人之友」。

楊立冬這些日子回來得越發早了。「慧娘，妳說咱搬到康定城去住，如何？」楊立冬圈住田慧有些臃腫的腰身，下了些力道在腰上按著，這一按就是好幾個月，光是聽著田慧的哼哼聲，他就知道是不是按準了部位。

田慧哼哼一聲，又動手翻過了一頁書冊，才開口道：「咱住著這兒挺好的，娘若是想回楊家村了，就能回去。住了這麼些年，才算是混熟了，我不愛折騰這些……再說，離軍營也近些，這樣子就頂好了……」田慧倒是不以為意，抽空吐出了兩字。「左邊……」

楊立冬聽話地將手往左移了移，就是另一隻手也不敢動，生怕田慧換了個姿勢睡得不舒坦。

田慧突然玩興大起，猛地一翻身，只是肚子已經微凸，早就不復早前的靈活，略帶笨拙地翻了身，面對面地對著楊立冬，學著楊立冬，將雙手勾向楊立冬的脖頸處。

田慧在楊立冬的臉上輕啄一口，才張嘴問道：「冬子哥，你說軍營裡是不是有軍妓吶？」

楊立冬被田慧突然的那麼一下，弄得心癢難耐，不過手稍稍一收緊，就感受到了田慧的大肚子，摒除雜念。

「這裡的不曾有……別鬧，又瞎想什麼了。腰還疼不？若是不疼了就早點兒睡，明早不是說要去范府嗎？」田慧亂動的兩隻手被楊立冬抓在了胸前，拉上被子，就想著蓋棉被睡大覺了。

「你是不是不中意我了？」田慧胡攪蠻纏上了，實在是白日裡睡得有些多。

楊立冬哪能不曉得，這偶爾就得來上那麼一回，倒是樂此不疲。「哪能呢，就是妳最重要了，乖啊，睡吧，腰不疼了就能睡好了……」

前幾日田慧一直睡不好，因為貪涼睡了一下午的竹躺椅，又馬不停蹄地去了范府，等回來的時候，就只能躺在被子上呻吟了。

「但是我睡不著……圓子他們幾時回來啊？怎麼將丸子也給扔到軍營裡去了？」最近，也幸虧有了楊知故的事兒操持著，不然田慧白日裡倒是覺得有些清靜，挺適合打個小盹兒的。不過，到了夜間，就覺得空蕩蕩的。

「今年就要回來的，等天兒一涼，先生說了，明年可下場試試了……」

圓子幾人的先生，如今仍是在陳府的書院裡，只給幾個小兒啟蒙，閒適自得。

圓子三人也都不曾去縣學，依舊由著先生教授著，卻絲毫不見吃力。阿土倒是去考了一回鄉試，出來的時候，面如土色，直昏睡了兩、三日，才算是緩了過來，自然，也是落第了。

「會不會太早了些？圓子明年也才十八……」田慧正是有些猶豫，若是少年得志，倒真不是啥好事兒。

楊立冬卻不贊同。「十八正是恰好了，若是再等三年，就是二十有一了，說親啥的都晚了些。就是一回不中，再考一回也來得及，若是等三十了，這好姑娘都被挑光了。」

這話倒是逗樂了田慧，捏了一把肉，威脅道：「敢情你這是等著做爺爺了？咱可是早就說好了，三個兒子的親事，得我點頭的，你可不許胡亂跟人亂定一氣的。」

楊立冬怎會怕了，一巴掌把田慧的手給拍飛了，就跟拍個擾人的蒼蠅似的。「我倒是想啊，也等這哥兒倆中舉了再說。」如此說來，難道是有了人選？

「是哪家姑娘，圓子可是不喜那種活蹦亂跳的，他應該喜歡那種靜靜的……」田慧追問道，這不聲不響地差點兒將自己兒子的親事給安排好了？她心癢癢地想知道。

「急啥，等中了舉，若是合適的，咱一家子去趟京城，將兒子倆的親事兒都給定了再回來！若是真娶個鄉下姑娘，可真真是委屈這哥兒倆了，往後可是要走仕途的。」

楊立冬想法簡單，自己若不是康元帝的親信，又恰好機緣巧合下救了康元帝一命，在逃難的時候又是做飯，又是出主意的。他，這是富貴險中求。

他不想他的兒子們走他的老路，如今，他雖是遠離京城，不過該知道的事兒半點兒不少，圓子一看就是走仕途的料子，楊立冬早就有意培養，等中舉了後，就要安排說親了。有個得力的姻親，往後的路會順很多，自然，兒媳婦得好好地挑一挑。

只過了三日，圓子團子就回了楊府，秦氏雖說同是在南下鎮，不過，也有月餘沒有見著這哥兒倆了，聽楊立冬說，跟著軍士去巡視了。

楊立冬雖說隻言片語地交代了圓子團子的行蹤，不過秦氏卻是憂在心頭口難開，城外的寺廟都快被秦氏給踏平了。

前陣子，秦氏在西市的那口井旁，就聽說倭寇來襲了。秦氏可不就著急了，追問了幾句，也道這個時候恰是反常，往年都是等著收糧了才會來襲。

幸虧田慧不大出門。

「可算是回來了，快來讓奶奶瞧瞧，黑了也瘦了……」秦氏拉著哥兒倆的手，一人一隻手，正面背面都看，就差掀衣衫了。

圓子抿著嘴，眼裡帶著笑意，任由秦氏折騰來折騰去，百依百順。

團子的臉上給曬黑了不少。「奶奶，我們沒事兒，好著呢。爹讓我們回來準備明年下場。明年咱哥兒倆給考個舉人回來！誥命夫人啥的，都不是啥難題兒，奶奶，您說爹怎麼就沒有給您掙了誥命回來？算了算了，爹不中用，還是靠我吧！」

團子自說自話，秦氏倒是極為受用，不住地點頭。「你爹就是只夠在外頭嚇唬人用的，奶奶和你娘，可不就得靠著咱團子和圓子了，聽說有了誥命就不用跪人？」

「極是、極是，品級高的誥命，知縣還得行禮！」

秦氏光是想著，就差點兒給樂出聲兒了。

田慧適時地阻止了這祖孫倆暢想未來。「娘，您聽這小子瘋言瘋語的，這舉人還沒中呢，就在這兒亂誇了，就是阿土考了一回也沒中。」

阿土心急，先生倒是不曾開口讓阿土考舉人，只是看著阿土這般心急，便開口讓阿土下場試試，果然，不中。

「先生說了，讓我和哥哥勸勸阿土哥，阿土哥的性子有些著急了，有些人就是考到七老八十的也多得是，阿土哥最近好似不大好……」團子正色道。

這事兒田慧倒是不清楚，阿土爹娘去了康定城，阿土也會偶爾去康定城小住，隨著圓子團子還是常去軍營的，是以，阿土並不常住在楊府。

自打有了身孕後，身子骨大不如前，田慧也並沒有太多的精力，倒是沒發現阿土的異樣。算來，阿土已經有十九了，也是時候說親了。

秦氏雖說常出門，但也不會順路拐到書院去，顯然是頭一回聽說了這事兒，吃驚不小。

「這不是都是好好的嗎？他家如今可是好了不少，這般心急做啥？可是有中意的姑娘了？」秦氏聯想到了楊知故，為情所困啊。

這些年，當初一起去書院的三個小子，也算是各奔東西了，圓子雖說是不大去書院了，不過即使是在軍營裡，仍是點著蠟燭看書到了半夜。

而團子，雖說也算是不曾丟下這些書，到底仍需被圓子催著。

先生對團子的這回鄉試，報以極大的懷疑。這些年，團子只長了肌肉，不長腦子。

「那你們可得好好說說阿土去，這樣子下去可不能，別看三年一回鄉試而已，若是下一回的鄉試，阿土才快二十三，仔細算來也不算晚的。」秦氏扳著手指頭算了一回，這事兒她是幫不上忙，她只能多嘮叨幾句，說不準，阿土就更慌張了。

說了一番阿土後，田慧照例問起圓子兩人這一個多月在軍營裡做了啥事兒，都被圓子不露痕跡地給轉移了話題。

「娘，丸子不肯回來呢，說是比跟著先生念書好上許多，還跟爹說了，軍營裡就有先生，跟著軍營裡的老先生念書也是一樣的。」圓子話落，果然引起了秦氏的注意。

秦氏一拍大腿，就開始罵上「胡鬧」，難怪剛剛還總覺得少了啥，原來是少了這小子。

丸子一向不喜念書，不過是被田慧「深情表白」給留在了鎮上，才不情不願地跟著先生念書，先生也早就問過楊立冬對這丸子的態度，自是由著丸子性子地教著。

第六十七章　求醫

天兒轉涼，日子倒不是那麼難熬了。

自打天兒不那麼熱了，田慧總算是好受了些，不過月分大了，田慧就越發難以動彈了，楊立冬求了康元帝，給借了個御醫。

收到信箋後，康元帝已經很是習慣公文中夾著一封私信。

「你來瞧瞧，你這個好兄弟這是又要朕做些什麼了。」康元帝指著龍案上擺著的一封小信箋，上頭龍飛鳳舞地寫著私信。

「陛下，臣不識字！」趙菜子實話實說道。

康元帝被噎了好大一把，指指趙菜子，又點著信箋，半晌才道：「讓你去學，這都十幾年了，你就連一封信都看不全？你平日就不看書信了，若是讓你簽你的名，你就睜大眼使勁兒地寫？」

趙菜子恭敬地彎腰道，說的話卻半點兒不像那麼一回事兒。「回陛下的話，這滿京城去尋，也沒幾個能逼著我寫字的，更別說簽名了，我這身邊不也有幕僚嗎？」總之，不用自己眼巴巴地去識字，費時費力。

「極好、極好……」康元帝一目十行，粗略看了驛站快馬加鞭傳來的消息。「你，趙菜子，明日開始就給朕照著這楊立冬的信，給我寫完了一封信才能回府去！」

趙菜子大呼冤枉。

「朕這是哪兒冤枉你了？滿朝文武，有幾個大臣跟你一樣的，豆大的字都不識一個？吃了熊心豹子膽了，在朕面前自誇無人奈何得了你？好極，極好……」康元帝如此顛來倒去地感慨了幾回，這事兒就算是定了下來。

宋將軍宋真得了康元帝的示意，拆開了信箋。

趙菜子趕緊將頭探了過來，看著紙上迷迷茫茫的一片，頓感頭疼，一早就開始求饒了。「陛下，楊立冬這小子的字一向是不堪入目的，您大人大量就饒了我這回吧。一日五十字，行不？」

趙菜子頓感上當了，楊立冬每回給康元帝夾著私信的時候，在早個十幾日就會有信箋到了趙府，那可真的是言簡意賅，能上百字的話，大抵就是要交代好些事兒，卻也大多都是簡單明白。

「那是你不識字！」康元帝總算是出了一口惡氣，心裡已經決定了，只要楊立冬提的要求不過分，都允了！

不過，這些年，這小子就是雞毛蒜皮的小事兒都能到他這兒訴說一通。順帶地求點事兒。

趙菜子真的是冤死了。「陛下啊，您是大大不知啊，楊立冬那小子給我的信箋裡向來是簡單明白的，我還從沒見過那麼多字的紙！陛下，這小子待人不公啊，憑啥咧！」

宋真恭敬地站在一旁，他到底不敢如趙菜子一般，在康元帝前如此「放肆」。可康元帝還真就吃趙菜子這一套，若是換成其他人，早給踢下去了。

康元帝心情好了不少，決定重賞楊立冬。

「楊立冬這是何事兒？」

宋真知道，這是康元帝在問自己了。「回陛下，楊將軍日子過得艱難，楊夫人有了身孕，身子似是不大妥當，想求個御醫。」宋真斟酌地道，不敢抬頭看康元帝的臉色。

宋真自打來了京城後，只聽說大臣求了旨意，才會有御醫過府看病，這是極大的恩典了。不過，這回楊立冬是想求個御醫回去，聽著這信裡頭的意思，就是一時半會兒不打算還了？

康元帝半晌才道：「你們兄弟幾個膽子越發大了……」

「臣惶恐！」趙菜子煞有介事地學著上朝時那些個老臣，像模像樣地「惶恐」著。

康元帝破口大罵，早些年在西北學來的髒話，都不曾忘記。

待得罵完了，喝一口茶，他才幽幽地道：「趙菜子，你這事兒也是知道的？別蒙朕，你承擔不起後果。」

「回陛下，臣一直知道，楊立冬來信時，時常會提起這事兒，還讓臣給找幾個妥當些的大夫，只是這個把月了，好似半點兒起色都不曾有。楊立冬若不是無法了，也不會求到了陛下的跟前。」

趙菜子正色道，他也有讓管家帶了幾個名醫去了南下鎮，借著各種名義，去給田慧看病，不過生怕田慧起疑，楊立冬都是讓秦氏在張羅著這事兒。

就算是知道田慧心裡頭說不準會不舒服，但是秦氏說是安胎藥，田慧自然只會被秦氏盯著喝了精光。只是，半點兒無起色。

「何時開始的？不是說有身孕了，不是說她自己就是個女大夫？看來是這醫術有限了，連自己都治不好。」康元帝對楊立冬的家事兒素來關心。

「陛下，醫者不自醫。」宋真難得開口道。

倒是惹得康元帝頗為詫異。「哦，此話怎講？」

「內人常在臣的面前提起楊夫人的恩德，小兒的病就是楊夫人給治好的，若不是楊夫人，小兒怕是早就被衛府給送到城外的寺廟去了……」宋真說的這事兒，就是溫府與衛府的恩怨。溫小姐，後來帶著兒子改嫁給了宋真。

溫大人，如今也算是康元帝跟前的紅人了，康元帝自然知道得透透的。

朝中文武大臣不知道的是，康元帝甭管看著是道貌岸然的，上朝時也素來是擺著臉，鮮少臉上帶笑，不過親近的幾個侍衛及趙菜子幾人都清楚地知道——康元帝素來八卦，愛打聽這些朝臣的八卦事兒，內院外院的，一件不落。

打一開始，康元帝這人並不記得很清楚這些大臣姓啥名誰，向來都是趙菜子幾個兄弟在一旁偷偷地提醒。「這人就是最寵愛的小妾跟侍衛有一腿的。」

「這人就是生了五個閨女，才得了一子，這兒子還是外室所生的……」

有時候，這妾跟侍衛有一腿啥的，也有個一二三的，趙菜子原本還時常弄錯了，倒是楊立冬想了個法子，大臣幾歲了，再加上兒子閨女是誰的種。

說來也是令人驚喜的，康元帝憑著奇葩的方式，總算是將滿朝文武認了個全，知曉了這家人的骯髒事兒，再對著這人，怎不令人同情？

如此，康元帝雖是板著臉兒，每每看哪個大臣不爽時，一旦想起了這人的悲摧事兒，心裡立刻同情起來，順帶加了一句。「嘖嘖，做人做成這樣子了，難怪啥啥啥了……」

愛民如子的好皇帝。

康元帝在位數年時間，就博得了滿朝上下一致好評，兢兢業業。

若說起來，康元帝實在是有些依賴這些跟著自己一路走過來的親衛，這麼些年，自己的親衛，死的死、走的走，留下的也就那麼幾人，又都是各奔東西，留在京城的，也就是趙菜子了。

雖說是最不濟的，但是自己每回瞧著，總也感覺這路並不是多孤獨。

見最是沒臉沒皮的趙菜子都是一臉正色，康元帝終於拿過信箋。「最不濟，朕賞那小子十個、八個美人兒！」

「楊立冬最是死心眼了，若是他家夫人有個三長兩短的，定然這輩子都不想再回京城了……前些日子還捎了信來，讓內人給仔細瞧瞧這京城裡的適齡女子，好似要給長子和次子說親來著，說是等明年中了舉就上京謝恩。」

趙菜子生硬地給加上了「上京謝恩」，康元帝只是瞥了他一眼。「如此說來，這鄉試倒像是囊中之物了？朕還沒有跟他算帳，那軍營裡可是當自家的後花園了，時常將兒子給扔進去鍛鍊鍛鍊……」

「陛下，這事兒是您給應下的。」趙菜子瞪眼。

康元帝的好心情一下子又給沒了，絕對是對楊立冬這事兒給深思著怎麼辦。

趙菜子向來不知道這眼色勁兒是啥東西，只見著康元帝在那兒乾瞪眼，不死心地補充了一句。「陛下，楊夫人確是個好的，只需看她教著的兒子，就知道這個做娘的，確是不賴的！」

這話，康元帝愛聽。

「罷了，一會兒你去太醫院，問問可有人願意去，若是有不願意的，這事兒就算了，下回再商議。」康元帝道，如此也算是極大的恩典了。

趙菜子得了令，匆匆地回覆了康元帝，就站不住了，康元帝揮揮手讓人退下。「朕就不強押著你了。」

康元帝跟前的劉公公，領著趙菜子去了太醫院，正巧，院判也在。「劉公公，這是啥風兒把您給吹來了？趙將軍，您也來了，可是許久不見了……」

劉公公笑著道：「咱家這是給楊將軍來跑腿了，可有哪名太醫願意去一趟康定城外的一個小鎮子上？」

這一路過來，劉公公也算是明白這事兒了。

還不等院判問話，一旁的梅御醫就搶答道：「趙將軍，下官願意去！楊將軍可就是在南下鎮的，楊夫人那會兒生三子的時候，臣恰巧也在康定城！」

院判鬆了一口氣，不管如何，這可是要待好幾個月的差事，婦人生子本就有許多不尋常，若是弄個不好，一屍兩命也是不少見的，幸虧有個梅御醫給攬了差事。

「梅御醫也是醫術極精湛的，只是向來為人低調……」院判高度地評價了一番梅御醫，倒是誇得梅御醫有些怪不好意思的，頭一回聽到別人這般直率地誇獎他。

梅御醫等不及趙菜子的安排，整整包袱，找了艘官船就南下了。

趙菜子倒是納悶，直催促著崔魚兒趕緊收攏收攏要送去的物什。「陛下的賞賜也下來了，一會兒咱家的也跟著官船下去就成了。說來也是怪事兒，梅御醫這是在京城惹了人？怎這般急吼吼地接了差事就往南跑了？」

在京城，御醫向來是最難做的，時常得罪那些貴人。

「都已經備好了，我也不曉得慧娘需要些啥，就多備了些藥材，這滿京城的大小藥鋪都被我掃了一圈了。」崔魚兒這些年，與田慧信箋往來從不曾斷過。

自打生了長子後，崔魚兒的肚子就沒有半點兒起色，偏偏這時候皇后又是虎視眈眈的，趙菜子推脫了幾次，就是康元帝都有些為難。

那時候，崔魚兒感激上天，讓她生的是兒子。

只是兩年之後，崔魚兒不再傳來身孕，皇后又開始半逼著，直到前年年末，才往趙府塞了個人進來，還是皇后的那個姪女，不過，並無半點兒身分，只說讓崔魚兒和趙菜子看著辦就成了，就是個伺候的。

崔魚兒很是聽話地看著辦了，遠遠地打發在最偏遠的院子裡，院門院外派了好幾個婆子，日日駐守著。趙菜子也當做沒有這麼個人，只將人給供了起來。

崔魚兒這心裡說不在意也是假的，畢竟誰家弄了那麼一個定時炸彈在那兒，罵不得說不得，任誰心裡都不舒服，去給田慧的信裡很是抱怨了一番。田慧回信的時候，只是粗粗地說了些提高受孕的法子，還有些食譜。

終於，在今年年初，崔魚兒生下了一個閨女，可是樂壞了趙菜子，在信中對楊立冬好一番吹噓，惹得楊立冬眼紅不已。

不管田慧的法子有沒有用，崔魚兒自然是將這功勞記在了田慧的頭上，準備起東西來向來是盡心盡力的。

「妳辦事兒，我沒有不放心的，明日就準備和陛下的賞賜一道兒送去吧。陛下還真是彆扭，明明是關心得緊，偏偏要裝作沒往心裡去……」趙菜子聽著崔魚兒念著禮單上的物什，一邊說著話。

「陛下哪是咱們能說的，出了這個門，你可別往外頭說去！」崔魚兒不放心地叮囑道：「我爹今日特意喚了我回去，說是國舅爺尋我哥哥喝酒去了……」

「酒照喝就是了，其他的別鬆口答應，陛下還年輕著，自會打算好這一切。」趙菜子說完就出了主院兒。

這話，崔魚兒已經聽了不止一、兩回，若是換成了自己，說不準也早就翻臉不認人了。可氣的是，自家哥哥卻偏偏不聽勸，總跟皇后的娘家走得極近。

崔魚兒不得不因此鮮少回娘家。

等梅御醫到了南下鎮的時候，楊立冬還不曾從軍營回來。

秦氏客氣地將人往裡請，哪料到，梅御醫將包袱都扔給了藥童。「我這一路趕過來，還不曾用飯呢……」

已經過了飯點兒。

「梅大夫趕緊屋子裡請，我這就給您做飯去！」秦氏向來稱梅御醫是梅大夫的，梅御醫聽得歡喜，這稱呼就不曾變過。

「我去石頭宴吃，石頭宴還開著不？」問完了，才發覺自己說的這句話好似不大吉利，忙不迭地補充道：「石頭宴的東西這般好吃，怎麼可能不開著……」

說多錯多。

倒是惹得秦氏「噗哧」笑出聲。「咱石頭宴還開著呢，不過，說不準這人都不大認識梅大夫了，原本的掌櫃的，被調到了康定城去，康定城裡也開了一家。」

梅御醫很是誇讚了一番，心裡在默默地估計著從京城到康定城需要多久時間。

「還是我領著梅大夫去石頭宴熟悉熟悉，往後，梅大夫就方便些了……」秦氏也不往裡請人了，都是老熟人，也不來這些客套。

梅御醫的性子怪好琢磨的，秦氏倒是真心歡喜來的這個人是梅御醫。

這一出門，就遇上了楊二柱。

「二奶奶，好久不見了，這是領著人做啥去呢？」楊二柱在鎮上的那間鋪子，自打今年起，就在鎮上開了家小食肆，生意還算是過得去，勝在價格便宜，倒也算是薄利多銷，勉強維持一家子的開銷倒是夠了，還能小有結餘。

秦氏的臉上有些僵硬，只是衝著楊二柱點點頭，並不多話。

一路無語地到了「石頭宴」，實在是秦氏消化不了楊二柱的笑臉，梅御醫自覺地不開口，只在心裡默默地盤算著該點幾道菜。

秦氏安頓好了梅御醫，錢氏領著孫女倆，已經等在楊府了。

「妳知道我剛剛出去見著誰了？就是那二柱，還笑嘻嘻地衝著我打招呼來著，我這心裡仍是膈應得慌，這人就跟沒事兒人一樣！看來我果真是老了啊……」秦氏一坐下就噼哩啪啦地說開了。

錢氏在村子裡倒是時常會見著楊二柱，原本楊二柱不大出遠門，就是見著人了，也只是點點頭。

可是自打在鎮上開了鋪子後，楊二柱的性子卻是一改常態的高調，見著人都是笑咪咪的，一口一個叔啊嬸啊不離口。

錢氏這回來，仍是為了楊知故的事兒。雖說是沒有聽到范府訂親的喜訊，這心裡踏實了不少。

「田姨，圓子哥哥呢，他們還在軍營裡嗎？」一一乖巧地坐在錢氏旁邊的椅子上，不時地照顧著二二，儼然一副大姊的模樣。

一一已經是十一歲的大姑娘了，不知是何緣故，這些年鮮少跟著錢氏來楊府。

田慧聽著這話，倒是跟小時候一般，三句不離圓子，這才笑著道：「說來也是巧了，圓子團子前幾日就已經回來了，去了他們先生那兒，一會兒就該回來了。」

錢氏雖說來得勤快，不過也是自打年後，就沒有見著一面。「可敢情好，說來都是小半年沒見了，也不曉得有沒有變樣兒了。」

說起這些，秦氏可就是最積極。「都黑了，不過瞧著更壯了，圓子倒是沒啥變化，團子，可不就是一個小黑炭頭兒，這拿起書，倒像是個燒火的。」

秦氏話音才落，就聽見團子的聲兒。「奶奶，您又在說我了？我就是曬黑了點兒，娘說我來年就會白些回來了。」

田慧一時間很是憂愁，這好好的少年郎，怎麼就黑成這副模樣，這夏日裡都不知道去躲躲太陽？

眾人朝著門口看去，就見著團子率先一腳邁進門檻，這才半年，就長高了不少，雖說是黑了不少，倒也不算是黑炭兒，手裡還似模似樣地握著一卷書，眼珠子轉著。

待得看到錢氏，他似是歡喜地喚了一聲。「錢奶奶……唉喲，這兩小姑娘，就是一一和二二吧？怎麼了，把眼珠子收回去，瞪著做啥？小心我撿了去！」團子在二二面前，揮揮書卷，恐嚇道。

二二趕忙地低頭搗眼，時不時地偷看團子，待得團子在對面的椅子上坐下了，才放下手。

一一有些不滿地瞪著團子。「團子哥哥，你都這般大了，還嚇唬二二，二二向來膽子小！」

自打二二懂事了些，團子就沒少捉弄二二，小時候的陰影啊……

「我不跟和別人幹架的女子說話！」團子揚了揚高傲的頭顱，轉頭去慰問田慧了。

一一氣急，她可只有那麼一回跟阿花的弟弟幹架，就被這些人看了全場，那正是她年少無知的時候，若是現在，她定然是偷偷地到角落裡給弄了！

田慧順手拍了下團子的手背。「一一，別跟妳團子哥哥一般見識，他向來如此沒大沒小的，咱一一就大人大量，姨下次讓妳團子哥哥給妳買個小禮物，給妳賠罪。」

二二有些羨慕地看著一一，雙手緊張地握著椅把，偷偷地望了眼團子，就被逮了個正著。

「二二啊……哥哥一會兒帶妳上街買去，要啥東西，妳姨姨都給銀子的！」團子平日裡雖說時常逗弄二二，不過，若是真的論起來，卻是對二二最好了。

二二忙不迭地點頭，巴掌大的小臉上揚著笑，燦爛奪目。

田慧看得歡喜。「二二可是越長越標致了，聽說也是在書院裡念書的，最近學得如何了？」

二二性子倒是有些像她娘，不過，長得卻是標致了許多，一看就討喜。聽說如今還不滿十歲，卻有好些人家來上門提親了，有不少還是鎮上的大戶人家。相比之下，倒是一一顯得有些著急了。一一相貌倒是過得去，只是，性子上略有強硬。

「倒也算是過得去，先生說了，雖是不如一一學得好，不過寫字卻是比一一好，性子穩重。」錢氏對這兩個孫女向來期望不高，不過是看著田慧這一家人如此盼著閨女，倒是重視了不少。

也會買些紙，讓這孫女倆在紙上練字，孫子亦是如此，錢氏倒不會厚此薄彼。

錢氏這一家子，如今可算是楊家村頂和氣的一家子了，三個兒子賺來的銀子都是錢氏給攢著的，置辦田產、鋪子啥的，都是錢氏做主，楊全中向來不管事兒。

十來年，圓子的心思，向來讓人難以琢磨。只是，圓子一向自有主見，倒是不用田慧多擔心。

圓子從書院出來後，就先去了書鋪，取了一早訂了的書，這才往楊府走，團子倒是先行了一步。

當初形影不離的三兄弟，各有了自己的路子，阿土湊巧這幾日去了康定城。

等圓子一腳邁進待客堂，還不得圓子打招呼，一一就奔了過來，早前啥大姑娘的，早就丟在了一旁。「圓子哥哥，你可算是回來了，一一都好久沒有見著你了……」

圓子習慣性地伸手，停在半空中，收手，改在一一的肩上拍了一下。「一一可是長高不少了。」圓子笑咪咪地道，一一的臉上猶自散發著奪目的笑容，真是長大了不少。

「那可不，只是還是圓子哥哥高，一一才到圓子哥哥的這兒呢……」一一挨近圓子，在圓子的胸前比劃著。

圓子微微後退了一小步，只是笑看一一比劃著，嘟著嘴兒。

「好了，一一別鬧，妳圓子哥哥念了一日的書，累了，讓圓子坐會兒……」錢氏起身，拉著一一走回自己的椅子上，不忘打量著圓子。「我老婆子也說不來話，這圓子的氣度瞧著好似都不一樣了。」

秦氏拍掌附和道：「可不就是，倒不是我自個兒誇自個兒的孫子，這一趟回來，可就是大不同了，光是看著就讓人難以挪開眼。」

圓子只是笑著聽著，端茶、喝水，動作行雲流水。

田慧微笑著看著這哥兒倆，一左一右地坐在自己身旁，怎的這麼快，自己已經來了這個地方都有十年了……

團子晃著田慧的手，不依道：「娘，哥哥這是變俊俏了，我就是變土匪了？錢奶奶慣不會說話的。」

錢氏忍不住老臉一紅，這難得說句誇人的話，還被人給抓了小辮子。「錢奶奶哪是這意思，哥兒倆一個樣兒、一個樣兒！」錢氏著急地辯解著。

噗哧。

「好了，你這小子，你錢奶奶都年紀大了，你還不學好，逗你錢奶奶做啥！」田慧自打有了身子後，性子變了不少，恬靜許多，慢慢悠悠地說了這些話後，好似有些吃力。

圓子皺眉，不著痕跡地打量著田慧。

丸子倒是也想跟著一道兒回來，只是楊知故不讓，生怕他吵著鬧著田慧，只說讓丸子多待在軍營裡一些時日。

「錢奶奶，我跟您說笑呢。我也是我娘生的，自然跟哥哥一樣俊俏！」團子絲毫不覺得這是在誇自己，臉不紅，氣不喘。

「是極、是極！」錢氏贊同道，引得一屋子笑意連連。

田慧早就注意到，一一自打圓子進門後就雙眼不離圓子，隱隱有些擔憂。

「一會兒就吃飯了，我先去將書給放到書房去……」福嬸已經來喚吃飯了。

一一哪會不跟著。「圓子哥哥，我也跟你去，我可是有好多話要跟你說著。」

「二二，咱也跟著去。」團子喚了聲二二，晚了幾步，跟著去了。二二哪會不依，乖順地讓團子牽著手，亦步亦趨地跟著。

屋子裡一下子靜了不少。

錢氏有些尷尬。「慧娘，這一一，唉，我打小就告訴她的，只是哥哥和妹妹的。」錢氏提起這些的時候，有些艱難。

田慧若有所思的模樣，錢氏都看在眼裡。

秦氏不語，這兒孫的事兒，她如今是好賴不管的。兒子媳婦都是有本事的，左右也不會輪到她這老婆子出主意兒。

「嬸子，看您說的，我還能不知道您嘛。圓子確實姓楊，這同姓不通婚，如若不然，說不得咱還能成親家呢！」

小時候的一一，瞧著倒是挺憨態可人的，只是大了卻是少了一分機靈。田慧也並非是對一一不滿意，只是，總是先想著自己的兒子，這人心吶都是偏的。

田慧還是頭一回說得如此直接，楊立冬如此大費周章地從京城裡請了御醫來，她自己的身子，自己清楚，這胎懷得艱難，她原本就已經算是高齡產婦，身子每況愈下。吃著梅御醫的藥，雖說有了不少起色，卻是，光是這樣子坐著，就覺得累人得慌。

她，只想將所有的事兒都給安排妥當了。

她的兒子，她也想給安排妥了，既然對於圓子和團子的親事，楊立冬有了打算，田慧自然是放了心。

聞言，錢氏臉色微變，不過，卻是僵硬地點點頭。「我嫁到楊家村幾十年，自然是都懂的。這幾十年來，據說只有兩對年輕的小後生，不顧家裡人的反對、族裡的懲罰，一心要在一塊兒，還搬到了山腳下的那塊空地上去，結果，這兩對小夫婦生了三個孩子，一個傻一個呆，還有一個不知道去了哪兒……」

秦氏也是早就耳聞，不過，倒是不如錢氏知道的多。錢氏本就是附近村子的，自小就聽著附近村子的事兒長大，後來嫁到了楊家村，知道的就更多了些。

田慧聽得心驚，錢氏慘白著臉，復又說道：「自此，這村子裡的，都瞧在眼裡，就算是有人偷偷地接濟，這一個呆的一個傻的還是早早地去了，這人的爹娘，早就抑鬱而終，他爹去得早，後來，他娘的屍身，就是賴在屋子裡的，還是他家的親戚，偷偷地去看一眼才發現的。村裡人幫著安頓了，可到底是悔不過來了……」

「我一向將嬸子當做是自己人，不瞞嬸子，圓子團子年紀都大了，也是時候說親了，冬子哥說是來年帶著這哥兒倆上京城，先把親事兒給定下來。」田慧柔柔地開口道。

照著錢氏說的，田慧自然知道，就算是一一真有那個心兒，錢氏也是一百個不答應的。

果然，聽到田慧說的，錢氏這臉兒可算是露出了一絲笑來。「那可是天大的好事兒，圓子哥兒倆，瞧著就不是簡單的，往後的路還長著呢，確實是要找個好姑娘，聽說，京城的大家閨秀，可是一大把一大把的！」

秦氏也從來沒有去過京城，聽田慧說的，心裡也蠢蠢欲動。「我也是如此聽說的，京城裡哇，那個可都是高門大戶的，不過，誰家願意把姑娘家給嫁到咱這地兒來啊？」秦氏這又是給擔心上了。

田慧自是不擔心這個。「說不得，咱也有一日能住到京城去呢……」

靜謐。

田慧臉上的笑，自始至終，都是笑得恬靜。

秦氏低頭，偷偷地抹淚。田慧自打懷了這一胎後，不管如何吃，身上的肉卻是越來越少，這人瘦得可怕，就像得了病一樣！

秦氏聽著田慧念念有詞地說著「說不得哪一日住到京城去」就忍不住落了淚。秦氏怕了，生產本就是在鬼門關走一圈，田慧這般，怕是凶多吉少……

「嬸子，在我生之前，定會讓縣尉府上答應了這樁親事的，只是，縣尉夫人怕是會提些要求，您可要心裡頭想好呢……」縣尉夫人如今也算是半應了。

錢氏有些心酸，不過到底打起精神來，語調有些誇張，掩飾不住。「我這早就準備得妥妥的，這小兔崽子可是認準了，我這個做娘的，難道會看著兒子不如意？

「就跟當初冬子一樣，可不就是認準了慧娘妳，還費得妳娘可是好大一番折騰。如今看著妳過得好好的，兒子成群，我這心裡也只有羨慕的分兒。知故的兩個哥哥嫂子又都是好的，說是甭管花多少聘金，只要自家出得起的，大可先給知故辦了親事再說，往後銀子慢慢賺，還會有的。」

「都是好孩子、好孩子……妳也算是有福氣的，等著知故的事兒辦妥了，妳就等著享享福吧……」秦氏道，已經絲毫看不出剛剛落淚了。

「這可都是託了妳家的福，若是單憑著我家，就是有再多的銀子，縣尉大人怕是都不會瞧上一眼。等親事成了，我讓知故這小子來磕頭！」

秦氏急得直擺手，好似楊知故在跟前了。

「嬸子，跟咱家不用客套來客套去！往後，多替我看著圓子哥兒幾個就成了……畢竟年歲還小，我怕，往後若是犯錯了，可是悔得過來？」田慧有些憂心道，看著錢氏兩人也跟著愁眉苦臉的。「我這不就是未雨綢繆嗎？」

一一一路嘰嘰喳喳地跟在圓子的左右，去了書房。

圓子倒是挺習以為常的，只是想到楊立冬說的，又微微地攏了眉頭。

「圓子哥哥，你做啥不高興？」一一一直盯著圓子，自然看見了圓子臉上的神情。

「一一現在還在書院裡念書嗎？」楊家村的書院並沒有外人，所以一一她們幾個女娃子去念書，倒也不在少數。

一一歡快地點點頭。「嗯，還在跟著先生念書呢，識字懂禮，往後我還要做……」一一紅著臉閉嘴了，欲語還休地望著圓子。

「念書是好事兒……」圓子頓了頓。「一一還小呢，妳奶奶、妳爹娘為了能讓妳念書，可是一直在做活兒，辛苦著。一一要記得孝順奶奶和爹娘，不可忤逆奶奶的意思，這樣才是個好姑娘。」

「楊家村裡，我奶奶可是數得上的好奶奶！」一一深以為然，驕傲地道。

打小，就有人對一一說「若是我也有個這麼好的奶奶就好了」。

在一一幾個姊弟的心裡，錢氏是天底下最好的奶奶，最值得尊敬的！

已經入秋了，一大早，微微有些涼意。

田慧一早去解了手後，就睡不著了，不過，不敢翻身，生怕驚著了楊立冬。

楊立冬回來得晚，再過三刻鐘就得起來去軍營了，已經被自己折騰得起來一回了，田慧這會兒卻是一動不敢動。

「這麼早就醒了？」楊立冬睡眼迷濛，一到這個點兒，楊立冬自動自發地醒了。

瘦了，眼眶都黑了。

田慧翻了翻身子，伸了伸懶腰，舒服地長嘆。「嗯……就是睡不著了……」

「怎麼了，又是哪兒腰痠？我給妳揉揉，今日就不去了，妳不是說要去縣尉府上嗎？我也陪妳去一趟。就妳那軟磨硬泡的本事，也不知道啥時候才是個事兒。」

田慧眯著眼享受著，楊立冬熟練地捏捏腰身。「這想娶別人家的閨女，自然是要多跑幾趟的，若是咱家也有個小閨女，我怕是定然不肯讓人給娶回去的。」

楊立冬下手微重，田慧朝裡躲了躲。「那是自然，我家的閨女能一樣嗎？我這最好啊，就將閨女養在自家。不過照你如此說來，我肚子裡的若是個閨女的話，我這可不現在就該愁上了。」

田慧笑話了一番，這才起身了。

「今兒個就讓我來伺候伺候妳穿衣。」楊立冬先將自己胡亂地穿好了，讓田慧張開手，伺候田慧穿衣。

打水，絞了帕子。

田慧閉著眼，半晌感覺不到楊立冬有動靜，這才睜開眼，茫然地望著楊立冬。

楊立冬的大手裡，正放著一條四方的帕子，有些手足無措。

「愣著做啥，你不是說伺候我起身嗎？這送佛送到西天，趕緊幫我把臉兒給洗了。」田慧催促道。

楊立冬這才拿著帕子挨近了，輕輕柔柔擦臉、眼睛、鼻子、嘴角……

「是不是老了？」田慧感受到楊立冬小心翼翼地用帕子擦著自己的臉，殺風景地道，若是不說，她怕自己會哭了出來。

「不老、不老。妳沒聽團子跟人說，他娘可正是花一樣……」楊立冬深以為然，並且深信不疑。

「這話若是丸子跟人吹噓的，我倒是真的信了。」

這話惹得田慧羞紅了臉，這臉看起來倒是有了血色。「你就應該多笑笑，咱家如今啥事兒都好。你有啥可愁的，兒子都是我親生的，這麼多年，你還能不放心我？」

楊立冬只是搖搖頭，並不多話。「我自然是信妳的，只信妳的……」

楊立冬捧了水來，讓田慧就著銅盆洗了手，自己隨便解決了一番，楊立冬就扶著田慧出了房門。

這一幕，在楊府裡，並不少見，初來的梅御醫，也習以為常了。

用了早餐，就去了范府。

田慧早就讓人給范府送了帖子去，范大人和范夫人早早地等在門上。

楊立冬陪著田慧一路走過去，不過是隔了一條街，也並不算是太遠，錢氏和秦氏也是同去的。

范夫人早就讓下人注意著楊府的動靜，待得聽到只是四人時，可算是鬆了一口氣兒。

「幸虧今日來的只有四人……若是跟往常一樣，咱家非得給吃窮了去不可。」

范夫人性子爽利，說話向來直來直去。

范縣尉只是笑咪咪地聽著。「咱府上哪是這樣子就能給吃窮的，妳莫要亂說。今日就應了吧，女大不中留，留來留去留成仇啊！」

「這樣子就應了？這可是我養了二十年的閨女，原本想著是往京城嫁的，就是沒有京城，康定城的本家那兒怎麼說也是條路子吧……這下可好，這挑來挑去，反倒是挑了個鄉下人家的。」

范夫人可是半點兒都不想嫁閨女，若不是范縣尉點頭，閨女又是一門心思地認準了，這是被灌了迷藥啊……

「妳聽我的就是了，說不準咱閨女還是個有大福氣的！」范縣尉不比范夫人少疼閨女。

「多置辦些嫁妝就是了，咱閨女的吃穿用度不會省就是了。」

范夫人早就將嫁妝準備得妥妥的。「這還用你說，我可是把我的老本都給拿出來了。唉，這就是有再多的嫁妝，到了婆家這萬事由不得自己，又有何用？聽說這楊家可是沒有半個下人的，咱家閨女，這可是如何過日子？」范夫人愁得頭髮都快白了。

「行了，妳就是不放心這個不放心那個，妳看看楊夫人，不是沒有半個丫鬟婆子的，過得卻是比妳好多了，這家業也越掙越多，念兒向來與楊夫人親厚，若是有一半的福氣就成了！」范縣尉早就將裡裡外外都跟范夫人說了一通，范夫人自然也是應了的，只是臨著這要應的當下，卻是有些悔意。

「好了，婦道人家，囉囉嗦嗦！」范縣尉有些不耐，范夫人自然是乖乖地閉了嘴。

賓主落坐。

楊立冬就先開口道：「范大人想來也知道我們的來意，我家夫人大著肚子，可是跑了好幾趟，倒是給個準話吧？」

范縣尉說了幾句客套話，然後拿眼示意范夫人。

錢氏上門求娶人家的姑娘，自然將姿態放得低低的。「范夫人，若是我家能做到的，我定然沒有二話。我也知道妳家姑娘是頂好的……老婆子嘴笨，不會說話，若是有說錯的，還望別見怪啊！」

范夫人這才開口說話。「我這是嫁閨女，也不是賣閨女，自然是不求啥的。不過，我聽說楊知故是在康定城的，不知道，這往後住在哪兒？」

「這啊，往後也由著這夫婦倆，前些年，知故就跟著慧娘，在康定城買了處二進的宅子。」錢氏有問必答。

「我家念兒向來嬌生慣養的，從小雖說算不上錦衣玉食，但也是丫鬟婆子伺候著的，若是往後……」范夫人看著錢氏，等待著錢氏表態。

錢氏早就想過這事兒，也與楊知故商量過。「廚房裡的活計，自然會請個廚娘，至於其他的還得他們小倆口自己商量著來。」

范念兒一直躲在隔壁的屋子裡，側耳聽著隔壁的動靜，聽著隔壁屋子靜了下來，憂心不已。她一蹬腳，不顧丫鬟的阻攔，就一抬腳就進了屋子。

范念兒半點兒都不囉嗦，脆生生地道：「娘，我早就說過了，我不帶丫鬟婆子！」

范夫人怒目瞪著，哆嗦了幾個回合，到底是不忍心罵出口。

「女大不中留啊……」范縣尉笑著搖頭。「罷了罷了，兒女自有兒女福，我這做爹的，就做主應下了。」

一番恭賀。

又是認親。

楊立冬喝了一盞茶，才道：「不說旁的虛的，若是有機會，這石頭宴說不準還會開到京城裡去，知故他們一家子仍是一成的乾股。我家三個兒子大了，說不得往後還得楊知故在京城裡照應著，我是打算跟我家夫人和我娘，就在南下鎮住著算了。」
范縣尉大喜。
打鐵趁熱，他們商議著今年年前就將親事兒給辦了，來年，就跟著楊知故去康定城。
「既然這親事定下來了，咱也是親家了，聘禮我也不要求啥的，左右也是嫁到妳家，我只盼著你們能對我家念兒好些，她不大會那些算計的手段，就跟我一樣，性子直，說不準容易吃虧……」范夫人拉著范念兒的手，說得淚眼婆娑。
「我也是有女兒有孫女的，就是看在慧娘疼念兒的分上，我也是只有疼著的分兒。不是我吹，范夫人大可去打聽打聽，我家的那兩兒媳婦都是懂事的，我也從不刁難兒媳婦。若是兒媳婦有了身子啥的，孩子帶不過來，我這才幫著帶帶。」
范夫人早就打聽了個齊全，對於錢氏的為人，自然是信的。
只是捨不得。
待得回到了楊府，錢氏仍是激動難耐。「我一會兒就給知故報喜去，我這是怎麼都沒想到，這事兒就能成了，原本我都想著有得拖了，這眼看著圓子哥兒倆都要說親娶媳婦，知故二十好幾了，還一直沒著落。如今可算是好了，我啊，就等著享福了……往後啊，我啥事兒都不管了。」
田慧這也是頭一回當成了媒婆，心裡也替楊知故高興，這小子也算是她看著長大的。
「嬸子得了空，可得趕緊去找大師挑幾個吉日送去呢！」

第六十八章 阿土

到了晚間，聽見了阿土的聲音，這是從康定城回來了？

田慧雖說只是十來日沒見著阿土，不過自打從圓子那兒知道了阿土的近況，她便頗為擔憂，好好的一個小子，可別是就這樣止步了。

阿土一一和人問了好，田慧招招手，才在田慧的身旁坐了下來，給田慧滿上茶，動作熟稔，圓子哥兒倆不在的時候，阿土時常做這個，半點兒不顯得生疏。

「阿土哥哥，這一年，也多虧你照顧娘了……」阿土年長兩歲，又是田慧認的乾兒子，圓子向來是以「阿土哥哥」來稱呼的。

阿土靦覥地笑了笑，並不搭話。

「見著你爹娘了，他們如何了？」秦氏問道，阿土娘自打去了康定城後，鮮少回來，實在是鋪子裡離不得人。

「都挺好的，鋪子裡的生意也挺好的。」

田慧又問了一些康定城的事兒，阿土事無鉅細，一一道來。

阿土安靜地坐在田慧身旁，但凡是田慧問的，阿土沒有不清楚的，好似早就打聽好了，只等著田慧開口問。

「你別嫌乾娘事兒多，我這是老了，這十幾日不見你，就想念叨念叨。」田慧拉著阿土的手，這手上都磨出了老繭，這是握筆留下的繭子。

阿土臉上一直保持著得體的笑，面對著田慧。「我都知道的，乾娘待我是打心底裡疼愛的。」

說話間，屋子裡就留下了這對母子倆。

「乾娘知道咱阿土是個好的，你啊，就是太要強了，乾娘早就跟你說過，這人吶，太要強就太累了啊……乾娘就盼著你們一個個都好好的。」

阿土恭敬地點點頭。

「你們這幾兄弟中，就數你最大了，圓子雖說瞧著穩重，內心卻是最敏感，好賴都只往心裡去，就連我也猜不透兒。團子時常闖禍，丸子就更別說了，若是能中規中矩的，我就是閉上眼都會笑醒了。以前啊，就數你最是懂事了，可是現在啊，就數你讓我擔心了……」田慧摸了摸阿土的頭，一如多年前，在那個楊家村的小院兒裡，因為識字認得快，田慧讚許地摸了摸阿土的頭。

思及此，阿土淚眼汪汪。

「乾娘，我對不住您……」阿土哽咽道。

「阿土，你錯了……」田慧慈愛地拍了拍阿土的肩膀。

阿土的頭低得更低了。

「你若是以為我認你做乾兒子，是看在你會念書，是個好苗子的分兒上，這你就錯了。咱就說著楊家村裡，打小你就不是最機靈的，我也生了三個兒子，何苦再多認一個乾兒子？

「當年，在楊家村，你只是一門心思地想念書想多識字，有時候為了能多念半個時辰的書，寧願早一個時辰起來，天不亮就上山撿柴火、砍柴。

「你還記得不？你還偷偷地說過，天不亮，這山裡頭隱約好似都能聽到狼叫聲，你時常被嚇得雙腿直哆嗦。那時候，你覺得，這樣子的日子若是能過去，就是天底下最幸福的人了。

「後來，你在南下鎮念書，跟著先生，你不通音律、不懂琴棋，只一門心思地練字念書。不過先生仍是讓你跟著學棋。那時候，你覺得最難捱的就是每日的下棋了，你說對著棋譜，就好似許多無頭蒼蠅，如今呢，聽說十盤裡也能贏上幾盤。

「那些日子，不管如何，阿土你還是那樣的性子。可是現在呢，日子倒是越過越好了，你也穿上了綢緞、穿上了長衫，也是秀才老爺了，這人就變了，這心思就更重了？若是如此我倒寧願你還是那個在楊家村的小子。雖說總是蠻橫，但是有一顆無畏的心。」

「乾娘……」阿土的眼淚，一滴滴地滴在田慧的手上，滾燙地燙著田慧的手。

「你們小子倒是將以前的事兒都給忘得透透的，你們儘管往前衝，若是累了、乏了、無趣了，再回頭，娘啊，都在這兒等著你們，等你們回頭來跟娘說說，這一路的風景。娘老了，走不動了，往後啊，咱阿土就領著兒弟幾個，好好地往前走，咱一步一步走得穩穩當當的，就是摔跤了，娘來扶你們一把！」田慧不知看向何處。

阿土胡亂地抹了一把淚，急急地道：「娘一點兒都不老，往後、往後我會聽乾娘的話，不會再亂想，勞乾娘費心了……」

「阿土還願意跟乾娘說心裡話，娘這是高興，若是乾娘不在了，你們兄弟幾個，都要好好的，阿土要代替乾娘，照顧好圓子幾個，他們跟著乾娘，一直苦著。沒有娘的孩子，這輩子的兒子也算是做完了……」

阿土反手握住田慧的手，不敢用力，生怕弄疼了田慧。「乾娘，您還年輕，若是咱走出去，指不定都以為您是我姊姊呢。圓子，若是沒了您，怕是也是……完了。」

阿土猶豫了半晌，還是說了出口。他時常陪在田慧的身旁，自然感受到了田慧的身子，好似不如以前，就是臉色也白得嚇人。

圓子的心思晦澀難懂，不肯輕易說出心裡的想法。不過，阿土知道，若是沒有了田慧，圓子怕是真的就會將自己給「毀」了，就好似珊瑚蟲，失去了體內的藻類為其提供養分，會因為營養不良而死去。

當田慧說起這些珊瑚蟲、藻類的時候，圓子雖說不懂，只是靈動的雙眼卻是異常地閃爍著光芒。

「你們之中就數圓子最讓我擔心，團子性子爽朗，若是發洩一番也會接受，就數圓子了……」田慧揉了揉眉心，說了這麼久，她有些體力不支了。

「娘，還有乾爹……怕是不比圓子少……」阿土早些年，就聽田慧說起過，有些人求生意志強烈，一些病症都能克服。

田慧靜默。

她，獨獨不能忘了他。

若是這一世只有十年，這就是她的一輩子的話，他的一輩子裡，有多少年的她？

梅御醫在南下鎮待了半月有餘，就包袱款款地走了，在康定城坐官船，北上，至西北的越塔城。

就連丸子，也被楊立冬給接了回來，在楊府裡吵吵嚷嚷的，時常圍在田慧的身旁轉悠，繞得她頭疼不已。

圓子捧著書卷，窩在田慧的身旁，看一頁書，就抬頭盯著田慧一會兒，如此反覆。田慧只裝作看不見，無法，她不知如何跟圓子開口說話。

這些人裡，她最無法面對的就是圓子和楊立冬。

每每，她剛剛想開口，總是被這兩人避了開去，言不由衷，卻是不願提起。

還不等田慧開口，圓子就開口阻止道：「娘，該學的我早就學過了，我只是看看書打發打發時間。」

圓子說的倒不算是搪塞之言，該學的早就學過了，先生也只是偶爾指點指點文章。

丸子對甜甜橫眉怒目，文謅謅地道：「妳一個女娃娃的，怎不好生待在家裡，時常往我家跑，是何道理？」

一時間，將甜甜妞給問懵了。

她聽不明白，一時間沒反應過來，好半晌才道：「是姨姨讓甜甜來玩兒的，讓甜甜陪著丸子哥哥玩兒……是不是，姨姨？」

田慧哪會不點頭，被甜甜妞的呆萌給俘獲了。「丸子，好好跟甜甜玩兒，不許欺負人！念了幾日的書，別的沒學會，就會掉書袋了。」

丸子無法，只得由著甜甜妞在他身旁碎碎唸。

「丸子，要不，娘去隔壁王府，尋甜甜娘，將甜甜給你定下來，給你做小媳婦？」田慧眨巴著眼，難得地打趣道，兒子圍在周圍，自是輕鬆。

圓子也放下書，難得來了興致。「娘說的是，丸子瞧著就好似中意甜甜的。」

丸子一聽可是炸毛了，不敢推挨近的甜甜，生怕被他娘給訛上了，僵硬著身子，討饒道：「娘、哥哥，你們就饒了我吧。我就是中意囡囡，也比這黏人的傢伙好啊。」

田慧面色脹紅，吃了啞巴虧，有苦說不出。圓子低頭微咳，掩飾不住笑意。

「你倒是從哪兒學來的小媳婦啥的，你懂得小媳婦是做啥的？」田慧忍不住追問道。

丸子手也不僵了，腳也能動了，在圓子和田慧之間轉悠轉悠。「這小媳婦我自然是懂得，知故叔叔不是要娶大媳婦了嗎？不就是抱一抱、睡一睡，然後生個小小丸子嗎？」

「娘，我勸您還是別問了，若是想問，問問甜甜倒也罷了。這小鬼，在軍營待了那麼久，哪有不知道的。說不準，就是這些話，都是在唬著咱玩呢！」圓子輕咳了兩聲，好意地提醒道。

田慧接受圓子的好意，不忘瞪了眼丸子。

囡囡，是徐亮和嬌兒的兒子，徐囡囡。據說是為了好養活，才娶了個閨女的名兒，如今也已經五歲了。

這些年，因著嬌兒從小就學著書畫，這麼些年也從沒有丟下過。再者，自小住在京城，見識自然是不薄的。

到了南下鎮，為了生計，她自然是絞盡了腦汁，想了不少的式樣和花樣子。有了楊立冬的牽線，這日子過得自然是有滋有味的。

人如其名，囡囡果真是個不哭不鬧不吵的一個娃兒。

丸子從來不跟囡囡玩到一處兒，囡囡來楊府的時候，丸子有時候寧願陪著圓子在書房練字，也不願意跟囡囡玩在一處兒。這會兒，被甜甜追著念叨，就想起了囡囡的好。往後，他一定多對囡囡笑笑。

雖說如此想著，後來有一回，甜甜與囡囡遇上了，那是靜悄悄的觸碰，可兩人不知怎的，就玩到了一塊兒，有說有笑，雖然是甜甜說，囡囡笑……

但是不妨礙這兩人說笑，玩得極好。

丸子瞧著就眼紅眼熱了，這明明說好的，甜甜怎麼就「棄暗投明」了，囡囡那個悶葫蘆有哪裡好！

不管丸子如何勸誘，甜甜若是一遇到囡囡，就絕對是放棄了丸子，惹得丸子很是苦惱了一番。

都道是，女人的世界是善變的。

這道理，丸子打小就被教會了。

又是一年中秋節。

秦氏幾人脫不開身，就由著阿土帶著兄弟幾人，載了一車子的豬肉，運回了楊家村。

「爹，我還從來沒駕過馬車，讓我慢慢地趕回村子裡去吧？」團子早就躍躍欲試了，要不是平日裡楊立冬攔著，團子早就將馬車給趕了出去。

遊山玩水，好不愜意。

楊立冬只瞪了一眼，團子就乖乖地站在一旁，積威已深。

「好了，讓團子試試吧，都快二十的人了，趕趕車也不算啥，若是車翻了，你的私房銀子小心些……你們若是想試試手，儘管去吧，這趕車的車子別坐人。」

「得令！噢……走嘍……」團子一蹦，就上了車轅，吆喝上，走了。

揚長而去。

楊立冬雖說當著幾個小子的面兒，沒有反駁田慧，待得人走遠了，才出聲道：「妳就由著他們鬧騰，怎的，才十幾歲，又沒個大人看著，若是翻車了，可如何得了？」

田慧只是衝著楊立冬笑笑，楊立冬就乖乖地閉了嘴，寵溺地搖搖頭。

「我這輩子啊，就拿妳無法了……」復又不甘心地道：「若是下回有機會，我帶妳到軍營裡去瞧瞧，那幫小崽子，見了我，可都跟耗子見了貓似的，我稍一瞪眼，就是服服貼貼的。」

田慧被楊立冬不甘心的解釋給逗樂了，挽著楊立冬的胳膊，半靠著。「我知道咱家的楊將軍最是威風凜凜了，只要瞪瞪眼，就能嚇破敵人的膽了！」

「調皮！」

「自打有了身子後，我也沒回村子過了。以前，我倒是只想著以後，趕緊賺了銀子，將兒子給帶出村子。現在，許久不回去，倒是有些想得慌了。後山的那個山洞，還有那條小溪，都不知道還在不在……」田慧望著去的路，早就已經沒有哥兒幾個的影子了。

「若是想去，改日我帶著妳一道兒去就是了，又不是啥遠的地兒，就是小住幾日也不是啥事兒。」楊立冬想也不想地道。

隔壁的王府也是大門緊閉，不知道這日是去了哪兒，因為甜甜今日並沒有過來。錢氏也去了康定城，說是準備新院子裡的物什去了，還得跟楊知故商量商量。

「你最近不忙？」楊立冬最近幾日都賴在家裡，偶爾出去一日，就得在家裡歇上兩、三日。有時候啥事兒都不做，就陪著田慧練練字，田慧如今的字，已經大有進步。雖說算不得龍飛鳳舞，但也是有模有樣，寫封信，弄個請帖，手到擒來。

楊立冬搖搖頭，專心地看路，提醒田慧抬腳，邁進府裡頭，又熱鬧了。

一進門，就能聽到雞叫聲。秦氏倒是想養些，可是沒地兒了，秦氏也沒這個心力，光是丸子一人，就折騰得她夠嗆了，更別說田慧有了身子後。

半個時辰的路，硬是被這三人嬉笑著走了一個多時辰，要不是夏日已經過去了，怕是這車上的豬肉都會被曬出味兒來。

楊府有了兩輛馬車、三匹馬，楊立冬還特意弄了一塊地方做馬廄，平日裡，由著看門的父子倆照看著，這些年，楊府並沒有添上一、兩個下人，凡事兒都自己動手，倒也勝在自在、自趣。

「哥哥，你行不行啊，我就說你只是念書比我腦子好使些，這些體力活還是我來吧……」團子在路上走著，遠遠地離著馬車，足有三尺遠，大聲地呼喚道。

阿土笑咪咪地看著團子又開始給自己挖坑，樂不可支。

這是有多久沒在一處兒玩耍了，不過，好似都還是跟以前一樣。只是，自己的心思，果真如乾娘說的這般，封閉了。就說團子，一向坦蕩蕩地承認自己念書時腦子不好使兒，自己何嘗不是？這些年，也只是勝在自己比別人更加努力。

圓子只是輕飄飄地看了眼團子，連瞪一眼都不曾，團子就乖乖地閉了嘴，不甘心地看著那匹老馬，慢騰騰地走著。

「就是我隨便走走，都能追上。」團子折了根野草，小聲地嘀咕著。

圓子手裡拿著鞭子把玩著，坐在車轅上，由著這匹馬，晃晃悠悠地走著。

老馬識途，這匹馬時常在南下鎮和楊家村來回，所以不用人趕著，就走得穩穩的，半點兒都不用人費心。

阿土也有些日子沒有回村子了，他爹娘也特意囑咐他買了東西，送去給阿水奶，還有錢氏和村裡的族老。

錢氏自打有了銀子後，雖說仍是在楊家村住著，但是直逼楊家村的首富。田慧在哪兒置辦家業啥的，錢氏若是手頭寬裕，也會跟著置辦些，但是阿土娘卻是從來不曾置辦一間鋪子或一進院子。

她將一半的銀子放在了錢莊，一半銀子整齊地藏著。隔三差五地將銀子讓阿土給田慧送來，或是讓阿土自己收著，一如當年。

田慧也勸了好幾回，阿土娘都不願聽，只說是給阿土留著念書的，可能，阿土確實被他娘逼得有些緊了。

不過阿土卻是偷偷地讓田慧幫著置辦了好幾間的鋪子，都給租了出去，收些租子，也盡夠用了。

康定城的「石頭宴」，因著鋪面大，位置在東二街，又有幾家大戶人家捧場，生意自從開張後，一向都是妥妥的。如今，就算是東二街上的鋪子換了一家又一家，石頭宴，依舊是穩穩地立在那兒。

田慧依舊如此，分給錢氏一成乾股，阿土娘一成，至於楊知故這個掌櫃的，又是另外算的，就是小夥計的工錢，也是比別處高了些，欣欣向榮。

行了好長一段路，圓子才拉了轠繩，跳下車轅。「你們誰來？」揮了揮手上的馬鞭子，示意團子二人過來。

團子不等阿土表態，慌忙地道：「我來、我來……阿土哥，讓我先來吧，我走得腳瘦了。」

阿土自是沒啥意見，笑著點頭，團子歡呼一聲，小跑幾步就到了圓子的跟前，生怕圓子反悔，就搶過了馬鞭子，一屁股坐上了車轅。「阿土哥，你上來坐會兒不？」

「這就到村口了，我跟圓子兩人一道兒走著吧……」阿土拒絕道。

駕……

團子只是在空中揮了揮馬鞭，無聲。

生怕驚著馬，作勢慢慢悠悠地向前走著，不比剛剛圓子那會兒快多少，只是，聽著團子坐在車轅上，意氣風發……

咯噔咯噔。

老馬倒是敬業，路邊的野草也不低頭吃上一口，就那麼晃晃悠悠地靠近著楊家村。

「喲，這麼俊俏的哥兒是誰家的啊？」婦人開口誇道。

到楊家村的路上，得經過好幾個村子，團子嫩臉一紅。

阿土與圓子因著馬車的遮擋，並不見著這說話的婦人是哪個村子的，想來在這兒的，大多都是隔壁村子的。

「俊俏倒是俊俏，可惜黑了些，就是駕馬車的水準倒是不大好，咱還是離得遠些吧，若是撞著咱，咱可就是哭都沒地兒尋去了！」

「這不是還有這個俊俏的小哥兒嗎？小哥兒，你不會往咱身上趕吧？」揚聲問著團子，半點兒都沒有嚇到的意思。

團子恨不得揮揮馬鞭，加快些速度，可是，這一路都是如此晃晃悠悠著過來的，遇著人了，更該格外小心，這會兒這幾個婦人還靠近著馬車，團子哪敢揮動馬鞭。

圓子半點兒都沒有出言幫腔的意思，只是藉著馬車的阻擋，亦步亦趨地跟著。

「這麼個好好的俊俏哥兒，該不會是啞了吧？可惜了一副好面孔，嘖嘖嘖……」說著，還毫不顧忌地打量著團子，又是好幾句可惜、可惜。

「嬸兒，往邊上走走，我怕撞著妳們！」團子高聲應道，臉上的笑容有些僵硬。

這有人搭腔，這幾個婦人更是來勁兒，也不知道是哪個村子的，就有這番空閒，跟著馬車一邊走，一邊跟團子套話。

這好不容易等到團子應聲了，哪能放過這個機會。家裡頭閨女、姪女、外甥女一大把，若是問出了是哪家的哥兒，光是想想就了不得。

「沒事兒，我看著小哥兒這駕車的水準好似熟練了許多，就是這馬也是有靈性的，不知小哥兒是哪個村子的？可是去走親戚的？」車上那麼多的東西，想來就是來走親戚的。

團子聽著這幾個婦人，剛剛還在說小心撞著她們，這會兒，駕車的技術就高了不少，連這馬也被提升了好幾個品性，哭笑不得。

「嬸兒……妳們這是去哪個村子啊，都快走過頭了吧？」這一路念著，就已經過了一個村子。

「不過頭、不過頭，咱這幾個村子都是親戚，小哥兒去哪兒啊，我能給你帶路呢？」幾個婦人熱心地道，不套出這是哪家的哥兒，可就白走一個村子了。

團子不語，只裝作沒聽見，任由著這幾個婦人苦哈哈地跟著。

自打團子上了十多歲，這些個熱情的大嬸總是會找著事兒打聽這是哪家俊俏的哥兒。以前，在南下鎮，團子面色白皙，還沒少收那些熏著香的小帕子。

團子就是如此，一路陪著這幾個婦人「有說有笑」地到了楊家村的村口。

阿土已經快憋壞了，豎著耳朵傾聽著這幾人說著笑話。

「咱就這樣子躲著？這都到村口了……」阿土努了努嘴，這都已經能瞧見楊家村村口的石碑了，村子口的石碑上刻著大大的「楊家村」三個字，很是顯眼。

附近的村子倒是沒有這種數米高的石碑，楊家村是南下鎮的大村落了，是南下鎮僅有的一個家族村落，就是這石碑也不知道傳承了多少年。

「咱哪有躲著了，只是聽聽牆腳，團子這小子可是沒少聽旁人的，咱只是跟著他學學罷了。再說，團子這小子向來大驚小怪，若是有事兒，早就吱聲了，哪用得著咱擔心。」話是如此說著，阿土見圓子一直將馬車跟著緊緊的，就是眼神都不離開那馬車一下，還有那幾個婦人。

團子「駕」地一聲，馬車進了楊家村的村口，這幾個婦人不甘心地留在外頭，直跺腳。

「唉喲，妳看，原來這不止一個哥兒，還有兩小哥兒，早知道這黑炭頭這般難對付，咱就問這幾個白面書生好了，長得白，人肯定也白，三言兩語就能問出來。」

幾個婦人後悔不迭，久久不願意離去。

「這楊家村出來人了，咱問問去，到了這地兒，不打聽打聽，真是有些不甘心吶。」

「走、走……」

年長些的婦人收拾了衣衫，可巧遇見了個眼熟的，熱情地招呼道：「唉喲，是大姊啊，可是許久不見了，這是去哪兒啊？」

可是巧了，出村子的恰是春嫂子。

春嫂子是楊家村的一個寡婦，年紀輕輕就喪了夫，只養了一個閨女。這閨女早些年就送到南下鎮的大戶人家做了丫鬟。春嫂子一個婦人，守著一、兩畝田，日子倒也算是過得下去。閨女在大戶人家做丫鬟賺的那麼些月錢，都讓人偷偷地給捎了出來。

春嫂子雖說嘴是碎了些，但是一個婦人在村子裡日子是艱難了些，說來，她也只是想多吸引些村人的注意，不想一個人被孤零零地遺落在村子的一角。

這麼些年，哪怕上門提親的人家的日子再好，春嫂子從來沒有想過要改嫁，一門心思地將唯一的閨女帶大，只是日子畢竟難熬，春嫂子若是有法子，也不會將閨女賣到大戶人家去做丫鬟。

春嫂子大字不識一個，被人誆得狠了，原以為給閨女簽的是活契，等到閨女十五、六歲的時候再放出府來，恰是說親的年紀。原本她思量著倒是不錯，不過，活契卻變成了死契。

春嫂子哭暈在那戶人家的門口，後來，還是同去的村裡人給抬回村子裡的。

楊里正也多番交涉，不過簽的是死契，主人家不願意放人，也是無法。

無奈之下，春嫂子求到了楊府的門上，秦氏這些年順風順水，個性變得熱心了不少，一聽這事兒，拍著胸脯應下了，說是回頭找楊立冬上門去說說。

原本這也不算是啥難事兒，孤兒寡母的，本就日子難過。春嫂子也是拿著銀子上門，可聽說價錢是當初收的銀子的十倍，當初的五百文，如今的五兩銀子。

買了春嫂子閨女的那戶人家，並不算得是真正的大戶，可到底也算是一個書香門第，老爺是位舉人，雖說已多年不在科舉一途努力，但是向來以讀書人自居。

就是楊立冬上門，那舉人老爺還擺足了文人的架勢，楊立冬好聲好氣地將這事兒給說了一通，孰料舉人老爺誤以為這是「武將壓迫文官」的戲碼，自是寧死不屈，怎麼都不肯鬆口，楊立冬無法，只能告辭。

春嫂子聽說就連楊立冬都不能將閨女給帶了出來，一聽說這消息就暈死了過去，等醒過來之後，就木木訥訥的，不住地嘀咕著，對不起死去的相公。

這些年，春嫂子早就老了許多。

後來，還是田慧讓縣尉夫人作陪，去了那舉人府，見著了舉人夫人，舉人夫人惶恐至極，將早就準備好的賣身契給拿了出來，直道她家老爺也是深感後悔，整日惶恐不安。

春嫂子固執地要將五兩銀子給留了下來，贖身，自然要銀子。她只想，如此就將自己的閨女給贖回來，不想著再有牽連，也不想連累了田慧一家子。

只是，她沒有想到當初的賣身銀子是三兩……

春嫂子拿出來的是五兩銀子，若是按著十倍的贖身銀子，差了大半……

也不知道春嫂子是從哪裡打聽來的十倍銀子。

春嫂子的身子晃了晃，看著田慧微微地點點頭，明白這是白紙黑字，錯不了的。也虧得田慧向來有帶銀子的習慣，誰讓咱沒個丫鬟婆子的，錢袋子自然也要隨身帶著。

她掏出三個銀錠子，將桌上零零散散的五兩銀子塞回了春嫂子的手裡，春嫂子小心地雙手捧著，求助地望著田慧。

田慧撫慰地拍了拍春嫂子的手，幫著春嫂子，將碎散的銀子收進了錢袋子裡，極其小心，動作很慢，好似春嫂子手裡的是天下至寶。

春嫂子直至看到了她的閨女，才忍不住咬著唇，不讓自己哭出聲兒來。

田慧陪著這母子倆回了楊家村，春嫂子母子倆對著田慧又要跪又要拜的，田慧直道是承受不起。春嫂子則是一再刷新田慧的認知，讓村裡識字的，幫著寫下了一張欠條，欠銀二十五兩。

田慧只說不必如此，可是春嫂子母女倆執意如此，只說這銀子慢慢還。

春嫂子又把錢袋裡的五兩銀子也給了田慧，如此，欠銀二十兩。

等到看熱鬧的走淨了，田慧才道，春嫂子的閨女正是說親的年紀。如此欠著大筆的債務，怕是會不好說親。

春嫂子豈會不知，但是春嫂子知道，楊府將自己的閨女給贖回來，也託了縣尉夫人作陪，這也是一份人情，替自家欠下的。

等著外人都走光了，田慧仍是將欠條還給了春嫂子。春嫂子執意不肯收，就連春嫂子的閨女也道，若是在意她家欠下如此銀子，這樣的人家定然是不好。

她沒有說出口的是，她也想學人家，找個上門的夫婿，如此，既能照顧著她娘，又能替死去的爹爹延續香火。

田慧爭執不過，倒也隨她們去了。

春嫂子母女倆是說到做到，每一年都會還上些許銀子，一年年增多。因為，果真如春嫂子的閨女想的那般，她招了個上門女婿，那人是孤兒，就連自己姓甚名誰都不清楚，自是不會介意做個上門女婿。

不過雖說吃得多，卻也是勤勞肯幹的，家裡的那幾畝薄地，都被包攬了，一家子的日子紅紅火火。儘管如此，春嫂子從來沒有想過要賴了這筆債，每年都是省吃儉用地省下銀子來還債。

春嫂子這回出村子，是想著去隔壁村子的雜貨鋪子裡買點兒紅糖，這也是她難得花錢，聽人說，自家閨女生了，最好是吃點兒紅糖。

這不，她家閨女母子平平安安的，又是一舉得男，可算是了不得的大事兒。

在村口就遇上了圓子哥兒幾個，春嫂子更是覺得這是吉兆，不由得腳下生風，只想趕緊去買了紅糖回去。

哪想，就被人給喚住了，她只想著趕緊回去，說不準圓子哥兒幾個還會在自己那稍稍坐會兒呢，若是她這個主人家不在，怕是會怠慢了哥兒幾個。

春嫂子側頭，見是雜貨鋪子裡的常客，倒真的是眼熟。

「妳們這是有啥事兒？」都是隔壁村子的，雖說不大來楊家村，不過倒也算是出了村子就能見著的。

「我們這就是想打聽打聽剛剛那三個俊兒郎是哪家的親戚，這是來送中秋禮的吧？」中秋將至，載著一馬車的東西，自然是來送節禮的。

「好端端地問這些做啥？」春嫂子突然防備地看著她們幾個婦人。

幾個婦人對望了幾眼，終於派出了一個婦人，那婦人也不扭捏，大方地承認這是相中這三個俊兒郎了。

春嫂子倒是傻眼了，怎樣都沒想到還能鬧出這一齣，催促之下，才道：「不曉得妳們是否聽說咱楊家村，出了三個年紀輕輕的秀才老爺……」

她們這還有啥不明白的，只是不甘心吶。

「難不成那三位哥兒就是秀才老爺？」仍是不死心地追問道。

春嫂子點點頭，突然回過神來。「唉喲，我不跟妳們說了，我還要去妳們村子的雜貨鋪子裡買點兒紅糖！」

留下這幾個婦人在那兒扼腕嘆息。

第六十九章　送禮

圓子三人，已經將馬車趕到了錢氏家的院子裡，這些年，隨著孫兒一個個長大，錢氏越發離不開楊家村了。

因為楊家村裡有書院。

楊知故兄弟幾個在外頭做活，兒女都留在了楊家村，由著錢氏夫婦倆照看著，倒也是熱鬧。

這個原先的舊院子早就已經翻新過了，特意造了的一間間小屋子裡，一應俱全，每間屋子裡都有小小的書案，既是書房又是臥房。

小傢伙倒是歡喜了，錢氏當初卻是掙扎了許久，如此，費了不少的地兒，也幸虧錢氏家邊上就是空地，也有地兒建屋子，不過菜地便沒了。

後來，倒是開墾了一塊荒地出來，圈了圈，也就做了菜地。

這個新建了幾年的院子裡，此時顯得有些寂靜。

這些年，日子越發好過了，歲月的痕跡也並沒有在錢氏身上留下多少。只是，錢氏的頭髮卻是已經白了不少，精神頭倒是真的不錯。

「我早就數著日子，知曉你們這幾日怕是要來了，只是沒想到是你們哥兒三個自己來了，你娘怎麼樣了？」錢氏熱情地招呼著，白日裡，一一幾個兄弟姊妹都去了書院，就留下她和老頭子，這院子裡仍是有些寂靜，雖說時常會有來串門的村民，但是，比不得圓子幾個，錢氏是真心歡喜，打心底裡的。

當初看著長大的幾個小子，如今都能來給自己送節禮了，一時間，感慨萬千。

圓子兄弟幾個輕鬆將馬車上的東西都給搬了下來，圓子從馬車上掛著的袋子裡，取了草料餵老馬。

「這仍是你娘安排的？」錢氏想也不想地問道。這些年，田慧每年都往楊家村送節禮，那幾個相熟的人家都有，從不會落下誰家。

村中族老都會有一份薄禮，不論多少，總是心意。田慧是如此說的，至於旁人如何想，田慧自是不做思量。

總有人嫌禮薄，卻不會有人嫌禮厚。

至於族裡那些個日子艱難的，田慧則是會多秤上三、五斤的豬肉，讓這些人家的小孩子也能好好地過個節兒，嘗嘗肉味兒。

饒是如此，每年也花費不少，因為楊家村是個大村子。

田慧將一切都安排得妥妥的。錢氏聽到圓子詢問舊例，自然是一一道來，半點兒都不曾落下，因為，這些年，都已經成了習慣，就是不用看，也知道這馬車上是啥情況。等到了中秋節那日，南下鎮又會送上好幾頭豬來。

圓子聽得認真，錢氏自然說得更是詳細。

「你娘喜歡吃酸辣的，我這不準備了好幾罈子的酸菜。雖不是菘菜，但是味兒也不差，一會兒記得帶回去。」錢氏每回去楊府，都會帶上許多東西，不過大多都是山上出產的，田慧婆媳倆卻是極歡喜。

圓子一一應了好。

待得離去時，原本已經卸空的馬車，又給裝滿了，不拘啥東西，東一把西一籃地裝滿了一輛馬車。

楊家村自打知道了圓子兄弟三人來了後，就將家裡頭早早備好的中秋禮都給拿了出來，那些家裡頭不怎麼寬裕的，也早就將家裡頭留著賣錢的雞蛋給小心地數了出來，一把、兩把，不拘多少，都放在籃子裡，讓圓子給帶了出去。就是山上新鮮的野果子、曬乾的野菇子，盡數都有。

圓子也還是頭一回被楊家村村民給包圍著。

他只記得小時候，他和他娘，被這些村民給遠遠地圍著，嘴裡說著他聽不懂的話，只是那時候，他從那些人的嘴臉裡能瞧出來，這嘴裡吐出來的，定不是好話。

是以，圓子對著楊家村的村民，向來離得遠遠的。

而此時，被拿著籃子的村民給熱情地包圍著，圓子的身子有些不自覺的僵硬。

春嫂子回來得晚了一步，落在圈外，大聲喚道：「我說，你們是不是應該走遠些，看把人家圓子哥兒幾個給嚇得，不知道的，還以為你們這是來打劫呢！」

春嫂子如今在楊家村，話也說得響了，因為閨女將門戶給立了起來。也是因為春嫂子這人行事硬氣，連欠著那麼多的銀子都一直咬著牙還，就憑著如此，村民們自然願意自家婆娘跟著這樣的春嫂子來往。

光是憑著春嫂子願意替死去的相公將門戶給立了起來這點，人生在世，誰沒個萬一的。

春嫂子話落，圍著的村婦們就紛紛散了開來，爽利的婦人搶先道：「嚇著咱村子的三個秀才老爺可不好了，秀才老爺，這是我家小子摘的果子，這可正是酸爽，汁水正多著呢！」

圓子攤開手掌，握住送到手邊的簍子，有些拘謹地道：「嬸子，您喚我圓子就是了，哪是啥秀才老爺的。」

錢氏也到隔壁村子家的獵戶，去買了幾隻野物，如今阿花爹早就已經收山，不再上山去打獵了，自家院門裡，養了十幾隻雞，也盡夠了。

所以，錢氏直接去隔壁村子的獵戶買。

圓子三人將楊家村轉了好大的一圈，都不曾見過阿花一家子，就是路過阿花家的院子，也是大門緊閉，只有阿花家隔壁的大伯家，才聽得到些許動靜。

「圓子兄弟三個可都是好孩子，都是一個村子的，就別叫秀才老爺啥的，圓子團子阿土便是了。」錢氏生怕叫得重了，三個小子年紀輕輕的，會折了福壽。

楊家村的婦人難得見著圓子三人，本就是歡喜，自打三人年紀輕輕中了秀才，村裡也建了書院，對讀書人的推崇早就讓他們見著秀才老爺，就有一種難以言喻的敬畏之心。就是對著楊立冬，也沒有這種推崇，那是只對讀書人的。

楊家村向來以村裡的那個壩子為界，北邊的日子好些，南邊的則是要困頓許多，就是那口古井也是在北首，南首的村民要吃水用水，都得經過那個壩子來挑水。

這些年，田慧送的節禮年禮倒多是往南首送的，雖說都是些吃食，也不盡多，卻是得了村民的感激。

但是卻是無法得到整個楊家村的感激，只說阿水家便是了。

接受了楊家村村民的好意，東西也裝了一大馬車。

阿土提出要到阿水家去一趟，手裡還拿著每年都一樣的年禮，這些年來，半點兒沒有變化，中規中矩，讓人挑不出錯來。

這些年，阿土一家子都在康定城，如今並不是自家親爹娘，也不用每個年節都特意趕回來送禮。自打離了南下鎮，阿土爹與阿土娘的關係便緩和了不少，阿土也是隔段日子便會去康定城小住幾日。

阿土爹如今過得順風順水，偶爾抽空回一趟楊家村，卻是會遭到諸多刁難。兩相一比較，阿土爹自然選擇了內心嚮往的生活。

自打去年起，若是真從康定城回不來，便是阿土來送年節禮，反正已經隔了房，誰都不再講究些啥。

「我陪你一道兒去！」團子想也不想地開口道，他還記得阿土那年被打傷了腳。

阿土有些無奈，卻是心裡微暖。「我將東西送到就回來的，你又開始瞎想啥東西。」無力的語氣。

圓子團子這些年雖說大部分時間都會在軍營裡，不過，每逢過年過節，大多都是會回來的，若是運氣好，還能早回來幾日歇歇。若是恰巧被這兩人給碰了正著，不管阿土如何說，圓子兄弟倆都會挑出一人陪著一道兒去。

大多時候都是團子，只因為團子牙尖嘴利，能文能武，相比之下，圓子好似就有些「木訥」了。

所以說，只是相比之下。

不等阿土再拒絕，團子已經抱起半疋藏青色的布料子，率先走著，走了三、五步，就回頭來催促阿土。「趕緊跟上啊！」

阿土搖著頭，跟圓子打了聲招呼，就跟上了團子，往那個自己曾經住了十多年的小院兒走去。

每回走在這條路上，說是沒有感觸那還真是騙人的。

他，當初，只想憋死他們！

憋屈！

只是現在，卻是不想了，因為，已經無關輕重。

現在，走在這路上，也只是難免有著這麼多年的感觸，還有輕鬆，跟著團子說說笑笑，就到了這個小院兒門口。

阿水已經成了親，娶的是南下鎮南首一個村子的姑娘，據說家裡日子過得不錯，早在一年前，就生了個閨女。倒也算是好生養，只是，生的卻是閨女。

阿水爺爺這一房，世代單傳，生的都只有一個兒子，只除了阿水奶，生了兩兒子，卻是鬧了如此變故。還有一個就是阿土娘，也是先生了個閨女，才得了兒子，然後自此無子。

阿水媳婦，自此得到了全家上下的珍視對待，比剛剛嫁進門時，更是優渥了不少，頗讓她摸不著頭腦。

不過，她仍是如此過著，半點兒都不曾驕縱，努力扮演著好媳婦，如此，阿水家人更是寵溺著，有時候，竟是比對這個小奶娃子更好些。

阿水媳婦先看見了阿土兩人，歡喜地開了院門，朝著院裡大聲地喚道：「奶奶、娘，阿土哥來了。」

阿水媳婦自打嫁了過來，自然是知道了自家與阿土家原本就是親兄弟，可如今，卻是有些尷尬的。

阿土家每年都會往自家送年禮，可是自家，卻是不曾回過半點兒禮。阿水媳婦有心改善，卻是有些力不從心，只能憑著自己在自家的地位，試著在面兒上過得去些。

阿水娘聽著動靜就出了房門，知道阿土這是來送節禮了，這東西照收，不收就是傻子了。

不過看著阿水媳婦歡喜的模樣，阿水娘瞪了眼，只當沒看見，眼不見為淨。

阿水娘接過東西，質問道：「你爹娘怎麼不來？這兩年越發沒規矩了，就讓你這麼個小子來送，這眼裡，還有沒有長輩？」就是連門都不讓進。

阿水媳婦原本就是好人家的姑娘，說來也是她爹娘的私心，想著阿水的堂兄弟就是個秀才老爺，又是楊家村的，相看了下阿水長得還算是強壯，也就應了。

如今楊家村，在南下鎮都已經算是數得上的，因為，楊家村出了個大官兒。這個消息，但凡是南下鎮的，無人不知曉。

伸手不打笑臉人，阿土對著阿水媳婦倒也能擠出一個笑來。

可是這會兒聽到阿水娘說的話，卻只是冷著一張臉，公事公辦地將東西交給了阿水娘，就欲轉身離去，跟這家人說再多的廢話，只會氣著自己。

團子也不欲生事兒，難得來一趟楊家村，就替他娘給惹了事兒出來，團子也會覺得對不起他娘的信任，將事兒給辦砸了。

咄咄咄！

阿水爺拄著枴杖出來了。

看著已經比自己都高了許多的阿土，表情有些僵硬地道：「阿土，你奶奶病著了，還以為你爹娘來了，讓我喚你進去！」

不容拒絕，一開口便是「你奶奶」，阿土皺著眉頭，不過，並未出言反駁。

有時候，事實便是事實，就算你不想承認，也改變不了。

對阿土來說，如今，就夠了。

只猶豫了幾息，阿土就輕輕地點了點頭，並不開口，隨著阿水爺爺一道兒，邁開了一步。

阿水娘不敢攔著，生怕阿水爺的枴杖敲到了自己的頭上，對於團子，阿水娘更是不敢攔著。

恃強凌弱。

無人阻攔，團子自是大搖大擺地進了院子，跟個混混大爺似的隨意張望著。

原本阿土家那個院子的那道矮牆也已經被敲了。聽著豬哼哼、母雞唧唧的聲音，就知道那裡已經變成了豬圈雞舍，就跟當年鬧起來的事端一樣。

阿水媳婦盡職地陪著團子慢慢走，看著團子眼睛不離那兒，才開口解釋道：「那空地空著有些可惜了，奶奶一合計，就養了豬，補貼些家用。」

在阿水媳婦來之前，便是如此。

阿水奶咽不下那口氣，看是按著原來的雞舍豬圈給搭了起來，這動靜鬧得村裡人盡知，活人會被氣到憋死的。

至於那院子的屋子卻是空了出來，不知道裡頭放了啥東西，就是那界線，仍是很分明。

阿水媳婦倒是提過，自從生了閨女後，住在這邊的院子裡就稍顯擁擠了，想搬到那邊的院子。兩間打通了，用著又舒暢，那得多好？不過難得一回，她卻是被罵了回去。她從那一刻開始，就知道了那大抵就是水火不容，即使從這個家裡頭搬出去了，也不相容。

「活著，可真是累啊……」團子晃著腦袋，輕輕吐出幾個字來。

阿水爺的「咄咄咄」頓了會兒，喘著粗氣，又堅定地往前走著。

阿土只是在身後亦步亦趨地跟著，該停就停、該頓就頓，一副客隨主便的模樣，半點兒挑不出錯兒來。

團子並不曾隨著阿土進屋，這點兒分寸他還是有的。

一推開門，就聞到濃郁的藥味兒。

阿水爺一手拄著枴杖，一手還放在門框上，看著阿土皺著眉頭，長長地吐出一口氣。

「你奶奶已經病了好些天，自打開年來，這身子骨就不行了，唉，老了……」

阿土並不接話，他承認他並不是善人，他是個記仇的。

阿水爺原本以為，自己如此示弱，阿土應該有所表示，唉，這小子，心硬著呢！

阿水爺在心裡嘆了口氣，抬腳邁進屋子裡，一邊往裡領頭走著，一邊念叨著。「今年就有廟裡的師父算了，說你奶奶也就是這兩年了，你別亂說話……就是有氣，衝著我來就是了，我受得住，咳咳咳……」顫顫巍巍地拄著枴杖，伸出一手捂著嘴，不住地咳嗽著。

「唉……老了，都老了……」

如此反覆，待得走到了阿水奶的床前，都足夠團子在院子裡轉一圈了。

阿水奶早就知道阿土進來了，只是躺在床上不願意動彈，雙眼骨碌地轉著。

阿土到了床前站定，居高臨下，看著床上躺得隨意的阿水奶，正雙眼盯著阿土，一動都不動。

只一眼，阿土就覺得躺在床上的應該換個人，阿水爺倒還算是說得過去。

阿水奶恨不得立刻坐起來，躺著，光是被阿土如此冰冷的眼神盯著，就有些喘不過氣兒來。

「阿土，你坐吧，這都好久沒到家來了，我跟你奶奶時常念起你……」阿水爺艱難地在床邊坐了下來。

阿水奶躺著的這張床是這個家裡唯二的架子床，還有一張在阿水家，不知道阿水媳婦是否也是睡架子床。

阿土落坐，點頭，卻是不知道如何開口。

阿水奶坐起，攏了攏已經凌亂的白髮。「阿土，你爹呢，怎麼今年又不回來？賺了那麼多的銀子還不夠？半點兒不見往這兒挪一點，只顧著往那娘家……」

說到最後，聲音小了不少。

到了如今，她也知道，這些事兒，她已經說不上嘴了。

「鋪子裡離不得人，爹娘抽不得空，就讓我跟圓子團子一道兒來送節禮，節禮已經被嬸子搬進來了……」

阿土話落，阿水奶就欲掀被子起身，被阿水爺瞪了一眼，不知道嘴裡嘀咕著啥，又安分地坐好了。

「我跟你奶奶都老了，也沒幾年活頭了，你爹和你二叔，你和阿水都是至親的兄弟，我也老了，不管如何說，這是血脈，無法改變的事實。以前的事，都是我這個老頭子對不住你們，我被利益薰了心，可是，你們現在過得都好好的，你說不得過幾年就能做大官了，你爹娘這一年就能賺了我這輩子賺的銀子，都過得好哇……我這心裡頭也算是放心了，自有貴人助吶！」

阿水爺爺說這麼一段長話的時候，中間歇了好一會兒，喘了好幾口粗氣才算是將話給說完了。

阿土一直盯著阿水爺爺，不知道在想些啥。

阿水奶這回躺不住了，麻溜地從床上起來了，扶著阿水爺爺趕緊躺下，又是張羅著倒水。

「沒半點眼色勁兒的，還不給你爺爺去喚了大夫來。」阿水奶腿腳麻利地倒了杯熱水進屋，就見著阿土正給阿水爺撫著背，嘴裡無話。

阿土的手頓了頓。

「咳咳咳……你奶奶不會說話，別理她，我就是說得急了，無事無事，人老了，誰沒個病痛的……」阿水爺說得著急，又咳了起來。

阿土依舊是起身了，往屋外走去，走到門口，不知道跟團子說了啥話，兩人就結伴往外走了。

「就跟他娘一樣，攀了高頭踩低頭……」阿水爺爺就著阿水奶端著的碗，喝了口熱水，才算是止了咳。

「唉……我讓妳躺好，阿土這孩子向來心善，咱說幾句軟話，難不成還能恨死咱這一輩子？若是我先去了，那留下你們這一屋子不懂事的，可怎麼過活哦……」阿水爺爺憂心忡忡。

阿水奶將碗隨手放在一旁的矮几上，滿不在乎。「我是他爹的親娘，還能把我給怎麼著了？你啊就是想得多了，若是敢不孝順我，村子裡的唾沫都能淹死他們！」

阿水爺無力地躺著，看著架子床頂，無奈地道：「妳啊，還是不懂，就是扮扮可憐都不會啊……」

「本就不是我病了，我如何才裝得像。若不是為了阿水，我才不願意裝病。」阿水奶坐在床邊，有些懊惱。

也只有提起阿水，阿水奶的語氣會緩了緩。

「妳就是如此，如何能讓我安心走。妳也不看看自己，早就白了頭，何苦來哉，都是妳的兒、妳的孫，亦是妳的血脈……」阿水爺早些年就知道自己是真的錯了，有心和解，卻是拉不下這個臉。

人之將死，其言也善。只是，已經無人肯聽了。

「已經過繼給別房了，怎能一樣？」阿水奶不以為然，她的心裡早就分得清清楚楚。

唉……

阿水爺只能長長地嘆氣。

如此坐著，直到門外又有了說話聲。

「當年都是我做錯了，不知道現在還晚不晚……」這已經成了阿水爺的一樁心事。

「這小子已經鐵石心腸，早就不是你當初的大孫子了，我勸你啊，別想了，還是好好地養好了身子，阿水的媳婦就是個不錯的，定能給阿水生個大胖孫子的。」

在阿土推開門前，阿水奶俯身快速地說完了幾句話。

吱呀……

楊大夫坐下，號了脈，收回了手。「上回就已經來瞧過了，老了底子不好了，這晚上起夜的時候著了涼，我上回開的藥應該早就沒了吧，怎麼不繼續吃著？」

楊大夫早就已經給阿水爺瞧過了，只讓開了三帖藥。他還以為是好全了，就算是沒好全，也差不離了。算著日子來，應該有大半個月了吧？難不成真如村裡人說的，日子過得緊巴巴的？

「老頭子好強，還以為自己的身子骨硬朗著呢……」阿水奶笑著道，對著外人，一向是有規有矩的。

阿土拿了五兩銀子給楊大夫。「這銀子就存在您這兒了，留著抓藥吧……往後若是有個病痛的，都能瞧。」阿土沒有散碎的銀兩，只道了這銀子的用處，就算是為他爹盡盡孝道。

阿水奶看著楊大夫手裡的五兩銀子，眼都看直了，只是礙於楊大夫在，只敢死命地盯著銀子。

楊大夫也感受到了那道火辣辣的視線，握緊銀子，生怕這人來搶，急忙地告辭。「一會兒我就把藥給送個三帖來，吃了三帖，我再來瞧瞧……看這副樣子，三帖藥是不夠的，到時候好了點兒，再換個方子！」

楊大夫交代了幾句，就拎著藥箱，急急地走了，好似身後有人追著似的。

等人走了，阿水奶是一刻都等不住了。「就是有銀子也不是這樣子敗的！這到了別人手裡的銀子，哪裡要得回來？還不快去將銀子追回來給我！我難不成還能貪了給你爺爺看病的銀子，那救命的銀子！」聲聲質問。

阿土不知為何，不作答，只是直直地看著阿水奶。

團子早就答應了圓子，只是在一旁看著，阿土不搭腔，團子自然只會乖乖地在一旁看著、聽著。

「行了，不管多少銀子，都是阿土孝順，事先付了診金，也是一樣的。」阿水爺躺在床上，還不忘記和稀泥。

阿水奶早將那五兩銀子的稜角都刻在了腦子裡，記在心裡，上回抓的三帖藥就只要一百多文錢，這會兒可是五兩，這能吃多久的藥！如此一合計，她更是不依了，非得讓阿土給要回來。

「如果沒事兒的話，我就先回去了，還要去里正那兒拜訪拜訪。」阿土看著阿水爺，臉色緩和了不少。

被無視了！阿水奶怒火中燒。

「就你一個窮酸秀才，還當旁人不知道你考不中舉人，來我這兒擺啥秀才譜兒！我告訴你，就是你不認我這個奶奶，我還是你親爹的娘！我說啥，你也只有乖乖聽著的分兒，只有我不要你，沒有你不聽我的道理！」阿水奶氣急，手指頭直往阿土的眼前戳。

阿土盯著阿水奶的手指頭，坑坑窪窪的手指甲縫隙裡不知道從哪兒弄上的，黑乎乎的，好似還有股味兒直往他的鼻孔鑽。

阿土越是不反駁，阿水奶越是來勁兒，阿水爺半支著身子，呵斥著阿水奶，可是都被阿水奶的聲音給壓了過去。

好生霸道。

團子早在多年前就見識過阿水奶的罵街水準，這會兒又重新溫習了一遍。

只是瞧著阿土好似半點兒不受影響，他偷偷地拉了拉阿土的衣袖，有些擔心。

「不管你要不要我，我早就不是妳的孫子了。現在，是我不想搭理妳！」說完，阿土衝著阿水爺點點頭，就往外走。

走到屋外，阿土聽著屋裡阿水奶越來越大聲的叫罵，鬆了一口氣，看著身旁的團子。「真是痛快，就是一輩子都是個秀才，不在這個屋簷下討生活，我就滿足了。」

「你能如此想便好了。」見阿土笑得真切，團子也總算是稍稍放了心。兄弟倆相視一笑。

在走到院門口，就看見阿水扛著一把鋤頭回來了，他戒備地望著阿土兩人，而又覺得鋤頭礙眼，隨手將鋤頭扔到地上，手裡拄著鋤頭柄。

「你來我家做啥！」阿水豎耳傾聽，院子裡的豬哼哼還在，母雞也在咯咯嗒地叫著。阿水生怕這兩人又是來砸東西的，可轉念一想，這如今可是自己家了，跟眼前的這人沒有半個銅板的關係了，頓時理直氣壯。

阿土好似沒見著阿水的挑釁。「來送中秋節禮，走吧……」

「走吧。」是對著團子說的。

阿土和阿水已經許久不曾說過話了，不過，瞧著阿水這副模樣，阿土就是有話，也突然間不想說了。

一回到錢氏那，阿土不願多說，團子也不多問。

圓子看著這兩人的臉色，就知道又有不愉快的事兒了。「怎麼去了那麼許久，沒事兒吧？」

團子偷偷地望了眼阿土，阿土倒是樂了。「這般看我做啥，我就是上門去撒了銀子又討了頓罵的，真是憋屈。」不過話裡頭卻是半點兒聽不出來憋屈的意思。

錢氏催促著這三人趕緊進屋子去。「走走走，咱進屋慢慢說、慢慢說，別站在這院門口。」

圓子不放心就在院門口徘徊著，跟錢氏說說話，直到這兩人走回來，才迎了上去。

「聽說阿水的爺爺已經病了大半個月，這病得越來越重，卻是只請了一回大夫，抓了幾帖藥就不吃了，村子裡的都在猜想著這是沒有銀子，若是不然，這人都快咳出血來了，還能不抓藥？」錢氏一進門就開始說著這村子裡的八卦事兒，不過，也不知道做不做得準。

團子是想也不想地就不信了。「怎可能，我可是知道這兩年，阿土他爹一年到頭都會拿幾兩銀子給阿水爺爺的。」這事兒也是聽阿土說的，阿土爹也沒有瞞著家人，只是偷偷地給了阿水的爺爺，阿水一家子並不知曉。

「我這不也是不信來著，不過，聽說阿水的媳婦娶得可是不便宜，咱這兒聘禮重，娶個媳婦不容易。阿水的媳婦可是他爺爺千挑萬選，又是讓媒婆給上門說了小半年才應了這樁親事的。不過現在瞧著，倒也真是個不錯的，不像是他們那家人的性子……」錢氏難得誇人，如此誇著，想來這阿水媳婦定然是過得去的。

楊家村的大多數人家娶親，都是五、六兩起來的。有的日子好些的，想挑個女方日子過得寬裕的，光是聘金就得十兩了，總之光是聘金就是一筆大開銷。

「那到底給用了多少銀子？」就是連圓子也忍不住開腔問道。娶個媳婦，總不能把棺材本都給掏空了吧？還是個孫媳婦。

「誰曉得呢，聽說絕對不會少於這個數兒……」錢氏伸出一隻手，前後翻了翻，五五為十。

靜默。

「這麼些年，應該也不止這個數了……」自家自打存了不少的銀子後，阿土爹每年年前都會偷偷給阿水爺塞銀子，這事兒是經過阿土娘同意的，少的三、四兩，有的時候五兩也是有的。

錢氏攤攤手。「那我就不知道了，沒道理有病不吃藥啊，又不是老傻了……」錢氏說的老傻了，是說癡呆了。楊家村裡這兩年，多了好幾個這樣子的老人，有的呆，有的傻，有的說話顛三倒四，有的時常將自己給弄丟了。

「啊……」錢氏驚呼一聲。「我曉得了，我原本還不信來著，在阿水娶這個媳婦前，就時常聽著阿水跟人說，過些日子他也要到鎮上開鋪子去，跟那誰，二柱一樣，賺點兒小錢娶媳婦！」

這事兒在楊家村一時間，可是被好些年輕後生羨慕不已。

團子連連追問道，也顧不得手邊的那盤子點心了，這可是錢氏壓箱底的好點心，是未來兒媳婦孝敬的。

「別急、別急……這事兒村子裡的原本都以為是阿水在說大話，你們也見著了，阿水現在可是每日都跟著他爹下地的，也不再提開鋪子的事兒了。可是被村子裡的給笑話了好久，阿水也好些天不曾出家門……如此想來，肯定是有啥不對勁兒。」錢氏敏感地道。

誰都不知道阿水到底發生了啥事兒。

「原本阿水哪肯好好做活，每日都是他爹他爺給押著下地的，每日都得鬧騰個小半個時辰，才能將人給押著下地。可到了田頭，這哪是要做活的樣子。旁邊地的村人，看得那是直搖頭，盡是去糟蹋糧種的，讓他鋤草，他將地瓜藤當草給鋤了。讓他挑水，這一早上準是沒見著人影，光是看著他一人，就得浪費了一個人……」

阿水從來不曾下過地，這十幾歲才下地，那是諸多的不適應，只一日就腰痠背疼，去了半條小命。

村子裡的小孩兒可是追著阿水笑話，使勁兒地笑話，可是阿水就是半點兒不自覺，照樣我行我素，嬉笑著聽著小娃子們編的打油詩。

「如此鬧了近一年，阿水也依舊如此。後來就聽說了阿水要去鎮上開鋪子，村子裡都當是阿土他爹拿了銀子回來接濟了兄弟家，才讓阿水去鎮上開鋪子，自是羨慕不已。可是這說了有一段時間了，如今細想起來，阿水說是跟著他舅舅去學著開鋪子啥的，沒過一個月就回來，自此便沒提過這事兒了。還說，開鋪子怪費神的，他舅舅說他不合適啥的。如今想來，怕是出了啥事兒。」

這楊家村裡的事，錢氏多半都聽說過，更何況阿水這事兒鬧得那麼大，自然是想不知道都有些難了。

每日，錢氏就是在楊家村轉悠，孫兒都去了書院，閒著無事，都是東家串西家，說些楊家村裡的、附近村的大小八卦事兒，真真熱鬧。惹得秦氏羨慕不已，直道也要住回村子裡來。

「多半就是如此了？要不讓爹找衙門的人查查？找范叔也成啊……」團子提議道，實在是好奇阿水這是出了啥事兒，怎就不開鋪子了？心癢癢得難受。

圓子瞪了眼團子。「娘來之前咋說來著？」

阿土也搖搖頭。「別人家的事兒，咱聽過就成了。」

團子瞪眼，死盯著阿土，這還是阿土頭一回半隱晦地在「教育」自己，他難不成聽錯了？

第七十章　楊府

最近，楊立冬有些焦躁。

就是連丸子也被揍了一頓，屁股開花，有些疼，卻是連哭都不敢哭，也不敢到田慧那兒撒嬌去。

再過兩個月，田慧就要臨盆了。

梅御醫早早地斷定，田慧怕是要早產，楊立冬光是想著這些事，就好些焦躁，只是一到了田慧面前，那滿肚子的火，好像瞬間就被澆滅了，嘶，透心涼。

「二哥，風叔叔總說咱爹是三從四德，男人中的楷模。」丸子依著團子，小心地道，眼睛賊溜溜地轉著，隨時關注著門口的動靜，生怕一個不小心，說人壞話被逮個正著。

風叔叔自稱小爺，軍營裡除了楊立冬和幾個副將，一律都稱他為「風小爺」。

風小爺是楊立冬手下的一個能將，原也是京城裡的紈袴子弟，卻是因為在京城裡惹了事兒，被他那個做著高官的爹給丟到了南下鎮的軍營裡。

比起西北的大營，自是南下鎮的這處軍營穩妥多了，關鍵是極易立功。這麼多年，軍營裡的京城來的小爺們，來了走，走了來，風小爺卻是留得最久的那一個。

恐怕就是連他爹都沒有想到，風小爺也有建功立業的那一日。為此，但凡京城裡有讓人頭疼的紈袴子弟，都想著扔到南下鎮的軍營裡給歷練歷練，想著若是有一日也能跟風小爺一般，雖然放浪不羈，但也能脫胎換骨，建功立業。

可是注定了，風小爺也只有那麼一個！風一般的人物。

團子將手裡的書卷翻了一頁，並不搭腔。丸子這小子可以說就是自己帶大的，在軍營裡，可是跟自己形影不離，風小爺說的這些，他也沒少聽，丸子此時提起，定然不知道安了什麼心。

就是借給風小爺幾個膽子，風小爺也不敢在楊立冬的面前提及。

「二哥……」丸子拉了拉袖子，團子手裡的書，差點兒給拉了下來。誰讓他本就是拿著書，裝裝樣子，只想著來個人，早些將丸子給揪走。

「唉，你這是做啥，我又打不過爹，沒法子給你出頭。」團子無奈地放下書，攤攤手，實在是愛莫能助。

丸子的眼神亮了亮，想到現實，又給滅了。

「那是老子揍小子，我還能想著給揍回來？再說了，我這被打了揪著兄弟一道兒去揍人，也勝之不武啊……」丸子跟著軍營裡的先生念書，學得不倫不類。

最近倒是學得挺多，只是，太愛顯擺了。

這回，又顯擺了一回。

「你若是敢去揍，我就陪你一道兒去！」團子看著丸子這小模樣，思忖著是不是該去「告密」。

丸子的小臉兒都揪在一塊兒了，瞇著眼望著團子，無聲地指責團子不厚道。

「二哥，你別慫恿我，先生說了，遇事要動動腦子，別跟個蠻子似的。你先生不曾教過你？」丸子忍不住跟團子嗆聲了，真是不厚道，不是親兄弟啊。

團子自忖著自己怎麼說還是一個哥哥，不跟這小子一般見識了，若是個不識得的，活生生的欠揍哇。

果然，軍營不能待，這麼小的小子，就給教得這麼嘴欠。

欠揍！

「哥啊……你別走啊……我股疼……」丸子一手死死地攥著團子的衣角，不管團子如何掰，都不肯鬆手，團子怕傷著他，也不敢下力。至於另一隻手，則是摸著自己的屁股。

「屁股就屁股，學啥股啊……」團子看著這小子又給做作上了，不忍直視。「不好好念書被爹揍了屁股，能不疼嗎？你這不是上藥了嗎？一會兒上娘那兒哭去就成了，娘會為你討回公道的。」

得！說到正題了，丸子一下子就來了精神。

「真是我親哥啊……你跟娘去說說爹又不分青紅皂白地揍我，我這都成了爹的出氣筒了！我這樣子出現在娘面前，怕是會惹娘心疼，萬一跟爹吵上不就罪過了啊，我可是個孝順的兒子！」丸子樂得自誇，且囉哩囉嗦的，團子也早已經習慣。

「別陷害我，你找圓子去，我正忙著呢，一會兒我還得出去！」團子在丸子面前也最是隨意，經常時不時地就直呼圓子的名字，大哥啥的早就忘得乾乾淨淨的，不就差了一歲嗎？不足為慮。

「大哥去書院了，我上哪兒去尋人！好哥哥、好哥哥，你跟娘說說去，露點兒口風也成啊……」丸子已經抱定了「此仇不報，非君子」的意念！

若是被才幾歲的娃子給哄了去，團子那就真別做人了。「你別糊弄我了，小心我跟爹說去，讓你再挨頓揍，爹可是早讓咱沒事兒別去煩著娘！」

丸子不依不撓。

「我跟人約好了，我要出去了。」團子看了眼天色，直道來不及了。

一聽說出去，丸子兩眼都亮了，早將之前的「報仇」啥的忘得一乾二淨。「哥哥、哥哥，好哥哥，帶我一起去吧，我要離家出走！」

惡寒！團子給嚇得拔腿就想跑，無奈，丸子抓得緊，怎麼都不肯鬆手。

「好丸子，哥哥給你帶好吃的，你想吃啥，我都給你帶，成不？快鬆手，我都來不及了，哥哥約了人，有事兒、有事兒呢……」團子著急得討饒。

丸子豈是好打發的。「不成，我剛剛怎麼求你來著，這回你也別想……我可是要跟你同歸於盡呢！」

汗顏！這報仇啊、同歸於盡啥的都用到了自家人的身上。

費了一炷香的時間，丸子可就是個死心眼的，好說歹說不管用兒。

啪啪啪……

「啊……團子你不是人、你不是人，我跟爹說去！」丸子摀著屁股，哇哇直叫，眼淚直飆，好不慘烈。

楊府裡，一時間慘叫連連，團子早就溜出府去。

等到夜裡，楊立冬回來，乍一看，這桌上可是少了好幾個人。「這人呢，都去哪兒了？」

秦氏放下手裡的瓷碗，等嘴裡的飯咽下了，才抱怨道：「團子上外頭吃去了，丸子哭著睡著了，我就讓他睡著，可憐見的，這屁股都紅了，就是坐著也坐不下啊……」

田慧早就知道丸子這是給揍了，也只是瞪了眼楊立冬，並不開口指責。丸子這些年，不知從啥時候開始養成了不少壞習慣，揍得倒是不冤。

「娘！您沒瞧著丸子那模樣，棍棒底下出孝子，就揍那麼幾下，還能下不了床？別老是寵著他，越發無法無天了。」楊立冬對這個小兒子也頗為頭疼，就是給扔到軍營裡，還偏偏如魚得水，年紀小，旁人又會護著，越發肆無忌憚。

秦氏最是聽不得這話，光是想著小孫子淚眼汪汪的模樣，想哭又不敢哭，深深地揪著她的一顆心。「你小時候，我都不曾揍你，你就是十幾歲了離家出走回來，我也沒揍你，還給你娶媳婦，你怎麼不想想你自己……」

當著眾人面前被奚落，楊立冬的臉早就掛不住了，他娘已經數次如此。「娘，您越發老糊塗了，您若是要慣著他，往後我也不管了，您自己管去！若是跟那些混混一樣，您到時候可別哭去！」

秦氏被楊立冬突然發的脾氣噎住了。道理她也不是不懂，就是想著，兒子好好的，兩大孫子也乖乖的，這小孫子怎麼寵也壞不到哪兒去吧？

福嬸出聲和稀泥。「冬子，你娘也就是心疼孫子，這兒子還是要你自己管教的……」其餘幾人附和。

秦氏愣著，手裡拿著筷子，有一下沒一下地挾著碗裡的飯粒。

楊立冬呼出一口氣兒。「娘，我也沒啥意思，這鎮上的大戶人家，養著的公子哥兒還少嗎？咱家可養不起，也敗不起！」楊立冬還是先開口，給了秦氏一個臺階下。

「唉，我不管了，你們自己管吧，以後就是要揍，也悠著點兒揍，那麼大的小子了，還能不懂事？」秦氏忍不住還為丸子說情，也就這小子挨打的次數最多了。

田慧原本不想說話的，不過聽著這母子倆在飯桌上就吵吵嚷嚷的，其他人是別想安穩吃飯了。

「好了，多大點的事兒，老子管教兒子，天經地義。娘若是看冬子哥不順眼，打幾下就是了，我這個做媳婦的，定然不心疼，只要娘不心疼就是了。」田慧衝著秦氏擠擠眼，秦氏「噗哧」一聲笑出來，這事兒就結了。

「我就說，還是閨女疼人，早知道我就生個閨女了，也不會跟我嗆聲。」秦氏給田慧挾了一筷子的魚，還剔了刺。

一桌子和樂。

楊立冬在桌子底，輕輕地捏了下田慧的腿，擠擠眼。

田慧只作沒見著，這年紀一大把了，總是在桌子底下動手動腳，若是被人瞧見了，這臉可就丟大發了。

近兩年，楊立冬越發「自暴自棄」了，外頭的應酬推得乾乾淨淨，推說要回府陪著夫人用飯，久而久之，就連康定城的都聽到風聲，楊將軍懼內。

就是在軍營裡，楊立冬對自己的懼內，向來承認得乾脆。

「我怕你們連尋到自己中意的媳婦，都沒可能！」

眾人靜默，心裡自然是羨慕不已。

只羨鴛鴦不羨仙。

楊立冬這話還傳到了康元帝的耳裡，康元帝久久不說話，不知為何，突然想起了西北的那些日子，那個在雪中衝著自己笑的姑娘……

圓子從頭到尾都沒說話，只是安靜地坐著吃飯。

「圓子，團子去外頭了，你怎麼不出去？」團子出去前，就已經跟田慧報告過，田慧一直以為圓子也是一道兒的。

「沒人約。」圓子不甚在意地道。

鄭老伯卻是樂了。「定然是你這小子冷冰冰的，我可是聽說你在外頭時常冷著臉，一言不合，就會拍拍屁股走人，時常鬧得人沒臉兒。」

田慧皺著眉，有些擔心地望著圓子。

「娘，您可別這樣子看著我，我就是不想跟著誇來誇去的，我這時間緊著呢。再說，誰讓我爹好用，誰也不敢給我臉色看。」圓子懂得借勢，向來不會委屈著自己，更何況是南下鎮這個一畝三分地。

這幾日，南下鎮突然間多了好些小乞兒。

一時間，南下鎮人心惶惶，生怕又如十年前的那幾年災年。可是，偏偏那些小乞兒的話，又讓人聽不懂，只直勾勾地盯著包子鋪外冒著熱氣兒的蒸籠。

包子鋪的老闆，每回端蒸籠都是小心翼翼，生怕包子才賣出去一個，就被小乞兒給搶走一蒸籠的包子，惶惶不得安寧。

後來，索性將蒸籠都放在了屋子裡，人多了，料想小乞兒不敢進屋來。

包子鋪的老闆，果然有先見之明，過了幾日，就有小乞兒開始搶吃的，糧價又漲了。

楊家村的村民也開始捣緊糧倉。

糧價一日日地飛漲，南下鎮的集市上，菜價也飛漲，謠言四起。

半個月後，衙門出動了，將南下鎮的小乞兒都給帶走了，至於帶到了哪裡，卻是無人知曉，各種猜測。

又是半個月，才算是風平浪靜，南下鎮又恢復了往日的平靜，西市裡吵吵嚷嚷，賣菜砍價的聲音又起，包子鋪的蒸籠也搬到了外頭，街上半個乞兒都無，南下鎮的百姓們走在街上，俱是輕鬆了不少。

少了死跟著人的乞兒，精神抖擻，走起路來，都帶著風兒。

南下鎮的村民，也開始一點點地開始往外賣糧。

左右跟楊府無半點兒的關係，楊府的出產都是供給了石頭宴的。

距離田慧臨產，還有一個月，梅御醫還不曾趕回來，楊立冬的脾氣越發火爆，康元帝也遣了兩名御醫過來，只道田慧氣血虧損，說梅御醫的方子就已經是頂好了！

楊立冬看著窩火，這兩御醫排場大，挑來揀去，本就不願意來這鄉下地兒，對著這被外放的五品武將的家眷，自然是使勁兒地挑剔。

半個丫鬟婆子小廝都無的人家！

難怪是被康元帝發配到這兒的，在這小地方都請不起人，他們心裡越發看不上了，也就是趙將軍在康元帝面前有幾分臉面……

五品將軍的夫人，即將臨盆，還挺著大肚子在洗衣！

這兩御醫嗤之以鼻。

恰巧被得了閒的楊立冬給聽見了，怒火沖天，一人一鞭子，就將這兩御醫的小廝、包袱，都給扔出了楊府。

這火兒發完了，回頭見著田慧正挺著肚子寬慰自己，楊立冬又有些猶豫，是不是應該將人給請回來？

「做啥將人請回來，這趕出去了，我這心裡別提多暢快了，看著這兩人的棺材臉，我這一大早就沒啥心情，呼……」

這兩御醫剛剛來那會兒，倒也算是恭敬，可才沒幾日就開始挑三揀四，埋汰這個埋汰那個，因為帶過來的人多，楊府就顯得擁擠了。楊府本就不分啥前後院，將整個楊府擠得滿滿的，就是在院子裡走來走去，都能碰見不少人。

唉……那才糟心了。

秦氏幾人又不敢對著御醫無禮，一家子好些拘束，可是念著田慧的身子，只能往心裡咽。

「可是……」楊立冬仍是有些猶豫，他不敢冒這個風險。

「我自來了這兒，就過得隨心，我可不想再讓這幾個外人來鬧得心塞，這樣子就頂好了。」田慧挽著楊立冬的手，軟語哄著。

楊立冬把心一橫，想著梅御醫說的，會在臨盆前趕回來，算著日子也快了些。

至於那兩御醫，雖是被鞭子抽得火辣辣的疼，卻是終於能回京了！

在這小地方，住得擠不說，還日日沒啥可吃的，除了青菜就是豬肉，經常就是大鍋燉，瞧著就沒啥食慾，這才幾日，就瘦得頭暈眼花的。被楊立冬給抽了出來，正巧能回京告狀去，便招呼小廝，走著！

團子有約，又出府了。

丸子偷偷地尾隨而去，只是一不小心將人給跟丟了，好生懊惱。「我這是要把自己給蠢死了，那麼大的人兒，還能跟丟了，還是將自己給丟了好了……」小聲嘀咕著。

好心的路人，看著丸子又是撓頭，又是跺腳，迷茫地在路中間張望著，滿嘴說的都是丟啊丟的。

終於，有好心人上前，慈祥地問道：「小兄弟，你這是迷路了嗎？你跟你爹娘走散了嗎？」語氣溫柔，循循善誘。

丸子滿臉黑線。

丸子還是頭一回被人如此溫柔地呵護著，下意識地有些衝動要跟著人走了算了。足見，丸子在楊府，是活得如此艱難。

丸子淚眼汪汪，好心的路人更是愛心氾濫。「唉喲喂，別哭啊，你這是住哪兒的，怎麼就跟你爹娘走散了呢？」

猛地被摟到了一個陌生的懷裡，丸子傻了。

他娘說，這是被吃了豆腐……

丸子掙扎著露出頭來，嚇得不輕，哪裡敢裝得可憐巴巴的，瞬間變臉，一臉的正氣。「嬸子啊，您放開我，我沒弄丟，我就住在鎮上的！」

好心又力大的大嬸，好不容易聽清了，這才依依不捨地放開了手。「我就說嘛，這麼可愛聰明又懂事的孩子，怎麼會把他娘給弄丟了……」

圍著的幾人這才散了。

丸子後知後覺地頓悟，這幾人會不會是人販子吶？

難不成自己經歷了一場生死搏鬥？丸子呆呆地走著，不知不覺到了西市那家包子鋪，他娘的嫁妝鋪子。

不知為何，裡三圈外三圈，擠了不少人。

丸子心有戚戚，不敢再東張西望的，他可不願再被人給呵護一回了。

仗著個子小，丸子一路喊著「娘、娘……」拚命地往裡擠，果然，老百姓們一聽這小子是來找娘的，紛紛給挪出了一小點兒位置，讓這個小子擠進去，左右也占不了多大的位置。

丸子很快地擠到了前頭，就看到了包子西施的婆婆橫眉怒目，手裡還拿著一條麻繩，繞來繞去，正合計著該如何動手。

她橫眉怒目的是個小娃子，頭髮亂蓬蓬的，丸子離著四尺遠，都能聞到一股「酸爽」味兒，這早就過了夏日，還能弄出這個味兒來，真是極不容易的。

頭髮隨意蓬得老高，分不出男女。

小乞兒的手裡正牢牢地抓著一個饅頭，皺著眉頭往嘴裡送，身上的衣裳稍顯得大，倒像是掛在身上的，打著好幾個補丁。

「真笨，選了個饅頭，包子值錢懂不懂，有肉！」丸子一直盯著小乞兒手裡的饅頭，已經咬了大半，耳邊是包子西施的婆婆的驚人怒吼聲。

小乞兒瞪了眼丸子，嘴微啟，對著丸子不知道說了啥，離得遠丸子沒聽清楚，再者，這包子鋪的婆婆罵得太大聲了些。

隨著小娃子咬了一口饅頭，就罵得更凶猛了。

「該死的小乞兒，不要臉的東西，偷了東西還敢大搖大擺地吃，你個沒人要的東西，怎麼還不捆了他，都是死人了啊，難不成還要我動手啊！」她氣急了，看著這小乞兒又咬了一口饅頭，還是皺著眉頭，這是嫌自家饅頭不好吃？

「我家的饅頭可是這南下鎮最好吃的！我家的饅頭日日都是賣光的！」包子西施的婆婆不知為何，惡狠狠地說了出口。

嘩……圍觀的人笑翻了。原本罵得好好的，突然聽到包子西施的婆婆轉變了風格，一下子沒適應過來，等反應過來，都給樂翻了。

「妳半個饅頭都不會做，這話說得怎麼不害臊？」人群中不知道誰喊了一句。

「妳家不就是妳那兒媳婦才是招牌，若換成妳來賣，能賣出一蒸籠就真是本事了！」說話的是個婦人，對自家當家的總來吃饅頭，早就有不小的怨言。

有人開了腔，引著圍觀的婦人不少嘲諷，這包子西施可是遠近聞名，那些個婦人早就飛醋亂吃，逮著機會便好好嗆嗆人，一出怨氣。

包子西施的婆婆的臉色不大好看，她自然知道自己讓兒媳婦賣包子，不就是看中自己兒媳婦能賣出更多的包子嗎？

該死的，這會兒自家有事兒了，就躲得遠遠的，果然都是不可靠的。

包子西施的公爹一看形勢不對，趕忙揮著手，大聲喊道：「等等、等等，現在不是說私事的時候，衙門裡不是正在抓小乞兒，咱還是趕緊將人給捆了，送到衙門去，說不得還能領賞銀。」

「要捆你自己捆去，有賞銀你還能分給別人，別逗我們了！」引了眾人附和，圍觀的好些都是鄉裡鄉親，向來知這家人的底細，看看好戲就夠了。

只是，這小乞兒運氣有些背，偷誰家的包子不好，偏偏還是偷了這家的饅頭。

丸子一直盯著小乞兒看，看著這吃相，倒像是個女娃子。

身旁擠進來一個小娃子，看了一眼就大聲道：「是個男小子！」

丸子皺著眉，看著比自己略矮的小子，想了想，仍是開口道：「女娃！」

大頭大腦的小子歪著頭，望了眼突然出聲的丸子，又盯著小乞兒看了眼，看著小乞兒憤恨地撕咬了一口饅頭，越發相信自己。「男小子！你看他吃饅頭，跟我妹妹不一樣！」

丸子無語，他還沒有妹妹，他娘還沒有給他生下妹妹。

「哼，一看你就是沒有妹妹的，聽我的，準沒錯！」昂了昂自己的小頭顱，好不得意，頭一回覺得有個妹妹，可了不得了。等一會兒，給妹妹買個泥人兒去。

「誰說我沒有，我娘就要給我生個妹妹了。」

「哈，那還不是沒有！」

兩小子就當著人家小乞兒的面兒，吵得不亦樂乎，周圍的大人，也不少加入了這個陣仗，平分秋色。

第七十一章　巡街

包子鋪前，熱鬧非常。

包子西施的婆婆，看著蒸籠上不斷冒著氣兒，心裡已經著急不已。這會兒就是她將乞兒給綁了，也不會讓這些圍觀的人給散了。

「走走走，算我倒楣，我不要你的銀子了，這饅頭就算是給你吃了。」她難得服了軟，不過，這會兒沒人聽了，頭一回見著小兒吵架也是頂好玩的。

左右耽誤了一會兒工夫，也不差那麼點兒了。

小乞兒一聽包子西施的婆婆如此說著，低頭想了想，看著手裡頭還有最後一口饅頭，隨意地塞進嘴裡，咬了幾口就咽了下去。

丸子兩人正吵著火熱，小乞兒自然早就聽到了，只是還惦記著丸子之前說的包子，據說，味道比自己剛剛吃下的那個叫饅頭的東西好……

「我還要一個那個！」小乞兒艱難地開了口，聲音有些啞啞的，不知道是多久沒開口的原因，還是本就是這樣子的嗓音。

周圍靜了。

因為小乞兒突然開口，也因為他的要求。

「是不是得了失心瘋啊？」

「我看包子西施的婆婆快得失心瘋了……」

果然，包子西施的婆婆，雙頰被憋得通紅，指著小乞兒的手顫顫抖抖，一直沒說出一句話來，罵不出話來了。

詞窮了，能罵的，早就罵完了。

丸子瞪大了眼，看著小乞兒正理直氣壯地盯著包子西施的婆婆，看著這模樣，倒不像是餓得「窮凶極惡」的，否則早就動手了。

只是，這賊膽，卻是有些大了。

「你看，我就說是男娃子吧，否則哪會沒半點眼色勁兒！」虎頭虎腦的小子，搗了搗丸子的胳膊，試圖讓丸子重視下自己。

丸子後悔不迭，怎就跟這個看著頭挺大的小子給爭上了。現在，自己就是想不說話，還不成了？

這是挑釁？

「喂，小乞兒，你是男是女？」丸子揚聲問道。

小乞兒回頭看了眼丸子，又盯著包子西施的婆婆。「包子？」

靜謐。

這就是不知者無罪？

「哪裡來的瘋子？老頭子，趕緊捆走，扔到衙門去！瘋了、瘋了……」也不知道在說誰瘋了，總之，她被氣得不輕了。

真的開始動手了。

小乞兒用力地掙脫，可哪是兩大人的對手。

丸子看著這兩人粗魯的動作，小乞兒的小臉兒脹得通紅，身子不停地掙扎著，努力想掙脫開去，嘴裡哇哇地不知道在喊著啥。「哇哇……娘喲……」

丸子總算是聽明白了一個「娘」。

「唉喲，不就是一、兩個銅板嘛，還動用繩子……」圍觀的，有不少人心軟了，這個時候鬧的多半都是婦人，誰家沒個孩子，為了一、兩個銅板，就得受這種罪，可真夠揪心的。

包子西施的婆婆也不想如此，否則，早就將這小乞兒給捆了，也不會拿著這繩子裝擺設，可這小乞兒真真是半點眼色勁兒都沒有，居然還敢要包子，這是霸王餐吃上癮了？

只是這個形象倒不像是霸王……

欺負她這個手無縛雞之力的老婆子！

丸子前不久剛剛被幾個類似人販子的人嚇得不輕，這會兒，深深地同情著這個小乞兒，只是光是看著就不像是小乞兒。

「你是乞兒？」

小乞兒「百忙之中」抽空瞪了眼丸子。「你才是！別捆……包子……」念念不忘包子的小乞兒。

這時候，恰好幾個衙役叫嚷著往這邊來，實在鬧得動靜有些大了。

眾人自覺地給讓出了一條道兒。

「差老爺，這裡有人鬧事！在差老爺的地盤上，果然是不夠識趣兒！」人群中，不知道誰大聲說了句，引得兩位差老爺頓了頓。

自打南下鎮建了軍營，不少商戶都來南下鎮開了鋪子，南下鎮也比以前熱鬧了許多，只是，見不得光的行當也多了許多。

不說別的，就是小乞兒也多了許多，不過半個月前，衙門肅清了一回，這個不知性別的小乞兒，可是南下鎮街頭這半月來出現的第一個小乞兒，如此大搖大擺，還鬧到衙役都過來了。

這半個月，風聲鬆了些，一些眼熟的老乞兒也漸漸出動了，不過是趁著人少，只敢在熟悉的地盤上走動。

說來，都是鄉裡鄉親的，南下鎮的百姓本就淳樸，怎會讓衙役抓了這幾個舊面孔的老乞兒，畢竟是可憐人。

至於小乞兒，腿腳靈便的，早就跑得沒影了。就剩下幾個老乞兒，每日顫顫巍巍地捧著缺了好幾角的破碗，只敢在西市的住宅區內，尋幾家心善的人家，討點兒薄粥喝……

包子西施的婆婆一聽這話，就暗道，乖乖，莫不是著了人家的道兒？

「哪個黑心的！我看妳是隔壁包子鋪的吧，竟然往我家潑臭水了！」包子西施的婆婆向來就有睜眼說瞎話的本事，這會兒，聽見有人如此詆毀自家的鋪子，想也不想地就反擊道。

包子西施的婆婆壓根兒就沒見著是哪個人說的話。

「喔……難怪一身的包子味兒……」一起鬨道。

「你才是包子味兒，我要能吃包子吃出味兒來，我就不站這兒了！」

「嘿，還當自己是包子餡兒了！」

丸子扭頭，看著站在離自己不遠處的那人正憋紅了臉兒，周圍的人不自覺地默默後退了一步。

兩衙役早就不耐煩了，本就是例行巡邏，衙門裡還有一大堆做不完的事兒，原本只待著走過這一條街，就回衙門裡去了，哪想得到，這想當做看不見都不成了。

「又是妳？怎麼，妳又想說這是跟楊夫人租的鋪子？」這片區域就是這兩衙役管轄的，對於包子西施的婆婆，半點兒都不陌生，就是這附近的居民，都知道這間鋪子是楊夫人嫁妝銀子開的。

包子西施的婆婆訕訕地搓著手，這話被衙役搶先了。「老婆子嘴笨，只是想說，楊夫人都放心將鋪子租給我家，這說明我家是最本分的小老百姓了，斷然不敢鬧事啥的，還請差老爺放一百個心！」

「哼！楊夫人可是早就說過了，這鋪子也只是租給妳，妳別打著楊夫人的旗號，小心楊夫人將鋪子給收了回去！」田慧確實託了楊立冬跟衙門的打了招呼，一切公事公辦。

「這是咋回事兒？」包子西施的公公得了詢問，弓著身上前，忙請衙役往鋪子裡請。

「別來這一套兒，我們還忙著呢！說說，這、這，都是咋回事！」性子急躁的那個衙役，一揮手打斷了喋喋不休。

一聽著衙役的語氣並不友善，包子西施的公公就給嚇得結巴了，反反覆覆那麼幾句話，怎麼都不能把話給說清楚，包子西施的婆婆一蹬腳，也不管衙役准不准她說話，噼哩啪啦一陣，總算是將事兒給解釋清楚了。

「就為了那麼個饅頭？還要個包子？」性子急躁的衙役仔細地打量了一眼小乞兒，倒是跟自家的大兒差不多大，雙眼骨碌碌地看著自己。

小乞兒看著這個衙役好似不大壞，半試探地問道：「包子好吃？」

「給他那個包子，不，五個包子，算我的頭上！」衙役看著小乞兒目不轉睛地道，一回頭，就見著這包子鋪的老闆正傻愣地站著，半點兒都沒有打包的意思。

「怎麼，我說的話已經不管用了？還是怕我不給那麼幾個銅板？」他大聲喝道！

包子西施的婆婆的膽子也就那麼點兒大，半點兒都不敢遲疑，趕忙揀了幾個大包子給包在了油紙包裡，雙手捧著遞到衙役的面前。

「給我做啥！」

「對對對，看我老糊塗了……」小乞兒看著面前的這張老臉，滿臉的皺紋都給擠到一塊兒，可是嚇得不輕。

也不管小乞兒是否願意接，包子西施的婆婆趕忙將油紙包給塞到小乞兒的懷裡。

「呼呼呼……燙、燙……」小乞兒雙手掂著，將油紙包拋來拋去，委實燙得不輕。

丸子瞧著這一幕倒是笑得不輕，這小乞兒倒是怪好玩的。

哪曉得卻是惹了身旁那小子的眼兒。「怪沒同情心的，也不瞧瞧這小弟弟多不容易，這麼燙手都捨不得給扔了。」

「就是我，我也不可能因為燙手給扔了！」丸子沒說出口的是，若是扔了，他娘非得揍死自己。

話落，還意識到這身旁的小胖子說的是小弟弟！

「你哪隻眼睛瞧見那是小弟弟？明明是隻小妹妹！」

「你當是你家的大母雞啊，還一隻小妹妹！小弟弟，是小弟弟，你們說是不是？」身旁的小胖子問著身後好不容易擠進來的小廝打扮的人。

「少爺說的是，這明明就是個小子！」身後的小廝，向來嚴格要求自己做個最稱職的小廝。這個時候，忠心的小廝，定會無條件地擁護自家的少爺。

「是個丫頭！你這小廝，連頭都沒抬，就跟這個老婆子一樣，睜著眼說瞎話，好生無理！」丸子還是頭一回羨慕帶著小廝的，這人多，光是聽著氣勢就強了不少。

「給本少爺抬頭瞧瞧，這小乞兒是男是女，讓這小子輸得心服口服！」小胖子怪有氣勢地道。

丸子好沮喪。

明明自己才是向來牙尖嘴利的那個，自己可是南下鎮的楊三少爺，在楊府裡向來是橫著走的三少爺，如今可是遇上個硬刺兒了。

胖少爺主僕倆一捧一和的，丸子就是連插嘴的機會都沒有，好不憋屈。

真道是虎落平陽被犬欺，好一隻胖犬哇！

胖少爺的小廝鄭重地抬起頭，死死地盯著小乞兒，一眨不眨，還煞有介事地上下打量著。「少爺，確實是個小哥兒，你看看他的眉眼，英氣！再瞧瞧他的唇，蒼白！」

這邊上聽著的，都覺得這個小廝不愧是個隨身伺候的，這等瞎話都能想出來，這一看這臉色蒼白，就是餓得久了。

「你若是將人帶到你家去吃，不過幾日，這臉色，保准跟你家少爺一樣，說不得都得長肉了。」丸子撇撇嘴，看著那小乞兒已經從油紙包裡給揀了一個包子出來，放在鼻子前聞了聞，深吸了一口氣。

小乞兒有些迷茫地看著白胖的包子上留下了一對小爪子印，黑乎乎的。

左右手掂著包子，包子上黑乎乎的小爪子印不斷地在增多，卻是歪著頭，繼續捏著包子，丸子看著忍俊不禁。

嘿嘿！

「這就是你說的，好吃的包子？」小乞兒和丸子離得近，自然沒漏過丸子隱隱的笑聲。

「妳的手、妳的手……」丸子指了指小乞兒的手，小乞兒聞言，茫然地望著自己的手，再看看包子上的爪子印。

小胖子早就等得不耐煩了，看著這兩人打啞謎。「喂，小乞兒，你的手太黑了，要洗！黑不溜丟的，嘖嘖……」小胖子感同身受地揮了揮手。

小乞兒有些無措地捏著包子的一邊，很是苦惱。

「少爺，若是你歡喜，要不將這小乞兒給買下來？往後不就是一口飯的事兒，這傻乎乎的模樣，也能給你逗逗樂子，若是不歡喜了，咱府上也不差那麼一口飯。」小廝看著自家少爺滿心眼都是這小乞兒，巴不得這會兒就給少爺弄回去，也能博得少爺的歡喜，自家少爺歡喜了，老夫人就歡喜了。

闔家歡的好事兒。

「如此，倒是挺好的……」小胖子一聽小廝的建議，這小乞兒雖說瞧著呆呆傻傻的，不過逗著，卻是挺好玩的。

小胖子跟丸子差不多年歲，正是貪玩的時候，家裡又有老夫人寵著，但凡是能用點兒銀子買到的，老夫人定然是沒有二話，老夫人常道，這個年紀就應該嬌寵著，等大了，就是想寵著都無法嘍。全府上下，一致貫徹。

「好啥呀，你們這邊怎商量著買人了，這小乞兒就算是要賣了，你們找誰買去，那麼丁點兒大的人，你就是弄個饅頭，也能將人給哄了去了！」丸子不知為何，光是聽著這主僕倆商量著買人進府，就想衝著這小胖子咆哮。

如何想，如此做。

小胖子原本還有些猶豫，生怕被自家老爹責罵，可是一聽丸子質問，就是不爭饅頭也爭口氣吶！「去了我府上，總比在這外頭沿街乞討好了，饅頭，不，包子吃到飽都是能的吧？」

「我哪曉得你府上能不能包子吃到飽？不過到了你府上，就是奴僕，還不如當個自由人來得自在……」丸子雖說不大，卻是早就聽軍營裡的那些風小爺、梅六爺的人說過好多大戶人家的事兒，也不知道，這些人都是從哪裡得來的那些可靠的消息。

田慧不知道的是，丸子小小年紀，就已經知道了姨娘、通房、飄香樓……

眾人紛紛點頭，若是有法子，誰願意去為奴為婢的，看著這小胖子主僕倆的眼神都有些微妙，活脫脫一對人販子。

「這人都吃不飽了，還有啥尊嚴的，死要面子活受罪！」小廝也只是對著自家少爺卑躬屈膝的，對著外人，可是半點兒不客套，特別是對著丸子，這個阻止自己給少爺獻計的小鬼！

丸子這邊的吵鬧自然引起兩衙役的注意，那個性子急躁的衙役，可是范縣尉的親信，自然是跟著范縣尉去過幾回楊府，也見過這楊家三少爺。

「楊三少爺，你怎會獨自一人在此？楊將軍呢，不曾跟你一道兒出來？要不我送你回去，一人在外頭不大安全。」一口氣兒問候了一通，這人也走到了丸子的面前。

眾人譁然。

「什麼楊三少爺，管你是三少爺還是大少爺，這個小乞兒我買了。」小胖子向來不大清楚這楊家三少爺是誰，他也不關心，此刻，他就要這個小乞兒陪他回府玩兒。

衙役正想開口訓斥，小廝早已經偷偷地拉著小胖子的袖子，小聲地示意著回府商量去。可是都到這會兒了，小胖子哪肯依，一把甩開小廝抓著自己袖子的手，上前一步，大聲喝道：「小乞兒，你說，你要不要跟我回去，我天天給你吃包子，還有、還有紅燒肉和……雞腿！一隻雞腿！」小胖子咬牙道出了這雞腿，雞腿可是自己最愛吃的，可惜一隻雞就只兩隻腿。

「衙役叔叔，你可別幫我，我爹好不容易才放了我出來……」丸子衝著衙役淘氣地吐了吐舌頭，他們都知道，丸子說的是，若是一旦犯了錯，楊立冬就會將丸子扔進軍營裡。

比起書院，丸子倒是寧願待在軍營裡，不過，比起外頭的花花世界，丸子畢竟年幼，這玩心正重著。

兩衙役聞言，自是笑著，不再管這事兒，端看著這一對小子如何做，不讓這對主僕將楊三少爺欺負著就成了。

丸子被人認出來了，自是不想再多待，他爹最近真是脾性不大好的時候，還是早日溜回去為妙，正思索著脫身之計，不承想，被身旁的小胖子給瞧了出來。

「這會兒才知道回去要挨揍了？哼哼！小乞兒，還是跟著我走吧，咱回去吃肉去嘍……跟著他，就只有挨揍的分兒。」小胖子笨拙地將手交於背後，勉強才夠手挽著手，踱著外八步兒，走得倒是穩妥的，一步步地往小乞兒的面前走近。

「誰道我要挨揍了！我只是出來得久了，這要好了，讓小乞兒自己說，願意跟誰回去！小乞兒妳說，妳願意跟我回去不？我娘，可是天底下最好的娘了，我家福奶奶也會做包子饅頭……」

「我家有好些廚娘，南方菜北方菜都會做，你想吃啥，儘管讓廚房做，豬肉、雞肉、鴨肉，統統都有！」小胖子不甘示弱地道，只是他忘了，小乞兒一旦入府，又不是娶來做主子的，哪吩咐得動廚房裡的廚娘，真當是哄小娃兒的。

不知小乞兒是否聽得明白，不過圍觀的人不少都是明白人，從衙役開口稱呼「楊三少爺」一起，就有人猜到眼前的這個小子，應該就是傳聞中的楊府三少爺了。

有不少人都替這小乞兒捏了一把汗，也不知這小乞兒是否真當是有福運的。

「回家嗎？」小乞兒骨碌著眼，在兩人之間打轉，小胖子變戲法似的拿出了一隻雞腿，湊近鼻尖，聞了聞，衝著小乞兒招招手。費了好大的勁兒，才壓抑住人性的衝動，沒有一口咬下去。「小乞兒，跟我回我府裡頭去吧，日日都有雞腿吃，要不讓你先咬一口？」

丸子在小胖子拿出雞腿的那會兒，就已經將身上偷偷給摸了個遍，可惜就帶了五個銅板出來，實在是囊中羞澀哇。想了想咬牙道：「我娘最好了，還有我奶奶、福奶奶、福爺爺、鄭爺爺、鄭奶奶，都是頂好的……」

丸子扳著手指頭數著，不過看著小乞兒沒有要表示的意思，只是歪著腦袋，抱著油紙包，似是在思量。

「我還有哥哥，大哥、二哥，還有乾哥哥，妳要是喜歡，以後都是妳哥哥？」丸子想了下自家能拿出手的，自己那個爹還是別說了，免得小乞兒不願意跟著自己走了。

回去的路上，丸子拒絕了兩個衙役的好意，自己往回走，一聲不吭，決定還是做一個安靜的小美男子。

「你也沒有爹嗎？」

丸子聽著身後傳來的問話，這心兒都快悔得烏漆抹黑了，一步一忐忑，不過還是記得回話。「有爹，不過，妳別被我爹給嚇著了，一不留神就要拿著軍棍揍人，唔，還有鞭子，我前幾日還被揍過，才剛剛能下床……」

「你爹壞嗎？」

「唔……對我娘可好了，要是我是我娘就好了，就不會挨揍。對大哥也挺好的，要是我是大哥也不錯。二哥就算了，不靠譜兒，要不是他，我也不會跟那小胖子遇著……」也不會帶妳回去，要是被爹揍了，就慘哈哈的了。丸子在心裡默默地補充道，近家情怯哇！

「我也想有個爹……」

丸子聽著身後帶著鼻音的、有些僵硬的嗓音，一回頭，就看見小乞兒雙眼噙著淚，吧嗒吧嗒地望著自己，心驀地一軟。

「妳沒有爹嗎？」丸子走近，低頭望著小乞兒，這才發現，小乞兒還只到自己的胸前，大抵只有四、五歲的個子吧。

小乞兒可憐巴巴地搖搖頭，落下了兩行淚，伸出手，胡亂地一抹，又低下頭。兩隻腳侷促不安地扭著，大拇指都已經露了出來，正有些調皮地動著。

「往後，我爹就是妳爹了！」丸子豪邁地道。「妳是個女娃子吧，我爹就盼著我有個妹妹，妳要是女娃子，我爹怕是不會打妳了。」

丸子撲閃著大眼，一眨不眨地望著小乞兒。

第七十二章 乞兒

丸子看著穿戴一新的小乞兒，頓覺得蓬蓽生輝！

對，就是蓬蓽生輝，軍營裡的先生說了，這屋子都亮了起來，應該就是這個意思了。

「丸子，這可是你小時候的衣裳，還沒來得及穿，就大了……」秦氏看著這面前的小人兒，細皮嫩肉的，一點兒都不像是個小乞兒，一想著才多大點兒的娃兒，唉，說不定就是從人販子那兒溜出來的。

秦氏越是如此想，越覺得可能，那個小乞兒長得如此粉嫩，說不準還是好人家的閨女。唉，可憐見的。

自從福嬸將人領了出來，秦氏的嘆息聲就沒有止過，打心底裡疼惜著。「告訴奶奶，妳叫啥名字咧？」

丸子搓了搓胳膊，秦氏一瞪眼，丸子立刻換了個笑臉。「奶奶啊，我就是剛剛覺得一陣風過，有些涼意，二哥前幾日還在吟詩呢，說啥秋意涼秋意濃的……我聽不大懂，現在算是明白了，可真涼啊……」

「你那說的是邪乎！」這明明就是在屋子裡，哪有啥風，又不是在楊家村，還啥穿堂風過……

小乞兒眯著眼，望著丸子笑得甜甜的，半點兒小乞兒的影子都尋覓不到。

如沐春風。

「囡，跟奶奶說，妳叫啥啊，住哪兒？」秦氏笑得和藹，臉上的皺紋都擠到了一處兒，不忍直視。

「半兩，娘就喚我半兩，大爺爺也喚我半兩……」小乞兒口舌依舊是有些笨拙，說出來的話好似有些拗口，不過，聽著卻是軟軟糯糯的，好不逗趣兒。

田慧就要臨盆了，摸著大肚子，不敢笑得暢快，只是招招手讓半兩這小丫頭過來。這手都已經招了好一會兒，不過秦氏幾人都不肯放人，就等這半兩挨個喚人。

福嬸摸著半兩的小手。「可憐見的，這給瘦得，這洗下來的水，都是黑乎乎的，我跟鄭嫂子燒了好幾鍋的熱水，可算是洗得白白的。這剛剛一出水，喲，這可是驚到了，比丸子小時候長得還要可人呢！

「唉喲，看我光顧著說了，鍋裡還燉著粥呢，半兩跟慧娘一道兒，吃點兒紅棗粥，暖暖肚子，一會兒就該吃晚飯了。」福嬸有些不捨得放開小手。

好不容易半兩挨到了田慧的身旁，僵硬著身子看著田慧的大肚子，嚇得一動不敢動，恰巧，田慧的肚子動了動……

「啊……動了、動了……」半兩蒼白著臉，小手顫抖地指著田慧的肚子，顯然嚇得不輕。

丸子看著好笑，不過想起自己第一次時的窘樣，決定很大度地不笑話半兩了。「我娘肚裡的是我的小弟……妹妹，小妹妹。」

丸子早就被團子給告誡了一番，不能說小弟弟，只能說小妹妹，因為全家上下就盼著他娘的肚子裡鑽出個小妹妹來。果真如此，每回自己說小妹妹的時候。他爹總是會一臉欣慰地道，丸子也算是懂事了。

這時候，有啥事兒，一準兒就能被答應。他二哥團子都是看準了時機的，果然自己還是太嫩了些哇。瞧瞧，這屋子裡的，無不是一臉笑意，除了半兩這個被嚇壞的小孩子。

可這小乞兒，如今是半兩了，自打進門起就笑意吟吟的。唔，怪好看的，可比甜甜聽話多了……丸子打小就是跟著團子去書院的，可是沒少見著綁著沖天辮的小女娃兒，一不如意就要哭了，這個半兩可是不一樣。

「哥哥，半兩確實是個姑娘家，我娘常說，好姑娘是不能跟別人隨意說話的！」半兩已經許久沒有開口說如此長的話，這中間停歇了好幾次，脹得小臉兒通紅。

「半兩可真是個乖孩子，丸子得學著些。」秦氏抓緊著機會教育這個不省心的小孫子，只要這小子在家，便三天兩頭雞飛狗跳的，好不熱鬧。

正當秦氏問著半兩的時候，福嬸捧著托盤進來了。「先喝粥，趁熱喝粥，有啥事兒一會兒再說……」

福嬸將瓷碗放在一旁的案几上，招呼著半兩坐在田慧身旁的椅子上。「坐在這兒，跟丸子娘在這張案几上吃，這紅棗粥吃了好，趁熱吃……」

半兩乖順地被福嬸帶著，到了椅子上坐下，拿起湯匙，吹了吹湯匙上的那麼一口薄粥，呼……一口咽下。紅棗都被撥到了碗邊。如此反覆。

「你們說，這娘兒倆是不是好些像？」福嬸坐在對面的一排椅子上，看得清晰。看了好一會兒，才出聲問道，就是這動作，都有些像，越瞧越是那麼一回事兒。

不光是福嬸，就是秦氏也早就發現了，原本只是放在心裡覺得巧了，聽得福嬸的話，才道是還真的太像了些。

鄭嬸子這些年，眼睛有些不大好，湊近了些，才道：「難怪，看著半兩穿著丸子的衣裳，我就覺得眼熟，總好似哪兒瞧見過一樣。」

「喏，還不是跟丸子小時候長得像，跟圓子團子小時候也挺像的……」秦氏是看著這三個孫子長大的，說來也是奇了，圓子團子丸子三兄弟，小時候極為相似，都跟田慧是一個模子裡刻出來的。

兒子肖娘，金子打牆。秦氏默念著，自是想著自家能越過越好了。

「大爺爺說，我像姑母……」半兩怯怯地道，偷偷地打量著眾人的臉色，生怕一不小心惹了眾怒。

秦氏活了大半輩子的人了，自然能看懂這個小娃子的眼神。「可憐的娃兒，以後若是沒個去處，就當這兒是妳家吧。丸子娘，往後就是妳姑母，至於我們幾個老的，就跟著丸子一道兒叫奶奶好了。」

說話間，秦氏也早就問了半兩怎會一個人在外頭。

原來，半兩是跟著她娘回老宅子，只是不知道為何，她在馬車裡睡著了後，就到了一個陌生的地方，半兩也不知道自己在外頭過了幾日。

腳下不知道走出了多少老繭，剛剛福嬸給半兩洗的時候，還有好幾個血泡，破了皮的。福嬸本就不知情，半兩也只是抿著嘴，半點兒都不喊疼，在水裡泡著。

直到後來被福嬸見著了，半兩也只是搖搖頭，說不大疼。

福嬸自責不已，給半兩上了藥，又在鞋子裡墊了好幾雙棉襪。

被問及時，半兩已經記不大清楚當時的事兒，至於老宅子在何處，她只知道又是坐馬車，又是坐船的。

提及這些，半兩甚至是有些迷茫，她不知道自己為何睡醒後，就會在一望無際的田野裡，若不是遇見個正要下水的小哥兒，半兩怕是要在田野裡受凍了。

不過，秦氏幾人已經有了不好的猜想，怕是被她娘給丟棄了，只是這猜想自是不會跟半兩提及，只讓半兩放寬了心，住在楊府裡。

「我一會兒給半兩做幾件衣裙，隔壁王府的甜甜，向來都是穿得美美的。小姑娘家家的，看著就覺得養眼。」楊府上下已經眼紅隔壁家的甜甜許久了，這回，丸子總算是帶回來了一個小姑娘，鄭嬸哪裡會放過這個機會，練練手也好。

「那我就做幾雙鞋子，半兩的腳上都長滿了血泡，可憐見的，我要做幾雙軟軟的去……慧娘，妳幫半兩瞧瞧，可有啥？」福嬸也自覺地攬下了活兒，還幫田慧都給包攬了此事。

秦氏思來想去。「有了，我去給半兩收拾屋子去！半兩，妳喜歡粉嫩嫩的顏色不？咱庫房裡的適合小姑娘的紗料，可算是有了用處。」

一哄而散！就是連半兩也被秦氏喚去，佈置屋子去了。

一屋子，只留下田慧和丸子，等丸子想走時，也已經晚了。

丸子想起來了他爹每日都要訓導自己，不能讓娘一個人待在屋子裡……

「你二哥呢，我不是瞧見你們一道兒出去的？」田慧對這個突然冒出來的小姑娘心有好感，這會兒卻是惦記著出去的兒子，一個兩個都是讓人不省心的。

「我跟著二哥出去，只是，過了東大街後，人一多，就不知道往哪兒去了，我差點兒跟半兩一樣，被人拐了去！要不然，我也不會同情心氾濫，將半兩給領回家裡來，沒承想，半兩還真好看……」

丸子在田慧面前，向來是有啥說啥，半點兒都不含糊，田慧也一向是不大會責罰兒子，就是頑劣如丸子，也多是以訓斥為主。

「你明日開始就跟著你哥哥去書院念書，這每日就在家裡閒逛，你都不怕長出蟲來？」田慧也並不追究，只是讓丸子去書院。「半兩也跟著你一道兒去，穿男裝。」

陳府的書院裡，只有小子在念書，田慧這才如此提議道。

「娘，二哥都沒有去書院，娘，您都不管管他，讓爹揍他！不知道跟誰約了，竟然避開我！」提及這個，丸子憤憤然。

心難平、意難平。

楊府裡自打多了個半兩，倒是真的熱鬧了不少。

楊立冬也託了范縣尉給打聽了一番，倒是果真跟半兩自己說的一樣，她在三個月前，才到了南下鎮，只是因為不大說話，南下鎮的百姓都以為半兩是個小啞巴。

可憐見的，一些心軟的婦人，時常會留著些剩飯，等著半兩路過時，帶碗都塞給半兩，不等人道謝，就讓半兩趕緊走了，畢竟被人發現不大好，半兩也只會遠遠地深深一鞠躬。

南下鎮衙門大肆掃蕩乞兒的時候，半兩就是躲在一個農戶家閒置的豬欄柵裡，後來，也是因為風聲鬆了些，才走了出來。半兩不想連累那個好心的婦人，因為，她聽到，那個婦人時常被她的婆婆罵著，每日都有做不完的活兒。

半兩也曾半夜偷偷地出了豬圈，幫著那婦人幹活，第一日，婦人竟是嚇到手抖得厲害，過了幾日才適應了過來。半兩這才知道，原來自己跟那婦人被賣掉的閨女很像……

後來，若不是那婦人的婆婆在飯桌上說起，這些天，總覺得外頭有啥人影還有響動，那婦人這才怕了，不過，並不曾讓半兩離開，不過是半兩生怕那婦人為難，才主動走的。

這才沒兩日，就碰上了丸子，才有了之前的那一幕。

圓子兩人歸來的時候，圓子身上的是筆墨書卷味兒，而團子，則是濃濃的酒味兒。田慧早就在院子裡等著，兄弟兩人前後腳進了院子。

圓子是先回來的，照例從先生那兒借了書回來，見著田慧坐在院子裡，頭一句便是問道：「娘，這早就入秋了，您怎還坐在外頭？就是要等我們，坐在屋子裡便是了。」

田慧笑著搖搖頭。「咱圓子可真是長大了啊，知道替娘著急了啊。」

「娘……」圓子有些羞赧，田慧向來不管兒子多大了，這麼些年，都是如此一路誇過來的。有時候，圓子都會以為自己還是在南下鎮那個小宅子裡的自己。

他娘，一如既往地細聲說著，汩汩入細流，潤物細無聲。
只是，他娘有些誇張的音調……
「咱圓子是不是被娘誇得害羞了？」田慧笑著調侃道，看著圓子的耳根有了一絲可疑的紅暈。
「好了、好了，不逗你了，丸子今日可帶回一個小姑娘，長得秀氣可人，啥時你也能帶回個姑娘家，讓娘了了心事？」田慧也只是逗逗圓子，圓子的親事早就有了準兒。
「娘，我若是沒記錯的話，丸子才七、八歲？」圓子樂了。
「咋的，七、八歲就領回來一個媳婦，不成?你說說看，你都十七、八了，就沒有啥中意的姑娘？」田慧循循善誘，早就知道團子經常會收到好些絹帕，繡工不凡，都能賣出個好價錢。只是，卻是不知道圓子是否收過這些。照理來說，圓子長得比團子更俊美些，又多了些書生氣息，怎麼說行情應該比團子好些。
「娘，若是我哪日真領了一個回來，您就等著哭吧……」圓子可是不吃這一套，他娘時常給他使詐。
田慧被噎了。
萬幸的是，團子也進了院子。
「站住！」田慧的臉拉了下來。
團子原本以為他娘正跟圓子說得熱鬧，壓根兒就沒注意到自己。
「娘，您等等啊，我這進屋去換身衣裳，就來陪娘說說話！」團子站定，嬉皮笑臉地道，只是臉頰上有兩抹不正常的紅。

啪！田慧隨手抄起手邊的茶盞，就朝著團子站著的地方砸了過來，只是團子站得遠，茶水也只是濺到了團子的腳邊，衣裳不濕。

「如今看來，我說話已經做不得準了！」田慧冷冷地道，早幾日前就想尋著這小子算帳，只是都被團子避了開去。

田慧大著肚子，笨拙不便，也就不追著團子刨根究底，只想著不過是跟圓子差了一歲，也總應該懂事了。然而不過三、四日，團子又偷溜出去了一回，而這回，即便是站得那麼遠，還能聞著撲鼻的酒味兒。

「娘……我就是想去換身衣裳……」團子弱弱地道，心裡早就後悔不迭。

啪！第二只茶盞扔了過來，這回，砸到了團子的腳邊，濺濕了大半隻腳，還有衣襬，團子嚇得不敢動。

他娘還是頭一回發那麼大的火，就是對著丸子，她最多也只是斥責幾句，今日卻是對他動起手了，連砸兩只茶盞。團子偷偷地掃了一眼，幸虧，這桌子上，只有兩只茶盞。

「團子，還不給娘跪下！」圓子自然沒漏過團子的動作，死不悔改，他一個勁兒地給團子使眼色，不過，團子只是直挺挺地站在那兒，並不聽從圓子的話。

只是，低著頭。

「罷了、罷了，看來我是管不了你了，也由著你去吧！」田慧無力地搖搖頭，望著團子長嘆一口氣，扶著圓子的手掙扎著站起來，一步一停頓地往屋子裡去了。

徒留下團子一人站在院子裡，直到秦氏來喚吃飯了。

團子才動了動僵硬的身子，跟秦氏打了聲招呼，就往自己屋子裡去了，直到楊府上下團團坐了，也不見團子的蹤影。

一連幾日，都是如此。

楊立冬有心想去教訓團子，不過都被田慧給攔了下來。

「二奶奶、二嬸嬸，救命啊、救命啊……」才過了午時，田慧正打著瞌睡，就好似聽見府門外淒然的求救聲。

有些耳熟，由遠及近。

秦氏最先迎了出去，見著是二柱媳婦的哭喊聲。「二奶奶、二奶奶，救命，求您救救二柱，二柱被衙門裡的人給帶了去了！」

秦氏雖說不怎麼待見二柱，不過也沒有想到二柱會被衙門的帶走了。

二柱的媳婦也是南下鎮的，家裡有間雜貨店，生意不好也不壞，不過就是勉強度日。二柱雖說只是開了家食肆，不過生意卻是不錯。重要的是，二柱是自己賺來的銀子自己存著，每年只少少地給家裡頭一些家用。

二柱媳婦家看中的就是這點，二柱早些年就在南下鎮置辦了宅子。最重要的是，跟楊府有些關係，不管是否親近，看在有要緊事兒，楊府怕也不會袖手旁觀。

「先別急著哭，這到底是為啥？」這幾日，田慧心情欠佳，這會兒又被二柱媳婦哭得有些腦門子疼，這哭了半日，只求著去救人，絲毫不說到底是出了啥事兒。

「妳倒是先說說。」秦氏對著這個侄孫媳婦，也還算是和顏悅色，畢竟這個侄孫媳婦慣會做人，每年過年過節都有拎著東西來。

二柱媳婦早就哭濕了一條帕子，又拿了一條新帕子出來。「二奶奶，二嬸……」

說來，二柱開食肆有好幾年了，生意也漸漸穩當了。二柱很清楚楊府是不會再護著自己的，所以，開門做生意，向來都是實打實的，就是這菜色，半點兒都不曾偷工減料。二柱即使是走過歪路，畢竟還是有著鄉下人的本分，銀子越攢越多，二柱也已經很知足了，卻是惹了人的眼。

不過是過了午時，不知為何，一人正在鋪子裡吃著飯，突然間就暈倒了。一陣兵荒馬亂後，請了最近的大夫過來瞧，說這人已經死了。

楊家食肆吃死人啦！消息不脛而走。

不多久，就來了一對母子，抱著僵硬的屍體一個勁兒地哭著，兒子則是在鋪子裡一頓打砸，二柱和兩個夥計就是想攔也攔不住。

二柱原本便心虛，他早就聽說但凡是開吃食的，吃出問題來的多得是，他仔細回想了下，今日的食材都是最新鮮的。至於廚房裡，又只有自己一人能進。

正猶豫間，鋪子已經被砸得面目全非了，兩夥計沒得到二柱的示下，也是不敢亂動，還當二柱這是心虛了，這才不言語。

出了人命，不用人報官，就有衙役上門來鎖人了。

二柱大呼冤枉，只是沒有人會信。

「我二叔就是楊將軍，你們誰敢鎖了我……」二柱不停地叫囂著，不肯被衙役用鐵鏈子給鎖了起來。

「我呸！就算你爹是楊將軍，難不成出了人命，楊將軍還能替你擔著？今日，我這手無寸鐵的婦人，就是告御狀，也不會放過你這個劊子手！你這個黑心的商人……相公啊，你怎麼就到了這家黑心的鋪子吃飯呢，可留下我跟兒子兩人如何是好？你放心地去吧，我就是傾家蕩產，也不會放過這個黑心的。」

那婦人本就是南下鎮的，不一會兒，就來了不少的親戚鄰居，將楊二柱的老底子都給掀了起來，一樁樁一件件。

衙役呵斥一聲，不管楊二柱發瘋似的反抗，拿鐵鏈將人鎖了，帶回衙門。

二柱媳婦原本在家帶著兒子，得了夥計的通信，這才急急地將兒子託給了她娘，就急急地往楊府來了。

聽完，田慧沈默了。

「開食肆的，這種事兒向來就說不大清楚。妳也看見了，妳二叔這會兒還沒有回來，我又大著肚子，妳二奶奶也從來不曾出過門，就是這衙門的大門朝哪兒開也不知道。」

田慧並不是想要推拒，只是二柱媳婦聽著卻是那麼一回事兒，又是哭又是求。

二柱媳婦在楊府得不到准信兒，就一路哭著回了楊家村。

至於，二柱媳婦要的准信，就算是劉氏來了後，也一直等到楊立冬回府，而後才馬不停蹄地去了衙門，打聽情況。

「這人確實是在妳家鋪子裡吃了東西，然後沒的，我又沒有通天的權勢，難不成還能讓今日看見的百姓都閉了嘴？我已經跟衙門裡打了招呼，二柱在裡頭會吃好的，不會受欺負。現在重要的是，還是等著仵作驗屍結果出來，這死者的家屬不肯解剖，說是要留個全屍，你們若是勸得動，就試著勸勸去，不過，怕是多半不討好，將心比心。」

楊立冬能做的也只有這些，其他的只能等著衙門查案了。

「如此，我便是放心了，若是二柱沒有做，知縣老爺也定會還二柱一個清白。」劉氏一向是個明事理的，楊立冬既然如此說了，定是上下都打點過了。

送走了劉氏一家子，楊府這才靜了下來。

楊立冬匆匆來，匆匆去，囫圇兩口扒了飯，等人散了，才跟著田慧吃了點兒粥。

楊立冬幫著田慧寬了衣，摸著隆起的大肚子道：「今日如何，咱閨女可乖了？」

楊立冬每日都得問上好幾遍，田慧失笑。「我每日都在家裡頭，能有啥事兒，你啊，盡會多想。」

田慧將今日家中的事兒絮絮叨叨地道來，楊立冬就站在身後，伸手給她捏捏肩、揉揉腰，一臉滿足。

「團子還在跟妳鬧彆扭？會不會是妳冤枉他了？」楊立冬沒親眼見著，團子在楊立冬的眼中，雖然不及圓子懂事，卻也向來不給田慧惹事兒，是個頂孝順的兒子，只覺得這中間，是不是有啥誤會了？

「誤會？你別跟我提這小子，一提起來我就來氣兒。我不是讓你去查查，這小子到底每日都是跟誰在一處兒廝混，若是被我逮著了，我非扒了他們的皮！」田慧在三個兒子面前，向來是以「慈愛」的面孔示人，可是到了楊立冬的面前，卻是掩不住的蠻橫。

「得了，說不準人家還等著扒咱家兒子的皮呢！」楊立冬看田慧如此有生機，也樂得說下去。顯然田慧並未將團子的事往心裡去，只當是十六、七的孩子，正是有性格的時候。

兩人貧嘴了一會兒，田慧才正色道：「說認真的，你倒是真得留些心，這小子心智不堅，莫不是被人哄了去了。我還跟圓子開玩笑，說丸子帶了媳婦回來，若是團子有一日真帶了個姑娘回來，我怕是真的要哭死算了。」

「過幾日，我就在家了，明日還得去趟軍營，將事情交代一下，就在家陪著妳生閨女了。團子的事兒，我也會查一下，不過是小子跟人喝了酒，不算啥大事兒。」楊立冬對田慧產子一事兒向來興師動眾，也不知道梅御醫可否尋著人了。

「怎麼就不算是大事兒，生了三個兒子，得，小兒子這就已經帶個小姑娘回來了。若是二兒子也領個不小的姑娘回來，這可好，這找媳婦的事兒都不用咱費心了，就剩個大兒子了，這下子不用挑花了眼！」田慧搖頭晃腦，只是，語氣裡仍是有些擔心。

「胡攪蠻纏！我應了妳就是了。」楊立冬被纏著無法，只得應下。「後日一早我就託范大哥查查去，妳也別為這些糟心的事兒煩心了，安心、安心。」

田慧自是不言語，不一會兒，就響起了輕微的鼾聲。

自從田慧的肚子鼓了起來，每回睡著都會打鼾。

第七十三章　無力

丸子和半兩，在楊府裡時常「偷雞摸狗」，因為丸子時常不在楊府裡，甜甜時常去尋徐亮的兒子玩兒。聽說丸子帶回來一個小媳婦，這幾日就賴在了楊府，非得纏著半兩說話。

說來也怪，小孩子也是有性格的，半兩對著楊府上下都是笑咪咪的，有規有矩，讓人忍不住想疼惜她。只是，她對著甜甜卻是時常不理不睬，甚至是有些防備。

一旦甜甜進了楊府，半兩就不離丸子左右，寸步不離。

「丸子哥哥，你看這個書袋子如何？上頭可是繡了一把劍哦……」甜甜一路暢通無阻地進了楊府，直奔丸子的大本營。

丸子時常在東廂房裡搗騰，磨著田慧將東廂房騰給他。田慧不依，丸子又求到了秦氏的面前，秦氏看著么孫又是哭又是鬧，倒是很想一口應了下來。

「等咱丸子大了些，奶奶就做主給你買個大宅子！」秦氏這些年攢了不少的私房銀子，在南下鎮買個大宅子，倒也不是不可行。

丸子性子倔，哪肯依了，非說就看中了東廂房，死活還不走了。

秦氏無法，只得搬起道理來說服這個磨人的么孫。

「你大哥和二哥，都要說親了，這東、西廂房可是往後留著給你哥哥娶媳婦用的，你就跟半兩住在奶奶隔壁的屋子，不是頂好嗎？難不成丸子是不想住在奶奶旁邊的屋子裡？」

秦氏決定先下手為強，這小子哭起來可是好一番驚天地泣鬼神，半點兒都沒有小男子漢的氣概，就是在軍營裡待的日子多了，也不曾有半點兒被感染到。有時候，秦氏也想不明白，自家明明就沒有半個潑婦，也不知道丸子這種行徑是跟誰學的。

在丸子大鬧之前，秦氏就掩面痛哭。

丸子求之不得，退而求其次，將倒座房霸占了兩間，修繕一新，把自己這些年搜羅的寶貝都給搬到了新屋子裡。

這屋子的裡裡外外都是福叔幾人幫著一塊兒拾弄的，就是連田慧都沒有進去過。有了丸子開個頭兒，田慧也給圓子三人撥了個雜物房，由著這三人自己管理自己的送禮往來。

甜甜一拐就到了丸子的祕密基地，聽說最近鄭老伯將這鎖都給配上了，不知道丸子在裡頭放了啥寶貝東西，還大張旗鼓地加了鎖。

「丸子哥哥，在屋子裡頭吧？」甜甜脆脆地道，看著門上並沒有上鎖，想著丸子應該在屋子裡。

「甜甜啊，趕緊進來，鄭爺爺給我弄了個好寶貝嘍！」

吱呀，門被丸子輕輕地拉開一條縫，丸子探頭探腦地伸出一個小腦袋，臉上賊兮兮的。不多會兒，門縫裡又探出個腦袋，只是比丸子那小腦袋小了一號。

「進去進去，小心夾著門了，這破門不大靈光，早就應該換換門了，這開個門縫就吱吱呀呀的。」丸子低頭看著突然冒出來的小腦袋，空出一隻手將小腦袋往裡塞回去。

半兩也是個倔強的性子，哪肯由著丸子將她的腦袋給塞回去，還是在甜甜的面前。「小哥，你別推我！」
「不推妳推誰，腦袋收回去，盡是些不省心的。」這幾日，都是丸子領著半兩念書或是玩兒，令人驚喜的是，半兩也認得幾個字。
從丸子將人領回來的第二日，楊立冬就尋了丸子進行了一次深刻的談話，若是丸子執意要將半兩留在家裡，往後半兩就是丸子的任務。
想起半兩濕漉漉的小眼神，丸子一咬牙就給應了下來，自此，給自己應了個好大的拖油瓶。
好不容易腦袋是被塞回去了，「吱呀」一聲，半兩噘著嘴，趁著丸子沒個防備，將門給大開著了。
「妳、妳這是做啥！還學會不聽話了？」丸子板著臉，在半兩的腦袋上輕輕地點了點，勒令半兩站好，聽話！
「我沒做錯什麼！你能鑽門縫，我也行的！」半兩固執地噘著嘴，就是不肯屈服。兩眼汪汪地回視丸子，好似丸子再凶一回，就要立刻哭出來了。
只是幾日，丸子已經摸清了半兩的性子，不說旁的，就是每回丸子凶她，半兩也只會偷偷地蹲在一個角落裡，等丸子尋到半兩的時候，卻只能看見半兩眼眶紅紅的，拖著重重的鼻音，喊著「小哥」。
有一回，丸子被田慧修理了一頓，出來尋半兩，原本真是心不甘情不願的，不過看著半兩蕭索的影子蹲在雞舍前，裙襬處都染了不少的雞屎，正可憐巴巴地數著雞。「一隻、兩隻，一對兒、兩對兒……」

丸子時常聽見甜甜蹲得遠遠的，跟著母雞說話，啥啊，祖母他們都疼小弟弟了啊，她又受罰了啊，巷子口的大黃又衝著她叫了……

半兩的眼裡還噙著淚，眨了眨眼，好不容易將眼淚給擠了回去。「眼淚迷了眼，看不清有幾隻雞，等我數得清，我就不哭了。」半兩抽了抽鼻子，可憐巴巴地望著丸子。「小哥哥，你說過會帶著半兩吃所有好吃的。」

這事兒是丸子在將半兩往家裡領的路上就說過的，豪氣萬丈，吃盡天下各種好吃的，哪曉得半兩一直記在心裡。

丸子也確實如此做的，自從頭一回帶著半兩去了「石頭宴」，出了鋪子，半兩滿足地摸著肚子，丸子知道，這是半兩到了他家後，頭一回吃得這般滿足，就是眼神中也毫不掩飾那種適意。

自此之後，丸子隔個幾日就會偷偷地將人帶到「石頭宴」去，掐著不是飯點、人少的時候，吃個半飽再回楊府。

若說半兩是個拖油瓶，丸子則是有一種深深的無力感，只需自己動靜大些，半兩就會淚眼婆娑地望著自己，一開始時手腳微顫，到了如今，是好了不少，不過，兩隻手仍是不自覺地攥緊衣襬。

每回等丸子語氣軟了，半兩的衣襬有大半都已經被半兩一點點地揪在手裡，皺了。

丸子說了好幾回，半兩卻是學會了，將雙手放在背後，從背後的衣襬，一點點地揪著，依舊是等著丸子發了一通脾氣，那半邊的衣襬，早就是皺巴巴的了。
說了幾回，無果。
丸子向來都不是勤學好問的，不過對著比自己小的甜甜，這個從丁點兒大開始就纏著自己的女娃子，丸子還是有著訴說的慾望。丸子覺得自己很大度地不計較甜甜妞倒戈囡囡。因為，但凡是丸子在南下鎮，甜甜得了信兒，從睜開眼睛的那會兒，就要纏著到楊府去尋丸子。丸子的話，仍是一如既往地管用。
在認清了這個事實之後，丸子決定還是不計較這些不大重要的細節。
今日，甜甜就是為了這事兒而奔走的。
「好了，乖啊，半兩乖，別鬧，我跟甜甜有正事商量，妳先待在屋子裡玩會兒。」丸子學著他娘寬慰他的時候，摸著半兩的頭，新梳的髮髻都有些凌亂了，丸子將半兩頭頂的那根木簪子扶正，極為認真。
就是連半兩也不敢再鬧了，只是那嘟著的嘴，依舊是能掛上一個酒壺。
為了慎重起見，丸子鄭重地喚了「甜甜」，若是放在平日，都是甜甜的來代替的。
為此甜甜也深刻地感覺到了自己身上的擔子之重，人命關天！她不由得捏了捏手上這個嶄新的布包，突然覺得上頭繡著的牡丹花，富貴得有些扎眼。
丸子安頓好了不情願的半兩，才帶著甜甜偷偷摸摸地往後院走去，近乎半跑著，甜甜還不時地向丸子展示著自己布包裡的東西。
鄭老伯看著飛跑著遠去的二人的身影，無聲地笑著搖搖頭，不用回頭，就已經聽到了半兩的碎碎唸。

鄭老伯會做木活，丸子小的時候，鄭老伯就秀了秀自己的看家本事，編小竹籃子。這還是得了田慧的啟發，小板凳、小桌子和小廚具啥的，一應俱全。

不過，沒想到的是，事與願違，鄭老伯用木角料做了一把小木劍，卻是意外得了丸子的眼緣，那個木的灶爐、鍋鏟也只是被丸子玩過幾回，就被丟到了一邊蒙塵。

直到如今半兩來了後，才被鄭嬸子從庫房裡給揀了出來，一一擦拭乾淨，看著半兩驚喜的眼神，鄭老伯老懷欣慰。

那些年，為著這事兒，他可是沒少抓著福叔打下手，可哪曉得，丸子竟是不怎麼看一眼，為此，沒少被人笑話。

丸子小的時候，還能寬慰自己，這是丸子還小不識貨。等大了些後，鄭老伯每年都會有意無意地帶著丸子去庫房走個一圈，但這明顯堆在角落裡的廚具，丸子向來都不再看上一眼。

雖說現在丸子總會央求鄭老伯給做個這個那個的，唉，然而那可是自己整整耗時了大半年，一點點給打磨出來的，真真是個不識貨的野小子啊！

「甜甜、甜甜，有啥好的……哪回我也要拿點兒啥東西回來嚇丸子哥哥一大跳……」半兩手裡的木鏟子翻動著，嘴裡念念不忘地嘀咕著。

鄭老伯本就是閒來無事，特意來看這幾個小孩子家家鬧鬧，光是遠遠地瞧著，心裡就覺得快意了不少。

「妳、妳是誰？」驚恐的聲音從身後響起。

半兩本就有些惱意，又被嚇了一跳，重重地放下木鐽子，回頭看著那個衣著華麗的小胖子。

「你是誰！嬸子說了，這可是我家，你這人可真好笑，怎麼還問起我是誰了！」半兩叉著腰，想起了巷子口的大黃，自己都已經來了那般久，又聽著丸子的吩咐，餵了大黃不少吃食。

這隻養不熟的白眼狗！每回見著自己都要追著自己的屁股，不叫上幾聲，就嫌這個巷子太清靜了。

半兩憤恨地想著，往後再也不餵大黃吃肉骨頭了！雖說，她每回被大黃追的時候就已經下定決心了。

每回都是僥倖。

小胖子穿著華麗，半兩待得打量完小胖子的周身衣飾，雙眼抑制不住地冒金星。「你這身得多少銀子啊……」似是感慨，似是疑問。

小胖子甩了甩手上的金鐲子，叮噹響。

「我奶奶給我穿的，我奶奶總說，來楊府要慎重，穿戴慎重！其實，我也不曉得啥意思，不過，看奶奶的神情，就應該是假不了的！」小胖子撥了撥胖乎乎的胳膊上套著的一對細細的金鐲子，發出脆脆的金子聲音。

半兩咽了咽口水。「你這樣子上街，就不怕被搶了？」

「搶了？誰會搶？這可都是我的！」小胖子摀住胳膊，可兩隻胳膊上都套著金鐲子，竟是摀住了一只，露出了一只。他防備地盯著半兩，好似半兩下一刻就會撲上來搶金鐲子一樣。

「咳咳……你這是做啥？我說的是別人，街上的別人。」半兩揉了揉眼睛，想快快地搓走眼裡這些金鐲子，她可真的是窮瘋了。半兩不停地在心裡給自己長點兒志氣，可是，志氣這東西，可真不是說長就能長的。

這越是揉著雙眼，只需抬頭一看對面站著的珠光寶氣的小胖子，就越能看見滿天的銀子金子在飄，真真是看得越發清楚了。

她相信，只要小胖子將胳膊抬高些，這金鐲子上的花紋，她應該都能看出來。

唉，眼神不要太好使。

「妳別盯著我瞧，妳那眼神，就不是看人的。」小胖子摀得手有些痠了，他早就偷偷地打量過來，丸子和甜甜都不在這個屋子裡。此刻他進退兩難，生怕自己一個轉身，就被人撲倒了。

「本來就不是在看你！」半兩說完，才發現自己嘴稍稍比腦子快了些，總是怪自己的器官太好使了。

惹得小胖子愈加戒備地望著半兩。「妳很缺銀子？」

半兩裝作渾不在意地搖搖頭，只是眼裡心裡滿滿的都是小胖子身上的衣飾，哇，這若是換成了銀子得有多少啊！

口是心非。

「不缺、不缺，我又不買啥，缺啥銀子呢，惹得自己滿身的銅臭味兒！」半兩也不知為何，自己總能講出跟自己心意不符的話來，就好似這些話一直在自己的腦子裡。

小胖子可是半點兒都不信的，試著將手腕上套著的金鐲子扒拉出來，只是，肉肉的胳膊，任憑他倒吸一口大氣兒，也沒能將金鐲子給扒拉出來。

「你這是做啥，我不缺銀子，就是金子……」半兩深深地咽了一口氣兒，默默地給小胖子鼓勁兒。「就是金子，我也不缺，你別扒拉下來啊……真不用……你這小胖子雖說怪討人厭的，不過，也不用把金鐲子扒拉下來啊，我可告訴你了啊，討好我也沒用啊！」半兩焦急地搓著手，進行著激烈的天人交戰。

「弄不出來……」小胖子抬手擦了擦汗，金鐲子的碰撞聲，真是太美妙了些。「所以，妳也別想從我身上搶金鐲子，我要喚人的！」

「你這會不會是假的啊，要不，我咬一口試試？」半兩小聲地提議道，渾然不曾聽到小胖子的威脅。

小胖子一聽，就跳腳了。

「怎麼可能是假的！妳看看，這還有我奶奶的牙印呢！」小胖子往半兩的身邊湊近了幾步，似是想到啥，猛地退了回去。「妳說啥我也不上當！」

半兩攤攤手。「我可從來不曾說過要你的那些個俗物。」雙眼能不能聽使喚，那又是另外一回事兒了。

「丸子哥哥呢？我看妳長得不錯，雖是比甜甜長得差了一些，應該是不缺銀子的。」小胖子似是在安慰自己，覺得不跟這個可疑的人待在一個屋子裡，早撤早妙。

「你說我比甜甜長得差？你是不是胖得找不著眼睛了！你看看我不搶了你的銀子來賠罪！」半兩說著就開始挽袖子了。

小胖子一看苗頭不對，也不管會不會從背後給撲倒，奪門而出。

小胖子眼尖地看到正站在樹蔭底下的鄭老伯，趕忙求救道：「有人搶銀子了、搶銀子了！救命啊……鄭爺爺、鄭爺爺！」

鄭老伯只是閒著，手裡不知道在打磨著啥東西。一聽到小胖子的求救聲，倒也是被唬了一跳。這連搶銀子都喊了出來，這是出了多大的事兒了？只看到，小胖子頭一回如此健碩的步伐，不消一會兒就跑到了自己的身後，露出一個小腦袋，喘著粗氣。

只是幾息後，半兩的身影就已經出現在鄭老伯的身前。

「行啊，小胖子，跑得不慢嘛……」半兩叉著腰，睥睨道，好似眼裡並沒有鄭老伯這個人。也是，只要鄭老伯不出聲，就可以當做沒這個人。

這話是丸子說的，半兩向來信以為真。

小胖子喘了一口氣兒，才哼哼道：「妳要搶我的東西，我能不跑得快嗎？這可是我的命根子！」

鄭老伯打磨的雙手，終於停了下來，臉色微變，小心地將自己屁股底下的那把板凳往邊上挪了挪。

「若是有事兒，自己解決、自己解決。」楊府的一大家子，向來適應能力強，對於半兩，早就已經當做自家的一分子，都是乖孩子。倒是忘記了，小胖子是頭一回見著半兩。

小胖子半步不離地跟在鄭老伯的身後，半兩在鄭老伯的身前，兜兜轉轉。

半兩轉得有些心煩，跺著腳，怒道：「你是不是男人啊！」

鄭老伯自然知道這話是從丸子處學來的，不過，丸子向來說的是——「妳還是不是女人啊……」

「囡囡，半兩問你話呢，你好歹回一句啊，鄭爺爺人老了，禁不起你們倆在我面前轉悠……」鄭老伯虛弱地咳了一嗓子，小胖子才不情不願地露出了半邊的身子。

而半兩，則是驚恐地望著小胖子，早就已經忘了啥銀子金子了。

欲語還休。

「妳、妳真的是個女娃兒？囡囡？囡囡……」半兩好似發現啥驚天大祕密，長胖了不少的手指頭指著小胖子，上下那麼一比劃。

聽說，自己的手指頭那是虛胖。

「妳、妳才是女娃兒……」小胖子被氣得哆嗦了，結結巴巴地回應道。

「我本來就是女娃兒，還是一個比甜甜漂亮的女娃兒！」半兩攏了攏已經亂作一團的頭髮，乾脆拔了木簪子，小心地放在荷包裡。

她這才有空仔細打量著眼前的小胖子，之前，光是顧著看金子了。不忍直視。

在半兩的眼裡，只能瞧見小胖子滿身的肉和金子，這天兒都轉涼了，竟是沒能遮住這些彈出來的肉？暗暗有些挫敗感。

「妳真是個女娃兒？可是，妳會不會太胖了些？不過也是，定然是妳這臉上的肉太多了些，才遮住了眼睛，沒能瞧見我比甜甜美……如此，我便不怪妳了。」半兩有些同情地望著小胖子，眼裡的慈愛溢了出來。

小胖子雖說知道自己胖，但是向來覺得自己的眼神不錯，雖說小了點，這些都不是重點。「妳才眼睛小了，我是男人，男人懂不懂！」

「囡囡，是男人？妳確定嗎？」半兩驚呼，瞪大眼上下打量著小胖子，趁著小胖子怒叉著大蠻腰，就要上手扳開囡囡的小瞇瞇眼。

鄭老伯低頭作壁花，心裡微動，這麼丁點兒大的娃兒，這都說的是啥話呢……果然是自己老了。

鄭老伯懷疑自己是不是應該現在就端著這把傷痕累累的小板凳走人了，只是看著這陣仗，真的走得掉嗎？他乾咳一聲。「半兩，囡囡是個男娃子……千真萬確！」

半兩驚恐地揉著自己細柴似的胳膊。「囡囡……男的……不帶這麼耍人玩的，一個男娃子穿成這樣，還弄了個這樣的名兒！眼神還真不好使兒……」

半兩對小胖子說自己不如甜甜好看，始終念念不忘，這梁子可是結大了。

囡囡早就對自己的名字抗議過多回，只是，喚慣了哪是一時半會兒改得了的，他其實也是好生苦惱。這回被半兩反覆地戳到自己的傷痛，更是苦惱。

「鄭爺爺，我是來尋丸子哥哥的……」

半兩看著小胖子好似換了個人，在鄭爺爺面前乖順得不得了，很是礙眼，小聲地嘀咕道：「小哥就是最聰明的，果然這世上變臉怪最多了……」

囡囡胖臉一紅，暗道，眼前這女娃兒可是半點兒都不可愛，跟他娘說的女娃子都不一樣，太、太不要臉了……

「哦……原來囡囡是來尋丸子的啊，丸子跟甜甜去了後院，你趕緊去瞧瞧吧！」鄭老伯長鬆了一口氣，他實在是沒啥帶孩子的經驗，特別還是劍拔弩張、一觸即發的局面。

囡囡客氣地道了謝，挑釁地看了眼半兩，嗖嗖嗖地跑遠了。

囡囡倒是以為自己是嗖嗖嗖、靈活地跑遠了，可在半兩的眼裡，好不寒顫。

「鄭爺爺，他，是不是瞧著讓人不忍直視？」半兩小心臟撲通撲通的，生怕小胖子一不留神踩到了自己的衣襬。

囡囡的奶奶，本就只是一個地道的鄉下婆子，對囡囡的疼愛不假，自家又是開了家成衣鋪子的。只是一向省吃儉用慣了，本著小孩子家家長個兒快，囡囡的奶奶一向將囡囡的衣裳做得大大的，以確保能穿個幾年，更別說還有收邊了。

可是，總是事與願違，囡囡以勢不可擋之勢橫向發展著，就是留了再長的下襬都是無用。

囡囡的娘，嬌兒，是個美人兒，就是生了囡囡之後，也仍是個美人兒。她雖說是克制著囡囡的飲食，但是擋不住囡囡在家中的地位，回天乏力。

對於半兩的問題，鄭老伯真不好回答，總不能倚老賣老吧？「妳不去尋他們？」說及此，半兩就有些委屈，低著頭，默默地往回走。「小哥讓我在屋裡玩兒，若是我不聽話，小哥要生氣的，這可了不得了……」好生落寞。

田慧正扶著肚子，一手握著筆，正在潑墨練字，這麼些年，田慧也養成了每日有事無事都練練字的習慣，楊立冬但凡是有空，都會陪著田慧一道兒練字。

田慧的字，隱隱有超過楊立冬的趨勢，這讓她好不驕傲。

圓子不知道何時冒了出來，端著一碗粥，放涼了些，正是能下嘴的時候，見著田慧停了筆，才開口道：「娘，您歇會兒。」

田慧本能地想用手去遮字，看著圓子似笑非笑的眼神，這些年，她的字被這小子看到的也不少了，羞恥心啥的早就已經不管用了。

田慧放下筆，端過粥，揚了揚高傲的腦袋。「若是要看字，看你爹寫的字就成了……你們三兄弟，你的字向來是最好的，給你爹點評點評？」

圓子忙道不敢。「娘，兒子可是好心地端了粥給您，您可不能陷害孝順的兒子，也就娘會覺得爹向來無害。」

圓子可是絲毫不介意在田慧的面前，說說他爹的壞話，反正田慧也不會轉個背就去跟自己的相公告兒子的狀。是以，但凡是不過火，儘管說，就是了。

「你爹本來就無害，你若是有膽子，跟你爹說去。你娘我啊，還有好戲看了哦……」田慧樂不可支，左右她不會無聊著就是了。

田慧也樂得見著父子幾人相處融洽。

楊立冬，是個難得的好爹，好得都讓人忘記了是個後爹。

「娘，您還是趁熱喝粥吧，我可只想做個孝順的兒子。」圓子在田慧的面前，話多又狡黠。

田慧向來就沒有食不語的習慣，就算是楊立冬糾正了多年，也始終是改不過來，便由著她去了。楊立冬也只是在田慧有了身子的時候，才想著糾正這習慣，生怕她嗆著噎著了。

「娘知道你乖，還不行嗎？」田慧倒是欣慰，圓子向來讓她放心。「團子呢，這來年就要考舉人了，這怎的每日都見不著人影？」

圓子搖頭不語，圓子私底下倒是有訓過幾回，不過，好似都不管用。楊立冬也讓圓子只安心念書，照顧著他娘，團子的事兒有他處理。

「你做大哥的，也管教管教，這小子向來沒啥心眼，若是被人哄了去，給惹了禍，那可真是了不得了……」田慧擔心團子久矣，只是自己臨盆在即，卻也是分不出心來去弄個清楚。遇上這父子幾人，又是推來推去的主兒，好不氣悶。

「娘，您這是怪我這個做兒子的嗎？」圓子委屈地道，拄著下巴，微微撒著嬌。

這副局面越來越常見，也不知為何，圓子越來越習慣在田慧面前撒撒嬌、耍耍賴，越活越回去了。

「說吧，又有何事要求娘了？」田慧說話的間隙，半碗粥已經下了肚。「可有給半兩送去？這丫頭可真是太瘦了些，可憐見的。」

「福奶奶這會兒應該去尋人了吧，小孩子家家難不成還能餓著自己，半兩瞧著可不像是會假客套的，說來也奇了，南下鎮的小乞兒都是這樣的性子？」圓子這話說得還有些委婉了，半兩自打進了楊府，好似楊府本就是她家似的，可偏偏卻不惹人厭煩。家裡多了個嘰嘰喳喳的小丫頭，倒是熱鬧了不少，他娘的笑，也多了不少。

「都是可憐的孩子，哪曉得這麼多的道理，不過難得是丸子，竟是將這丫頭管得死死的，這才幾日，半兩就被丸子給帶壞了。」田慧喝了粥，將碗推到一邊，她知道，一會兒過後，每日的湯藥就要送來了。

這些年，丸子在軍中學了啥，圓子自然是一清二楚，不過，小孩子正是好學的年紀，可是不管好的歹的都學了一通。

這讓田慧時常感慨，兒大不由娘，深深的挫敗感。

「半兩那丫頭可是精著呢，跟丸子湊到一塊兒，別狼狽為奸就不錯了，咱還是偷著樂吧。」圓子現在就是偷著樂，丸子這使喚起人來的本事，可是半點兒都和他的年齡不成正比，現在多了個半兩，可算是清靜了。

只是，讓團子給溜了……

楊二柱的事兒，在死者的家屬變了證詞後，就被放了出來。而同時，楊二柱賠了不少的銀子，儘管他一直認為自己鋪子裡的東西是沒有問題的。不過，鋪子的生意，卻是受了影響。

劉氏倒是勸說楊二柱回楊家村去種種田，打理打理田地，等風頭過了，再來開鋪子也是一樣的。不過，楊二柱若是這種心氣兒，也不會跟家裡頭鬧得不可開交。

楊立冬也出了不少的力，只是不能擺在明面上說。

這日，天兒挺好的，典型的秋日，秋高氣爽。

楊立冬碰巧出了門兒，說是親自逮團子去了，田慧老神在在地坐在院子裡，等著他揪著人回來。夫婦倆早已經商議好了，等團子回來，啥話都不多說，就胖揍上一頓再說。

只是，哪曉得，這人沒有等回來，卻來了不速之客。

「慧娘，外頭來了兩個大著肚子的，正在門口吵吵嚷嚷……」福叔有些艱難地道，他實在是有些說不出口。楊府向來沒有這種女子鬧事兒，這會兒，巷子口可是圍了不少人，就連衙役也出動了幾個，竟是驅趕不走湊熱鬧的百姓。

人人都有一顆八卦的心，更何況，這一看就是了不得的八卦。

福叔難以啟齒，不過福嬸卻是沒那麼多的顧慮，噼哩啪啦地將門口發生的事兒，三言兩語地道了出來。「這門口都鬧著呢，這是要請人進來？」

「可說了是尋誰的？」秦氏還不曾出去過，光是聽著門外的動靜，就知道這事兒鬧得不小。

「我？」田慧舉著有些臃腫的手指，指了指自己。

福嬸點點頭，她也知道這事兒不該來勞煩田慧的，只是，這府門口鬧出那麼大的動靜，田慧早晚也會聽見，可偏偏楊立冬出去了。「也不知道這人是不是趁著冬子出去了，才尋過來鬧的！」

咯噔。

「先將人安置在前院，等等冬子哥回來。」田慧仍是想等著楊立冬帶著團子回來，問清了事由再去前院審問。鬧上門來的，哼！

直到田慧用了點心，換了一身衣裳，楊立冬還不曾回來，她知道，楊立冬怕是也被拖住了。

楊府沒有下人，就連鄭老伯都領著門房的父子倆去外頭尋楊立冬了。

「娘，咱們去瞧瞧吧，這人都鬧起來了。圓子，你去范府，跟你范姨借幾個得用的婆子來。」田慧的日子順風順水慣了，但是向來為母則剛，最好別是衝著團子來的。

秦氏不放心田慧的肚子，不過田慧執意如此，秦氏竟是攔不住的。「娘，不瞞妳說，冬子哥若是在南下鎮，怕是應該被尋回來了……」

思及此，田慧的心沈了沈。

「說不得是被絆住了，娘曉得妳擔心團子，不過，這挺著肚子找上門來的定不是啥好東西！別被人唬了去，妳放寬心啊，咱要信團子，這小子雖說貪玩，但絕不會惹出這種事兒的。」

田慧點頭不語。

「福奶奶，您去范府吧，我看著娘。」圓子不肯聽了田慧的話，總感覺今日的事兒不大妙。

啪！

「如今我的話就已經不管用了！圓子，你去范府！」田慧猛地拍了桌子。

圓子固執地站著不肯動。

半晌，田慧才嘆了一口氣兒。「你這小子，內宅的事兒，你一個半大的小夥子杵著像啥樣子！這麼些年，娘可是在誰的手裡吃虧了？」

福嬸拉著不情願的圓子，出了屋子。

「娘，好了，您看，咱幾人去瞧瞧？」

屋子裡瞬間安靜了不少，田慧扶著椅把手站了起來，頗為爽利，只是挺著的肚子，卻絲毫不像那麼個回事兒。

秦氏伸手扶著田慧，拍了拍田慧的手背。「都是娘沒用，這麼點兒事，還得妳挺著個大肚子，若不然，就讓衙門的來給打了出去？左右咱家是不認的！」

也不知道是故意忽視的，還是忘記了，誰都不曾告訴田慧，兩個挺著大肚子的姑娘家是孿生的姊妹。

「見過楊老夫人、楊夫人……」兩人緩緩地福了福身子。

田慧並不知道這是從哪兒瞧出來的大肚子，明明還不曾顯懷，就已經鬧得這般厲害。田慧的耐心向來不大好，看著眼前的兩姑娘家這番作態，更加沒啥好心情。

「人妳們見著了，妳們若是有想說的，就說吧……」秦氏看著眼前的兩個姑娘家，各自帶著一個丫鬟，都只是十幾歲的妙齡女子，怎就生出了這般大的膽子，鬧到了楊府門口來，若說是沒人指使，就是連秦氏這個老婆子都不信了。

「老夫人，不知道二少爺是不是在府裡？二少爺見了我們姊妹倆，自然就都清楚了。」說話的是姊姊，雖說只是站在那兒，白皙的雙手卻是摀著肚子，想讓人不注意她的肚子都難了。

田慧揮揮手打斷了說話的姑娘。「就這事兒？行，等我那兒子歸來了，妳們留個信兒，我讓我那兒子上門瞧著去便是了！」

「姊姊，不可啊，若是楊二少爺再也出不來了，那妳可怎麼辦啊？」

田慧挑眉，原來不是孿生姊妹都有了身子啊……

秦氏鬆了一口氣，私心裡仍是不認為團子能做出這事兒。

姑娘家的故事才剛剛說得興起，不過是才子遇佳人的戲碼，不過這類戲碼，注定得不了啥好結局。姊姊欲語還休，妹妹巧言補充，天衣無縫。

「喲，我倒是頭一回瞧見，還有人來楊府鬧事兒呢，自打哥兒幾個大了後，這楊府的門檻都快被踏平了！」門口響起了范夫人爽利的聲音，毫不掩飾話語裡的蔑視。

田慧摸著肚子，腰間隱隱有些痠意。

「妳看，我可是越活越回去了，這麼些事兒都得讓妳來給我收拾收拾了……」田慧站起來，不等田慧迎了出來，范夫人就一把握住了田慧的手，只道讓她寬心。

「我這是聽著動靜兒，就趕了過來，恰巧在路上遇上了圓子和福嬸兒，這不就一道兒過來了？萬幸的是，還趕得及！」范夫人原本也只是隨身帶著婆子，並不曾帶著多少人手。

不過福嬸早就得了田慧的囑咐，這才在路上耽擱了一些時間。

「也就是妳心善，若是我，哪用得著跟這些人廢話，二話不說地就命人打了出去！」范夫人說這話的時候，並不曾避著面前的主僕四人。

「夫人，我們姊妹倆都是良家子，清白之身。此番上門，也只是來尋二少爺的，只是沒承想，會鬧得這般大的動靜。我家雖說比不上楊府家大業大，但是我爹，好歹也是個秀才老爺，我們姊妹倆也是認得幾個字的。若不是走投無路了，也不會想著來投奔楊二少爺的。若是、若是楊夫人不能容我，還請楊夫人放了我妹妹出去，我，隨楊夫人處置。」

「這屋子裡可是沒半個男人，妳這副模樣裝給誰瞧呢，嘖嘖嘖，這身段，若說是那青樓女子，也不遑多讓啊，倒是真真可惜了。」范夫人早就知道了田慧的心意，對付這種女子，她有的是手段。防老范，防小范，范夫人早就總結了不少的絕招。

「來人，統統給我打了出去！別對著臉砸，人家可是靠著這個吃飯的！」范夫人一聲令下，早有蠢蠢欲動的婆子拿著大棒湧了進來。

楊府大門一開，果然，遠近都圍滿了不少湊熱鬧的百姓。

「我看妳們姊妹倆是窮瘋了吧，前幾日還上城東的劉府鬧騰了一回，怎麼的，趁著今日楊將軍不在，這就盯上了楊夫人？知道楊夫人挺著個大肚子，就挑軟柿子捏？這南下鎮的，誰人不知道，楊夫人最是心善，在南下鎮可是給不少人瞧過病的，那些分文診金不取的，都不在少數。咱都來瞧瞧，這是誰家的姑娘，還說是秀才老爺家的閨女！真真是極不要臉面的。」

范夫人身旁一個得力的婆子大聲罵著，將事兒的原原委委都索利地罵了出來。

這婆子在范府向來是罵遍無敵手，這回可是派上了用處。

還不等彎生姊姊撲倒在楊府門口，就已經被眼尖的婆子給架住身子，哭訴無門地給架走了。

這原本精心安排的鬧劇，就如此收了場。

「妳別這般瞧著我，我這是經驗多了去了，我家老范，別看他五大三粗的，當初也有不少這種良家女子貼上來。等老范老了後，小范們的行情又好了，這不，眼下可算是清靜了不少，媳婦自己會管了去。」

秦氏卻是頭一回見著。「那這人呢，弄到哪兒去了，會不會出人命？」

「出人命？哪能呢，這種人可是最愛惜自己的命了，我讓人架著去衙門了，去衙門裡住幾日！」范夫人果真是經驗老道。「等一會兒楊將軍回來了，你們再商議著辦就是了。不過我托大一句，這種人可是留不得！」

一直等到日頭漸西，楊立冬還不曾回來。

福嬸早就做好了飯，不知道該不該繼續等著。

楊府裡，寂靜一片。

「不等了，咱先吃吧……」

第七十四章 不順

直到暮色西沈，巷子口恢復了寧靜，楊立冬才駕著一輛馬車歸來。

鄭老伯早在城門口等著了，百般打聽下，才知道楊立冬是出了城了，鄭老伯就在城門口等著，直到這會兒才回來。

「先將團子給弄下去，今日的事兒，鄭老伯都已經跟我說了。」楊立冬二話不說地背了團子下馬車，往後院去。

田慧並不曾迎了出來，只是坐在待客堂裡，安靜地坐著。

楊立冬放下團子，就被圓子和福叔扶著團子坐在了椅子上。「娘，讓您操心了。」

楊立冬早就幾步竄到了田慧的身旁，不避著屋裡人，緊緊地握著田慧，正欲將來龍去脈說個清楚，就被田慧搖頭打斷了。「你只需跟我說說，是不是這小子果真在外頭闖了禍？」

「不曾，咱的兒子，不是妳想的那樣，並不曾碰過那兩個女子，只是訛上了咱兒子。」楊立冬自然是看到了田慧的臉色蒼白，急急地解釋道，手不由握得更緊了些。

「如此，我便放心了。只是，我怕是要生了……」話落，鬧騰了一日的楊府，又是人仰馬翻。

誰都不曾想過田慧會早產，就算是半個月後的產期，也是梅御醫提前算定了的，可終究還是提前了數日。

楊府並不曾接了接生婆，雖說是早就定好了，那也是定在十日後的，並不知道今日會不會趕巧了……

田慧也不是頭一回生子了，只是，今日卻是有些突然，楊府上下都是惴惴的，忙進忙出。

團子因著傷了腿，只能在屋子裡乾著急。趁著沒人的時候，眼淚撲簌簌地掉，卻是無人顧及得到團子。

「二哥，我看你惹禍了吧，娘今日可一直都是冷著臉的，就是大哥哄著娘，娘都不曾笑一個，我就更不管用了……」丸子攙著半兩爬上了團子身旁的兩把椅子。

楊府裡一片忙亂，只趕著丸子和半兩自己睡去。

「二哥，你說，娘會沒事吧？我剛剛看到福奶奶端出好多血……」經過產房晃到待客堂，不知道已經過了多久，但是丸子的眼前仍是那一盆盆的血水，還有他娘壓低了嗓音的喊聲。

他竟是聽不出來，他娘有沒有哭！

「都是我不好，我讓娘擔心了，要是，我回來得早些……」在馬車上，團子就被楊立冬給揍了，腳上的腿傷也只是因為本能地想逃脫給扭到了。

「哼！」丸子扭頭不搭理團子，這個二哥，他一向黏得緊。只是，今日不想搭理他，雖然他看上去也有些可憐。

這些日子，團子竟是迷上了外頭推杯換盞的生活，日日不得閒，日子久了，竟是被有心人給盯上了，是以，才有了那兩女子挺著大肚子，上門賴著不肯走。

「為何梅御醫現在還沒有回來？這都已經好幾個月了……」丸子回想著產房裡捧出來的一盆盆血水，想起了梅御醫。

哇……

「生了、生了，恭喜楊將軍……」

團子趁著兩小傢伙回神過來的時候，就聽到接生婆抱著尚在襁褓中小聲啜泣的小娃兒。

「生了啥！」丸子一聽，早就丟下團子跑了，扒拉開擋著的楊立冬，踮著腳尖往襁褓裡瞧。

接生婆被嚇了一跳，抱著襁褓的手給抬了抬。「我的小少爺啊，你可小心著些，這裡頭可是你的小妹妹呢！」

「小妹妹？」丸子小大人似的皺著眉頭。「我早說過了，我要個弟弟的，爹，要不，讓娘再生一個？」

啪！

「別鬧！」楊立冬想也不想地一巴掌下來了，好不容易求來了個嬌滴滴的閨女，說啥他都不換的。

「慧娘如何了？」楊立冬小心地抱過，福嬸早就將準備好的荷包遞了過來。

接生婆謝過，偷偷地捏了捏荷包裡的銀子，掩飾不住笑意。

「不好啦……血崩、血崩……」

哇……

田慧安靜地躺在床上，臉色蒼白，若不是還有口氣兒……

那日，險險地止住了血崩，田慧就睡了過去，不曾醒了過來。

不管餵藥、餵粥、擦身子，都是楊立冬手把手來的。

梅御醫走之前，就留下了一劑藥方子和三粒藥丸。「若是我趕不及回來的話，說不得這些東西能派上用處。」

而田慧，卻好似在作夢，卻是怎麼都醒不過來。

煙霧濛濛，田慧已經在這裡轉了三天，耳邊總能響起楊立冬的嘆息聲，她想出去，只是兜兜轉轉，卻是怎麼也找不到出路。

她這是迷路了？

「妳是誰？」

「我？我不過是一縷孤魂，妳又是誰？」

田慧看著濃霧中的那人，有一種難以言喻的熟悉感。「我不管妳是誰，但是我想出去，我的家人需要我！若是一口薄棺將我給裝殮了，我就是想出去也無用了！」

田慧越想越急，按著南下鎮的風俗，不過停放幾日，就要下葬了。

「我是慧娘，妳也是慧娘……呵呵呵……好巧的緣分吶！」

氣氛，有些詭異。

「妳、妳就是慧娘？」田慧突然感覺到了一絲寒意，從赤著腳的腳底板傳了上來。

格格格……

「是我呢，妳說，我怎麼就沒有妳的命好呢？這麼個破身子，想不到還真能被人過下去，看來一直都是我錯了，錯得離譜……」

喃喃自語。

不管田慧如何再問，坐在石桌旁的那個慧娘，只是低著頭，喃喃地說著自己錯了、錯了……

一連幾日，都是如此，田慧心急如焚。

「妳倒是說句話呢，我怎麼才能出去？若是妳有啥遺願，說不準我還能幫忙呢！」田慧說了幾句，口乾舌燥。但是田慧總覺得，這個慧娘能幫自己。

楊府大門緊閉。

不過，與田慧想的不一樣，只要田慧有口氣兒在，楊立冬就不會將她裝殮下葬。

田慧生的小閨女，楊立冬取了個小名兒，喚作豆子。

小小的、皺巴巴的，就是哭起來，也只是小聲啜泣，跟隻小貓兒一樣。

當晚，秦氏做主就請了個奶娘，不過這小豆子卻是怎麼都不肯吃，直到後來哭得累了、睡著了，才閉著眼吧嗒地吸起來。秦氏總算是鬆了一口氣，只是又犯難了，若是每回都等哭累了才肯吃奶，這小小的身子骨哪禁得起折騰。

這可是田慧拚死生下來的小閨女，豆子。

「慧娘如何了，可有好轉？豆子剛剛吃了，跟隻小貓兒似的，只吃了一點兒，我就讓奶娘擠了奶餵她自己的兒子去了。」只幾日，秦氏就已經憔悴不堪了。

「要不，給豆子改個名兒，這豆子小小的，吃得就少……」秦氏考慮了好幾天，只是這般下去也不行啊，說不準，改個名兒就有起色了。

楊立冬頭疼不已，小豆子就被安排在隔壁的耳房，每日總會有貓叫似的哭聲傳了過來，可是田慧卻是半點兒動靜都無。「娘，您看著辦就是了！」

「包子？娘這腦子哪想得出名字……」

「包子就包子吧……就是要改，也等慧娘醒了再說吧，現在隨便喚著就成……」楊立冬無力地擺擺手，打斷了秦氏的話茬子，他知道他娘怕他撐不下去，故意說些豆子的事兒來開解他。

「你去看看包子，我幫你看著慧娘會兒，娘也有話跟慧娘說……」秦氏擠開了楊立冬床前的位置，推著楊立冬出了房門。這幾日，不管田慧是否醒著，楊立冬都是跟田慧同吃同住。

乍一出房門，楊立冬忍不住用手遮住雙眼，有些刺眼。

秦氏坐在床沿，替田慧掩了掩被子、攏了攏頭髮。

「慧娘啊，妳說妳啊，睡了那麼多日也應該醒了。妳該起來瞧瞧了，這個家啊，就因為妳這樣子睡著，都快散了啊……豆子，不，現在是包子了，包子是個閨女，妳千辛萬苦生下來的，每日都不肯吃奶，只肯尋著妳這兒睡會兒，再這樣下去，我都不敢想了……

「圓子雖說每日地捧著書，只是，就是我這個不識字的老婆子，都能看出來，這書一捧就是半日，竟是連翻頁都不曾……

「團子這小子，這幾日已經不知道哭了幾回，不過到了妳的屋子卻是不敢哭了，生怕惹了妳的厭煩，竟是連哭都不敢了……

「丸子和半兩，都有好好地照顧著包子，逗著包子玩兒，總說妳只是睡著了、累了，讓包子別吵著妳……

「我那兒子，妳的相公，向來就是一根筋的。這幾日哪兒都不曾去，就守在妳的床前，癡癡的，不說話，總是怕吵著妳了。若是不吵妳，妳又怎麼會嫌煩醒來呢？這小子啊，怕妳嫌煩，不願意醒來了。他說妳向來不喜歡熱鬧，只喜歡清靜地過日子，他不敢多說，總說妳睡夠就醒了……唉……」

又是一聲長長的嘆息。

楊府人從上到下，都認為田慧會醒的。

她，只是累了。

阿土也在幾日前來了楊府，不過是幫著楊立冬照顧著圓子兄弟幾人，卻也只能乾著急。

錢氏每日都往城外的寺廟跑，但凡是大大小小的寺廟，都給跑了個遍，許了不知道多少願。

梅御醫留下的三粒藥丸子，楊立冬已經給田慧吃了兩顆，瓷瓶裡還躺著一顆，不知道這顆藥丸子該何時給田慧吃，若是吃了，就沒了……

看著大門緊鎖的楊府，剛剛下了馬車的梅御醫，暗嘆，該不會仍是晚了吧？

「田老太爺、田少爺……就是此處了……」梅御醫親自撩開簾子，扶著田老爺下了馬車。

「慧娘，妳幫幫我，但凡妳有啥要我做的，我都應了妳！在外頭，我有兒子和女兒。圓子團子，妳還記得嗎？如今都已經長大成人了，過些年就能娶親了……」田慧不知道這個慧娘關心的什麼，只能將知道的事兒，事無鉅細地說著。

「噓——我爺爺來了，還有我哥哥……」慧娘側耳，癡戀地聽著外頭的聲音。

田慧不言語，一直聽著外頭的動靜，只是心卻是提到了嗓子眼。

半晌後，外頭又恢復了寧靜。

「妳替我好好盡孝吧，當初我一心要與表哥私奔，呵呵，卻是高估了表哥的品行，將我扔在了康定城，自此不告而別。後來，身上的銀子也用完了，不知怎麼來了南下鎮，差點兒、差點兒被那幫子乞丐給糟蹋了，不想楊老三出現了，他救了我，我就跟他回了楊家村，後來，呵呵，男人都一樣……哈哈——」

慧娘說著、笑著，影子漸漸淡了……

「但願，妳這一輩子都能這麼幸福下去……」

悠悠轉醒。

田慧看著屋子裡滿滿當當的人，輕輕地掃視了一圈，好似看到了一個熟悉的老頭兒，回頭，又看了一眼。

然後，就是楊立冬，只幾日，就好似老了不少。

她眨眨眼，舔了舔乾涸的嘴唇。

秦氏才剛倒了碗溫水，就被楊立冬劈手奪了過去，小心地用棉花沾著，在田慧的唇邊潤了潤，一如之前。

梅御醫將搭在田慧手上的手收了回來。「醒了便好，先喝點兒薄粥……」

「慧娘……爺爺來晚了……」

田慧自從醒了過來，就知道有些東西不一樣了，那個慧娘，將那一縷羈絆都留給了她，她繼承了慧娘的那點兒記憶……

這個白髮蒼蒼的老翁，帶著絲熟悉的藥味兒。「爺爺？」田慧在夢境中，就已經知道，這老翁是自己的爺爺無疑了。

「噯，乖孫女兒，妳還認得我，認得我就好，我這把老骨頭，總算是找著妳了，我也對得起妳死去的爹娘了……」田爺爺哭著笑著。

「妹妹……」

「好了、好了，咱不急著這一時兒，看你妹夫的臉色，恨不得將咱趕了出去……」田爺爺笑罷哭罷，從田少爺的手裡拿過一個瓷瓶。

「這趟出來才帶著這麼一瓶，只有五、六顆，先給慧娘吃一顆吧……」

田爺爺也已經在楊府住了兩日，在看到田慧的第一眼，他就知道這是他的孫女兒，這個錯不了。

梅御醫原是北上尋京城南郊的田府，田府世代行醫，卻是從不入仕，數十年來，只怕是京城的人都已經不知道京城南郊還有一座田府。

田府並不算是達官顯貴，只是京城南郊一家不怎麼起眼的富戶。田府裡的主子，也只是屈指可數。田爺爺是大房，與二房的田二爺住在一道兒，並不曾分家，倒也和睦。

田府主子少，即便是兩房同住，也並沒有多少子嗣。因為，田府世代少子少孫，如田慧這般生了三子一女的，可算是田府的頭例。

說來也怪，田府的女子，隨著生子的次數多了，身子骨就越發不行，血虧之兆，藥石無效。這麼多年來，經過歷代田家人的研製，總算是有藥丸子能救治。不想，今日卻是救了田慧的一命。

田家祖孫倆，因著不放心田慧，自是在楊府住了下來。

第七十五章 身世

「姑母、姑母……」

田慧正在屋子裡坐著，曬曬太陽。她已然出了月子，不過，秦氏不放心，仍是拘著田慧在屋子裡，逗逗包子。

如今的楊府，多了個乳娘，專門奶包子的，田慧就算是想親自奶包子，也無法。本就是氣血兩虧，奶水自打醒來後就不曾擠出一點兒來。

養了月餘，包子已經活脫脫似顆包子，皮白肉嫩的，看著就想咬兩口。

田慧回頭，看著倚在床邊的半兩，拿著個鈴鐺逗著包子玩兒。「姑母、姑母，包子餓了……」

屋子裡並無旁人，田慧熟練地揀了塊洗得白白的棉布，給包子擦了屁股，又墊了一塊乾淨的尿布，由著包子蹬著腿兒玩兒。

逗弄了一番包子，田慧隨口問道：「半兩，不跟著妳大曾爺爺回京城嗎？」

雖說不曾見過半兩，但是聽她爺爺說，半兩是她二爺爺的曾孫女，本是跟著她娘南下，祭拜姥爺，沒承想卻是苦苦等不著回信兒。這可是急壞了田府上下，出動了不少人手，卻是依舊尋不到人，就是連半兩的娘親都不曾尋到，不知道發生了何事。

田爺爺乍一聽聞，也只是嘆了口氣兒，嘆道：「這事兒怕是也只有半兩曉得了，若是她不願意說，就罷了吧，別再追著問了。我已經去了信兒，讓二弟他們別再四處尋著去了。」

眼見著就要過年了，田爺爺祖孫倆也不得再耽擱了，定了明日的歸期。

半兩的手僵了僵，捏了包子的襁褓一角，只是低著頭，並不言語。

「唉……」田慧嘆了口氣，攬著半兩單薄的身子，搖搖擺擺地晃著。

半兩僵著身子，怯怯地道：「姑母……」

「好孩子，若是想住著就住著吧。當初妳不是我的姪女，都能住在這兒，現在我都是妳姑母了，想住多久就住多久吧……」田慧也並不多說。

「真的可以嗎？」半兩揚著蒼白的小臉兒，難以置信道。她的屋子裡，早就將包裹給準備好了，就是丸子，也送了她好些寶貝兒。可是，她並不想走，她並不想回去……

第二日。

「爺爺……」這幾日，看著眼前的老翁，田慧總有一種難以抑制的悲傷。「當初都是我年輕氣盛……」

「慧娘啊，都過去了、過去了……看到妳好好的，爺爺也了無遺憾了……」田爺爺自是知道田慧要說啥，只是，這麼多年都過來了，田慧也吃了不少的苦，好不容易有了這般日子，他真的沒有別的期盼了。

「若是身子好了，就去京城，咱爺孫幾個，也能好好地說說話。若不是眼見著就要過年了，府裡頭沒人主事兒也不成。」

田府，原只是南方的一個醫藥世家，不大不小，卻也享有一方盛名。子嗣不多，卻一向是一團和樂。

原以為日子便是這番過下去了，只是，誰能想到，田慧父親的小妹，向來喜女扮男裝，據說醫術也有一手，就是在西南的軍營也是小有名氣。

如今，田父的小妹，在京城做著武王府的老夫人。當初，田慧的這位姑姑，還只是個二夫人，只是無奈造化弄人，武王府的嫡子嫡孫早在那幾年新帝奪位中死的死……

當年的二夫人，雖說如今做了老夫人，不過，卻是大門不出，二門不邁。

因著多了這麼一門貴親，田家雖說只是在京城外郊，卻是沒少受人矚目。再說，帶著慧娘私奔的表哥，本就不是慧娘嫡親的表哥，而是家道中落尋求田家庇護的那麼一門遠親。

許是看清了這個表哥的為人，田府上下自是不同意，偏慧娘一門心思地栽了進去，沈浸在表哥編織的美妙世界中無法自拔。最後，流落到了楊家村，嫁給了楊老三這個賭棍……

就是田慧聽起田爺爺說起過往，也忍不住唏噓。

至於那門遠親，早被趕了出去，也不知去向。

送走了田家祖孫倆，楊府的日子依舊是平淡地過著。只是，好些都不一樣了，團子好似突然間長大了，性子跟圓子相近了不少。

而楊立冬也大都待在楊府，田慧總笑鬧著。「你這般年紀輕輕就想著告老還鄉了？咱可是說好了，來年，還要去京城尋兒媳婦的。」

不管田慧如何笑鬧著，楊立冬都只是笑著點點頭，並不反對，然，卻依舊我行我素，大多的時候都待在楊府，看著田慧逗逗包子、教教半兩醫術……

時間一晃而過。

整個楊府，一團忙亂。

田慧近乎一年不曾出門，而京城，隔三差五就有船隻往康定城來，到碼頭後，改成馬車，直奔南下鎮。

而楊府忙碌，則是因為楊府三子趕考歸來，面色疲癒，而阿土索性則是癱倒在馬車裡，還是楊立冬給揹了下來，好些手忙腳亂。

「怎麼弄成這樣了？」秦氏也是頭回見著這副場景，三年前的那回鄉試，阿土並不曾回南下鎮，只是在康定城的石頭宴裡住著，阿土娘足足照料了兩日，阿土才算是喘過氣兒來。

這回鄉試，因著阿土自打田慧昏迷了後，阿土就一直待在楊府，幫著照料一家子。雖說楊府閉門謝客，不過仍有些避不了的，而楊立冬父子幾人，無暇兼顧，一門心思地撲在田慧的床前。

而秦氏與福嬸三人，光是照顧小的就得費上不少心力，又是熬藥，還得顧著剛出生的小包子，生生愁白了髮。

阿土雖說只是田慧的乾兒子，不過阿土打小就住在楊府，田慧待阿土向來視如己出，楊立冬父子幾人實在是無心於瑣事，阿土照顧著兄弟幾人的同時，兼顧著應酬避不開的鄉里鄉親。

這一年裡，阿土並不曾去過康定城，有的也只是，阿土娘在康定城採買了大包小包，來楊府看望田慧，順帶跟兒子親香親香。

若不是康定城的「石頭宴」鬧不得，阿土娘早就跑了回來。

小包子，如今已經有兩歲了，走得早就穩穩的，若是跑起來，就不好說了……

小包子小身子一擠，扭著扭著就擠到了秦氏身前，踮著腳往馬車裡看。

「擠啥咧？腦袋子收收……」田慧低頭看著小包子鼓著臉，伸手捏了捏小包子的臉頰，將人往邊上帶了帶，生怕這人多被擠著了。

「娘、娘抱……看哥哥……」小包子伸開手臂，就要田慧抱著看。

個子小，也是苦惱不少。

圓子三人中，就數團子精神頭最好了。

「來，二哥抱！」團子伸手就將小包子從後背抱了起來，月餘不見，這包子，餡兒又多了！團子掂了掂手裡的分量。

小包子伸手圈著團子的脖子，嘟著嘴，就是吧唧一下。

「你別慣著她，累得緊了吧，趕緊放她下來，快去洗漱下歇一會兒。」田慧看著團子眼下一片烏青，自是早就聽說了這鄉試就是受罪。

光是看阿土那模樣，就知道受了不小的罪兒。

「奶奶抱，咱包子乖，別纏著妳哥哥，妳哥哥這一路可是乏了……」秦氏欲從團子身上將小包子給扯下來，小包子哪肯依了，牢牢地圈著團子的脖子不撒手。

「奶奶，無事兒，馬車上歇過一陣了。再說，也不咋累，就是那麼窄的地兒，夜裡睡得不大舒坦。」團子雖說瞧著臉色不大好看，不過精神確實還不錯。

秦氏聞言，也就由著她去了。

田慧看著團子兄妹倆親熱的勁兒。「團子，你該不會那幾日都睡著過來？根本就不費啥腦子吧？」

團子嘿嘿一笑。「娘，您又小看了我不是，怎麼說我也不是混日子的，不過，左右就是看運氣嘍……」

身旁的圓子聞言也只是一路跟著走著，眼裡帶著笑意，並不搭腔。

「那阿土呢，怎麼會累暈了？」

馬車一停下來，就見著楊立冬揹著阿土下馬車，可將這些人給嚇了一跳，幸虧看著團子是自己跳著下了馬車的，可算是鬆了一口氣兒。

秦氏這會兒才有空問出聲兒。

「許是阿土哥這些年都在書房念書，身子骨自然不如我了，不過聽說上回並不曾這般，也不知道這回為何如此……或是壓力太大了些？」團子湊近聞著小包子身上的奶香味兒，狠狠地吸了一口氣兒。

秦氏樂了。「難不成你這回考試啥的，半點兒壓力都不曾有的……行了，我也不想做啥舉人奶奶嘍……」

「別啊，這不還有哥哥嘛……奶，靠我靠不大住啊！」小包子伸出一隻小胖手，摀住了團子的嘴，團子在小包子的手指縫裡飄出幾個字兒，焐出的熱氣兒癢得小包子格格直笑。

也不知為何，團子的性子，讓幾個小的，都格外喜歡黏著團子。

丸子仰著頭，正看見小包子銜著他吐舌頭，這就是挑釁？還是爭寵？

丸子瞪了眼小包子，甜聲問候道：「二哥，帶了啥好東西不？」

亦步亦趨跟著的半兩，同樣是眨著雙眼，期盼地望著團子，視線在圓子團子之間來回穿梭。

楊立冬已經將阿土揹回了屋子裡，福嬸正在照顧著，待得確認了無事兒，楊立冬就尋了過來，還沒走近，就聽到這一大幫人熱熱鬧鬧地走了過來。

順手從團子的懷裡接過小包子，小包子諂媚地喚了一聲。「爹，包子好想您哦……」

馬屁精！丸子默默地唸了一句，自打這個小包子會說話後，這人話就不可信了，可偏偏這些大人每回聽著半點兒可信度都沒有的話，還樂不可支，可真是夠好哄的。

這一覺直睡到了第二日，阿土的臉色雖說仍是有些蒼白，卻到底是有了些精神，畢竟已經考過一回了。

「呼，這就算是人間美味我也嘗不出味兒來了……」團子看著滿滿一桌子的菜，搖頭晃腦。

啪！

「沒個正形！吃不下就喝點兒湯……」田慧隨手拍了團子一下，這小子但凡有半點兒精神，就鬧騰開了。

嘔……阿土扶著牆，乾嘔。

站在阿土身旁的秦氏，順手撫著阿土的背，有些著急地道：「這是咋的？好好地去考個試兒，人就變成這樣子了？真是作孽啊，咱往後都不去考了、不去考了……」

阿土一個勁兒地在乾嘔，卻是吐不出啥東西來。

圓子見狀，也捣著嘴兒犯噁心。只有團子一個人好好的，笑嘻嘻的。

「奶奶，我看著都怪心疼的……真是受罪啊，咱還是平平安安地在家就成了！」丸子這些年，可是沒少挨先生的戒尺，也虧得他皮厚肉糙，要不然可真夠受罪的。

一聽秦氏這般說著，丸子想也不想地附和著，這家裡頭的哥哥都是秀才，他這個壓力已經夠大了，若是考了舉人，他這肉乎乎的雙手，不知道還得挨多少下戒尺，想都不敢想了，真不是人想的。

「別作怪！」楊立冬瞪了眼丸子，丸子暗道可惜，只得乖乖地閉了嘴。

至於可惜，自然是可惜他爹在場，否則丸子可有十足的把握能說服秦氏。

小包子嫌棄場面太過「血腥」，乖乖地躲在半兩的身後，只是耳朵太好使兒了，聽到一聲聲的乾嘔，抓著半兩衣衫的小手，又緊了緊。

「奶奶，無事兒，不過是考房裡吃喝拉撒睡都在一個地兒，難免讓人受不住，誰讓阿土哥想像力太豐富了些，我不過就是隨口那麼一說湯，嘖嘖嘖……」

嘔……阿土往外奔，直到吐了清水出來，才接過秦氏遞過來的水，漱漱口。

整整一個月，阿土從剛剛開始聽不得湯聞不得湯，到後來的習以為常，待得過了一個月，也能慢慢地抿著嘴喝一小碗的湯了。

實在是無意中被團子整得慘了。

田慧甚至有些懷疑，阿土這是啥時候一不小心得罪了團子？

然而純粹是巧合。

團子這人一向神經大條，想像力啥的，壓根兒就不存在，是以，就唯獨他一個人，能笑呵呵地說著考房裡的生活，還能端著一碗湯，邊喝邊說，絲毫不影響食慾。

如此吃吃喝喝，養養身子，等著放榜之日的到來。

團子向來閒不住，只在楊府待了十餘日，借著看顧之名，就駕著馬車，領著丸子去了軍營。

「二哥，若是被娘發現了，會不會又是一頓揍啊？」丸子坐在車廂裡，掀開簾子，跟正坐在車轅上的團子套近乎，只是舉著布簾子頗為不適，索性就在團子身旁的空位裡坐了下來，留下背後空空的車廂。

老馬識途，團子只需稍加注意，由著老馬晃晃悠悠地走著。

「娘可從來不會揍人……」打從有記憶後，團子能想到的是都是他娘寵著慣著他們。

「嘖，二哥你又孤陋寡聞了！我挨了先生的揍，每回回來，娘還得揍我幾下，才肯給我上藥！你說我是不是娘親生的？」丸子苦不堪言，望著團子的神情，是一副「二哥你不懂娘」的神情，眼眼控訴。

團子不屑地看了眼丸子。「有本事兒這話你跟爹去說，敢說自己不是親生的！」

「二哥……」

「嗯？老規矩？」團子目不斜視，也不甩開丸子，任由他蹭著自己。

一咬牙。「二哥……」伸出一隻手，晃了晃。

團子看了眼，蔑視地收回眼，目不斜視。

「十兩，二哥……這從鎮上去軍營，不多那麼點時間就能打個來回的！自打你回來後，我就那麼點兒私房，早就被你剝削得快一滴不剩了！」丸子痛苦地咬著牙，求饒道。

團子這才點點頭。「誰讓你是我弟弟呢，如此，便罷了，下不為例。」

丸子肉疼得緊，猶自低著頭心疼著那些銀兩，就聽到頭頂傳來了團子的聲音。「我也是無法啊，你仗著人小，撒撒嬌就能有銀子到手，奶奶他們還搶著給你送銀子，我可是羨慕得緊啊……」

那也不能老是敲詐我的銀子啊！丸子不敢說出口，多說多錯。

老馬倒是敬業，雖說路邊野草叢叢，老馬不用人趕，依舊跑得穩穩的。

「唉，你說我可是冒著被爹揍的風險給你偷運出來的，就為了賺你那十兩銀子，現在想想可是一點兒都不值當……回頭爹若是知道了，我給你送到了軍營，這十兩銀子怕是早晚都得吐出去，還能撈來一頓揍！」團子手裡拿著馬鞭，隨意地揉搓著，只是，語氣裡不無寂寥。

楊立冬倒是真狠狠地揍了一頓團子，在田慧醒過來的半個月後，新帳舊帳一起算，揍得團子整整半個月下不了地。

「二哥……這一趟可就是十兩銀子了，你還說不值當！要不咱換換？」丸子早就在心裡盤算著這一趟回去，可得到秦氏那兒借點兒銀子耍耍。雖說，一向都是有去無回的，可是秦氏不介意！

「哼……心氣不平了？嘖嘖嘖，下回你找哥哥去吧，我可不接你的活兒了，你看看咱家除了我，誰敢背著爹娘幫你暗度陳倉，送來軍營裡……」聞言就知，這兩人私底下交易不少。

不過，都是丸子吃虧就是了，年齡擺在那兒，想不吃虧都好些難的。

丸子打了個寒顫，若是他去求圓子，說不準一會兒就能被圓子揍了，完事兒之後，他爹再來揍一頓，這事兒也不是沒發生過！

丸子不愛念書，偏偏他爹非得逼著他安分地待在書院裡念書習字，可是他總是忍不住溜了，或是闖禍……

那麼自然，回府之後就是一頓胖揍。

為了表達自己的抗議，丸子每回都要偷溜著去軍營以示自己喜武不喜文，然而，每回，都是被團子敲詐一筆。

「團子！喲，這是丸子吶，這麼小的一個兒，我還真沒瞧見呢！這腿兒可真夠短的，這一路坐過來可真夠玄的……」軍營的正門口守著好些士兵。

好巧不巧，團子才喝停了老馬，就看到一人晃晃悠悠地轉悠著過來了。

「悟哥哥！」倒楣，想不到才剛到，就被悟少給見著了。

這悟少是去年被送過來的，剛來月餘，這軍營裡老少皆知，悟少端的一副好嗓子。

嗓子好到底也得有用處，而悟少則是用這副好嗓子來罵人、擠兌人、嘲諷人，現貨現用。
不過，許是軍營裡的，大多都有自知之明，明知不是悟少的嘴上對手，便讓悟少囂張了兩個月，足足兩個月，悟少但凡是逮著人，或是看誰不爽，準是嘴上招呼了。
兩個月後，一日不多，一日不少，風少就帶著一夥兒「老人」，以多欺寡，將悟少給揍了。
真真揍趴地，兩眼烏青，身上沒一處好肉，直將人揍得哭爹喊娘，痛哭流涕。
誰想，還真的痛改前非了。
悟少，悟了！
這可是土匪窩！他爹的官兒雖說不小，但是在這個地兒可是不管用。
只是，帶頭揍他的是風小爺，打小就是抬頭不見低頭見的，雖說不是一個陣營裡的，但也算不上敵對哇……
悟少洋洋灑灑地寫了厚厚一疊的家書，哭訴著寄人籬下，被人胖揍，病臥床榻，他人酣笑……
沒承想，半個月後，他老爹回了一張紙，只四個字——好自為之。
他家老祖宗也夾了一張紙，上書，上下打點，另附上五千兩銀票。
悟少欲哭無淚，這兒可是連個十兩銀子都花不出去啊，這破地方！
自此，他已經認識到，他被「流放」了！
悟少也不知道楊將軍是從哪兒弄來的傷藥，饒是他被揍得如此厲害，只三、五天，就能下地了。風小爺幾人自然也沒有往死裡揍，沒那麼大的冤仇。

如此，被揍趴了兩、三回，悟少算是徹底地悟了。平日裡也只敢說些不痛不癢的，不過這嘴欠的毛病一時半會兒好不了，到底也只是無關痛癢的。

悟少的五千兩銀子，過了一年還得四千八百多兩。說來，花掉的一百多兩，多半都是隨著風小爺偶爾出去放放風，溜到鎮上的石頭宴裡加加餐，改善改善伙食。

悟少伸手就將丸子給抱了下來，待得站穩了，才鬆了手。

團子早就楊立冬說過，這些個大少爺本就只是來鍍鍍金、磨磨性子的，等待個一年半載的，家裡頭就會來人，將人給領了回去。左右不過都是康元帝睜隻眼閉隻眼的事兒，不過楊立冬卻是得了旨意，一視同仁，操練起來，自然是毫不心軟。

不過，說來也是怪了，早些年最早的十幾個大少爺，如今留下來的就只有風小爺了。

據說眼前的悟少也沒少往京城寄信，不過遲遲不見著將人接走。

悟少酒後才道出真相，他爹說了，若是他想回來的話，行！御史的位置給他留著。挨千刀的，他好好一個風華絕代的少爺，操著一副好嗓子，就是用來彈劾官員的家長裡短的？那可是老頭兒幹的活！

悟少死活再也不提回去的事兒，左右他府上就他一個嫡子，除非他娘老蚌懷珠！

如此想著，悟少就妥妥地跟在風小爺的後頭，安穩地坐上了二把椅，風小爺不方便出面的，都由著悟少發揮，好不自在，跟自家的後花園沒差。

今年，又來了三、四個新人。

也不知為何，京城裡的，為何總想著往這裡送人。

楊將軍可是半點兒都不會徇私的，這些人，可是打錯算盤了……

那些回京城的哥兒，也都是心思狡詐的，旁人打聽起這東邊的軍營來，都只會嘿嘿一笑，怪想念的！

不知情的，都只道是好地方。

搶名額啥的，不要太勤快！

康元帝下旨，至少三年！

嘖，就是磕破了腦袋，也要搶那五、六個名額。

「就你們兩個？該不會是偷偷溜著出來的吧？」悟少只一打眼，就知道情況不大妙，正猶豫著是不是應該溜之大吉……沒承想，嘴仍是比動作快了些許。

這是欠的！

丸子嘿嘿，賊賊地一笑。「哪兒呢，我這不是許久沒來了，想哥哥們想得慌了，就來陪哥哥們！」抬頭挺胸，可惜小個子小短腿，加上個小，一點兒說服力都沒的。

「行了，不用跟我說這許多，我走了走了。還有事兒，你們自己去吧，這地兒可是比我還熟著呢！」悟少頭疼了，哪壺不開提哪壺，若是讓楊將軍知道了，自己會不會被連累啊？

「唉喲……」

「誰！」悟少拔刀，將丸子護在身後，團子一個跳步，就跟悟少一道兒，警戒地望著馬車裡。

悟少衝著團子點點頭，握刀挑開布簾子。

「別、別……哥，是我，半兩哇……」半兩才剛剛探出半個身子，就看見一把明晃晃的刀，閃著光，好凶殘！

「半兩？」丸子探出腦袋，看著車廂裡往後縮著腦袋的半兩，身上不知何時穿上了丸子小時候的衣衫！

「半兩！妳躲車廂裡做啥？收了刀、收了刀！」團子說了半句，才想起讓悟少收刀子。

半兩看著眼前的刀收了，才拍著胸脯大大地喘了口氣兒，差點兒交代在這兒了。

「坐好！我送妳回去，娘要是發現妳不見了，我可如何跟人交代，丸子你跟著悟哥進去，我送半兩回去，趁娘還沒有回過神來。」團子有些慌亂了，弄不好真為了偷渡丸子賺的十兩銀子而挨了好大一頓揍。

啪！半兩不等團子交代完，扶著車轅跳了下來，穩穩地落地後，還拍了拍手，好不得意。

「該死的，這會兒是得意的時候？二哥抱妳上去。乖，咱回去。跟娘說過了後再來玩兒……」團子知道半兩是個女娃兒，打不得的！

半兩自打認了親後，在楊府的地位高了不止一點兒半點兒。秦氏幾個老人也稀罕這個女娃子，物以稀為貴，向來也是極寵的，更別提田慧了。

「二哥你別蒙我了，你當我跟丸子一樣傻的不成？這可不是玩的地兒，若是我回去了，還能出來就怪了！我可是來學本事的，往後若是誰敢欺負我，我就將人給揍趴了！」壯志躊躇，半兩邁著小寸步，豪邁地道。

一聽到揍趴了，不知為何，悟少抖了抖，訕訕地道：「你家小子可真多……」

白眼，瞪眼！

丸子給的是白眼，團子給悟少的是瞪眼，都不是好眼。

悟少摸了摸鼻子，還是趁早走吧。

「半兩聽話，說不得娘這會兒正在找妳呢！」好言好語地哄著，團子有一種深深的無力感，自打家裡多了半兩跟小包子後，這人跟人溝通就出現了障礙。

半兩固執地搖搖頭。「丸子可以來，我為啥不行，三十兩！我出三十兩！」半兩在車廂裡，可是聽得一清二楚，丸子才給了十兩銀子的車資，她可是多出好幾倍了。

團子腦子轉得飛速，快速地撇清了「銀子」，那銀子可是外曾祖父離開的時候給了半兩的。所以，半兩是個有錢的女娃子。

團子看著悟少走遠了，才壓低聲音道：「這不是銀子的事兒，妳是個女娃兒，這兒都是男子，不合宜！」

讓這麼丁點兒大的娃兒，懂得啥男女大防是不是早了些？只是，顧不得了！

半兩有些猶豫了，她自然知道男女七歲不同席，只是想想仍是不甘心，都到了這個地兒了，梗著脖子道：「我穿的是丸子的舊衣，瞧不出來的！放心了，二哥，我可是打聽清楚了，丸子並不跟他們睡一個屋子的。」至於她，倒是時常跟丸子睡一個屋子，並不大礙。

勸不動、打不得，團子索性就跟著半兩和丸子兩人一道兒在軍營裡待下來了，託了個去鎮上採買的火頭軍，去楊府報個信兒，左右他是不肯回去了。

尋思著，他爹晚些時候，定是要來軍營的，將半兩帶回去就成了⋯⋯

燙手山芋可算是丟了。

果真，楊立冬得了信兒，騎馬匆匆地往軍營趕。

至於團子，雖說得了現銀銀子和未實現的三十兩銀子，可是差點兒將自己給整慘了。陪著半兩二人待在軍營裡，這恰是給了他爹一個機會，操練他的機會！這還是在楊立冬的漠視下、風少的執行下，半點兒都不曾放水，每日起早貪黑地隨著將士們一道兒操練。

第二日，楊立冬回府帶了不少的換洗衣物，俱是丸子一、兩年前穿過的，特意給半兩帶來換洗的。如此，對半兩留在軍營裡，也算是默認了。

楊立冬指著空地上正在操練的士兵，軟語說道：「咱可說好了，妳在軍營裡待兩日，若是吃不得苦，妳就跟姑父回去，若是仍想跟著丸子待在軍營裡，妳就要跟丸子一樣，每日的功課都少不得。」

半兩光是聽著震耳欲聾的哼哈聲，兩眼冒著光，賊賊的，似是不懷好意。

「姑父，我曉得的，難不成您還信不過我？」半兩頭也不回地道。

楊立冬懷疑這小丫頭壓根兒就沒聽清楚自個兒說的是啥。

楊立冬瞪了眼團子。「你將這兩小的管好了！若是出了半點兒差錯，你自己跟你娘交代去！」索利地走了，燙手山芋，他可不想接。

楊立冬來之前，就得了田慧幾個好生交代。

「半兩是個嬌滴滴的女娃兒，混在男人堆裡，可別見著不該看的。」

「半兩這娃兒性子倔，可別當成丸子這種皮厚肉糙的罰了。」

「半兩歡喜吃點兒小點心，我這就收拾點兒……」

楊立冬冷汗連連。「行了，軍營裡也有軍紀，溜進去已經不是小事兒了，妳們還想哪樣！」

俱默。

楊立冬暴喝一聲，才轉身出門。不過，對著半兩那丫頭，卻是說不出重話來。

向來動手不動口，習慣了……

第七十六章　拌嘴

在軍營待了小半個月，就到了鄉試放榜的日子。

早前一日，丸子領著半兩早早地歸家了，倒是嚇得秦氏一大跳。

「唉喲喂，怎麼曬得都跟個小黑炭似的！」秦氏遠遠地看著兩人，忙不迭地拉著半兩的手，用力搓了搓，搓得半兩直哼哼。

半兩疼得給丸子使眼色，丸子原本倒是想當沒見著，只是眼神太過熾熱，火辣辣的，燒得他腦門子疼。無奈，才走近兩步，抽回半兩的一雙小胳膊，開口道：「奶！半兩細皮嫩肉的，被您搓得疼。這都是曬黑，搓不掉的，不是說秋老虎啥的不，曬黑的，統統曬黑了。」

半兩確實黑了不少，雖說沒秦氏驚呼的這般誇張，卻也不是那麼白皙了，一眼瞧過去，就能看出來，這人有黑妞的底兒。

「你唬誰呢，這秋老虎早就過了一、兩個月了，這天兒都已經涼快下來，你爹都讓你們做啥，怎就曬成這樣了？」秦氏不死心地啜泣了一聲，又抓著半兩的手臂搓。

秦氏總想著，軍營洗澡不方便，這是有半月沒洗澡了吧？這黑黑的都是泥垢，搓一搓就沒了。如此想著，便也問出了聲兒。「你們這是多久沒沖澡了？我記得你哥哥那會兒，一回來就是一頭紮進去沖了澡……」

「奶，那我們先去沖澡了，回頭跟您說！」丸子拔出秦氏手裡已經搓得黑裡泛紅的半兩的手，拔腿就跑。

秦氏看著手裡空蕩蕩的，半晌才回過神來，大喊道：「你們先去拿衣裳，我去給你們燒水！」

看著這對表兄妹拉著手跑遠了，秦氏才嘀咕道：「男女七歲不同席，該不會這兄妹倆一道兒同吃同住同洗澡吧？難不成在軍營裡真是一道兒沖澡的？」

遠遠地都能聽到丸子在「教育」半兩的聲音。

「跟妳說過多少回了，別總跟個傻老帽似的，這手兒都搓紅了，還不曉得收回來，敢情這不是妳的手了！」待得跑了好遠，直到見不著秦氏的人影，丸子才站定，鬆手，就差指著半兩的鼻子教育著。

半兩自打來了楊府，就一向是跟在丸子的身前身後轉悠著，凡事兒都跟丸子一個意思。這會兒，雖說丸子惡聲惡氣，但是半兩好賴還是能分辨出來，丸子這是關心她呢！

「小哥……若是讓姑母聽到你說傻老帽，又得挨揍了。」半兩被丸子念叨了好一會兒，才出聲道，心裡暗自嘀咕著，真是個囉嗦的小哥。

妳！

丸子原本怒指著半兩鼻子的手，僵了。

這小蹄子是恐嚇起自己了？

這若是放在以前，半兩可是只會低著頭，絞著帕子，怯怯地道：「小哥，我聽你的，往後，再也沒有往後了！」

轉念一想，才在軍營裡待了小半個月，竟是不學好了？

女孩兒本就有一副女娃樣兒，說起話來也是清清脆脆的，只過了一日，就被閱人無數的大少爺們發現了苗頭。半兩是個女娃兒，丸子半點兒都沒有瞞著，如此，倒是得了風少幾個的殷勤照顧，凡事都緊著半兩。

原道是風少家中，也有個嫡親的妹子，只比半兩大不了幾歲，打小就是他搜羅著好吃的、好玩兒的奉獻給親妹子，是以，照顧起半兩來，半點兒都不含糊。

那可真是實打實的，每日都託了採買的火頭軍，到鎮上帶些好吃的好玩的，但凡是新鮮的，都包了。

這些年銀子使喚不出去，也真夠讓他心焦的。

遂，丸子放下手，板著小臉，嚴肅道：「半兩，妳被人教壞了！」

不容狡辯。

半兩就是想替自己說說情，但是看著丸子的神情，也知道丸子這會兒不喜聽人解釋，遂、有些不安，悄悄地伸出一隻手，抓著丸子的衣襬，只當丸子瞧不見她這是掩在袖子下的小手。

丸子睜隻眼閉隻眼，倒是想聽聽半兩會如何說，只作沒見著半兩伸出來的小手，每回這個時候，就是半兩服軟的時候了。

果然。

「小哥，半兩知錯了，往後再也不敢提了！」小心小意。

原也是一個願打，一個願挨。

楊府上下，無人不知。

丸子這才臉色緩了緩，任由半兩抓著自己的衣角。「我如此掏心掏肺地對妳，妳莫要讓我失望了。」丸子向來亂用四個字的詞兒，雖說半兩聽在耳裡，覺得怪怪的，不過倒也受用。

聞言，立刻得了特赦令，兩隻手都拉上了丸子的衣角，歡快地樂道：「半兩自是曉得小哥待半兩最好了，半兩往後都聽小哥的，準是錯不了！」

「如此才好！」丸子鬆了口。「我這衣裳都被妳拉得皺巴巴的，還不趕緊鬆手！」嘴裡惡聲惡氣的，也伸手將半兩的手給擼了下來，不過看著半兩的小眼神裡有些黯淡，遂又伸手拉了一隻手，兩人緩緩地往後院去。

半兩復又高興了起來，嘰嘰喳喳地在丸子的身邊念叨。

丸子遂了心願，自是也由著半兩高興，只是默不作聲地聽著，不過揚起的嘴角，說明丸子這會兒心情不賴。

兩人一向是處得隨意慣了，不消一會兒，半兩就舊事重提了。「小哥，不是我念叨你，你若是不好好拘著點兒自己，回頭讓姑母聽著了，倒也只會輕輕斥責幾聲，若是讓姑父聽著了，小心板子！」

「要妳說！我比妳年長，難不成還不曉得防著點兒我爹……」說起防著楊立冬，這事兒丸子最是拿手。就是有得意忘形的時候，身旁也有半兩提醒著。是以，到現在，也不曾讓楊立冬抓著小辮子。

不過丸子不知道的是，就憑著他那一嘴詞兒亂用的習慣，楊立冬早早地就已經看破了，也不拘著丸子做學問，由著這小子三天打魚、兩天曬網，大差不差就行了。

楊立冬就時常感慨，也不知道丸子的性子隨了誰，心裡隱隱不願意承認，是隨了自己。

「嗯，咱躲著些姑父！」半兩狠狠地點點頭。

丸子看著半兩這傻丫頭，無語地搖搖頭。「妳快去屋子裡取了換洗的衣裳來，一會兒奶奶就要給妳洗澡了。」估摸著點兒，秦氏的水也應該燒好了，丸子勉強勾得到半兩的頭，隨手摸了摸，暗自點頭，這丫頭的黑髮，倒是越來越柔順了。

兒大不由娘。

田慧對於丸子打小就不愛黏著自己也早就習以為常，聽著秦氏的吆喝聲，田慧就知道兩個孩子歸來了，雖說心裡有些酸酸的，不過床上的小丫頭哼哼一蹬腳，就將丸子的歸來拋到了腦後，左右不過是一會兒換了衣裳，就會過來的。

果然，丸子還帶著一身的水氣兒就往田慧的屋裡跑。「怎不擦乾了再過來，小心一會兒著涼了。」田慧雖說剛剛還心裡酸酸著，見著小兒這會兒早就忘得一乾二淨了，尋了塊乾淨的布巾子給丸子擦擦頭。

「娘，不礙事兒。」丸子話是如此說著，倒是不拒絕田慧給他擦頭髮，坐在床沿，逗著小妹兒玩，只可惜，這麼大點兒的奶娃娃吃了喝奶拉撒，逗了一會兒，就沒了樂趣。

「怎麼想著這會兒回來了，你不是現在膽兒肥了，偷偷地使喚著你二哥偷溜出去了！」

田慧話雖說著，可是半點兒都沒有要算帳的意思。

「娘，這不哥哥們要放榜了，我就急急地趕回來了。我那點兒都是小事，若是哥哥們中舉了，少了我跟半兩，可不是少了好些個喜氣？」丸子煞有介事地道。

田慧還能不曉得這個打小心裡不記事的小兒，白了眼，也就作罷了。

丸子的頭髮這才絞乾，半兩就聞著味兒尋了過來。

到底是女娃兒細緻些，半兩過來的時候頭髮已經絞乾，並用小布包包了起來，清清爽爽。

小包子的奶娘仍是住在楊府裡，帶著一個閨女，五個月大的閨女，只孤兒寡母，不過人卻是少有的爽利，原本也是給鎮上的富裕人家接點兒短活，雖說賺得不多，倒是勝在自由身。

奶娘娘家姓李，原也是鎮上的小戶人家，只是，李氏的相公在鎮上的碼頭給人做活的時候，不幸一頭栽了下去，雖說人是救了回來，不過到底躺了幾日就去了。

給做活的東家倒也是個和善的，早就巴巴地送來了五兩銀子，給李氏的相公抓藥看病，五兩銀子倒是用得精光，還將家裡的積蓄給費了不少去，這人啊，就這樣子撒手去了。

李氏打小就跟自家相公訂了親的，街裡街坊住著，原以為如此下去會一輩子的，哪曉得這一輩子會如此短暫。

李氏失了頂梁柱，又遭了夫家人的羞辱，說是──「就算是買隻母雞回來，也能下個蛋。妳倒好，寶貝疙瘩似的養著，倒是下個金蛋啊，連個女娃子都生不出來！我家老二硬生生被妳斷了後，這真真就是冤家啊！」

李家人本就哭嘆自己閨女命不好，一聽親家如此說話，李母攜著嫂子就破口大罵了。

「若是讓我家老頭子曉得你家老二是個短命的，當初就是毀了親，我們李家養自個兒閨女一輩子，也好過這般守寡……」

親家成了冤家，李氏的夫家不過是看上了李氏的這一進院子，當初三個兒子分家的時候，夫家人疼大兒，跟大兒一家住在一道兒，小兒因著不曾成婚，倶是住在一起，只是將老二家給分了出來，給了幾兩銀子，哭窮給打發了。

因為他們知道，李氏是李家的獨女，李氏當初嫁過來的嫁妝就是極豐厚的。

如此打著如意算盤，就將老二夫婦倆給打發了出來，李氏又是個要強的，也不回娘家借銀子，夫婦倆一合計，就租了一間小屋子，一個月不過是幾十個銅板，白日裡就出門找活兒做，如此辛苦攢了幾年，就是連娃兒都不曾要一個，總是盤算著有了個家，再要個娃兒，不拘男女。

這宅子也只是剛剛置辦的，誰想不過一年多光景，這人說沒就沒了。

李氏自是沒法子接受，哭得暈天暗地，夫家人仗著這宅子就是他們家的，隔三差五地來轉悠，李家人本就是勤快的，就連李母也會偶爾接點活兒做做，明知道閨女受了罪，也無法每日守在閨女的家裡，往後的日子，還是得靠李氏自己。

哪曉得，李氏的夫家人待得過完了七七，不知怎的，推推搡搡下就撞破了頭。

還是好心的鄰居偷偷地去李家報了信，只道是李氏被欺負得狠了。

等李家人趕來的時候，李氏已經流了滿頭的血，李氏的夫家人早就跑得一個不剩，還是鄰居瞧不過眼，才幫著請大夫，不過大夫仍是在路上。

李家人怒不可遏，也不尋李氏的夫家，直接一張狀紙就將人給告上了衙門。范縣尉就是接了這差事，連帶著范夫人也知道了這事兒。

李氏磕破了頭，失血嚴重，一直昏迷不醒，范府本就富裕，范夫人也大為同情李氏，縣令責令李氏的夫家人賠償湯藥費，這家人倒好，寧願挨板子，若是掏銀子，卻是一個都沒有。

李氏要的本就是救命銀子，范夫人瞧不過眼，讓下人送了一小截的參片，給李氏吊著一口氣。

許是李氏命不該絕，竟是悠悠轉醒，醒來後，就已經聽說有了身孕。

李氏摸著肚子，有些難以相信，待得躺了幾日，也平靜地接受了，甚至隱隱有些期盼。待得坐穩了胎，李氏數了數罐子裡藏著的幾角碎銀子，不顧李家人阻攔，就挺著肚子幫人洗衣裳去了。

恰是入了冬，這一雙手，個個洗得生了凍瘡，就是膏藥也不管用了。李家人心疼閨女，李母偷偷地將私房銀子塞給李氏，都被李氏拒了，娘家已經補貼她夠多了。

李氏只道：「娘，我還有銀子，不過是冬日幫人洗衣裳賺的銀子多些，趁著還沒生產，多賺些銀子……」

李氏向來報喜不報憂，就是心裡憂心著銀兩，也都不曾說出口。范夫人聽下人說起過，李氏原本也在范府做過漿洗的活兒，如今在外頭接活兒，每回接活都得付中間人一筆費用。

范夫人也就好人做到底，將府裡的活計給李氏做，直到李氏做不動為止，一來二去，范夫人也跟李氏熟識了。

李氏產女後，洗三禮上，范夫人也差人送了好些東西。

田慧生產時，范夫人並不在場，只是福嬸跌跌撞撞地叩響了范府的大門，早就入了夜，范夫人匆匆起來，喚了福嬸進屋說話，一聽田慧生產驚險，請范夫人幫忙尋個奶娘。

范夫人自然是一口應下了，不過應下卻也是犯了難，眼見著天兒快亮了，這知根知底的奶娘可是去哪兒尋呢？

待得下人提醒，她想到了李氏。連夜差人去尋了李氏來，利弊都道了一通，等著李氏抉擇。「要不妳回去跟妳娘家人商量商量？」

李氏搖頭，這差事就這般定了下來。

秦氏自是不會介意李氏寡婦的身分，小孫女兒本就生得艱難，田慧血崩才剛剛止了血，已經算是撿了一條命回來，哪還會有奶水，這才急急地尋了奶娘來。

李氏本就是個本分人，楊府給的月錢又豈是漿洗衣裳能比的，餵養起小包子，自是盡心盡力，每日都將自己整得乾乾淨淨的，雖不是頂好的衣裳，卻也半點兒看不出泥垢來。

楊府頭一個月，就給了二兩銀子。

李氏的閨女則是請了李母照顧著，吃著小米粥。李母也高興李氏苦盡甘來，楊府並不要求李氏簽什麼死契活契，李氏仍是自由人。

待得熟悉了後，楊家人就讓李氏將小閨女也帶了過來，一道兒養著。小包子人小，吃得少，李氏奶水脹得厲害，寧願擠了去，也不再餵給自家閨女吃，堅持讓閨女吃小米粥。

直到如今，也過了近一年，小包子早就斷奶了，李氏母女倆也依舊在楊府裡住著，幫著打打下手、做點兒活，李氏畢竟年輕，廚房裡的活兒，學起來也是極快的。

不管與夫家和不和，公爹和婆婆總歸是要養的，得知李氏賺了大錢，每個月總伸手向李氏要銀子，而且開口要得越來越多，這事兒就是連楊立冬也管不到。

李氏無法，只得求田慧買下她們母女倆，哪怕是死契也成，只求個安生。閨女小，仍是不知事兒，若是有個三長兩短的，她怕自己沒臉到地下見她的死鬼相公。

田慧跟楊立冬商量了後，跟李氏簽了十年的活契，每個月半兩銀子的月錢，吃住都在楊府。

這事兒就這般算是定了下來。

第七十七章　中舉

鑼鼓咚咚！

報喜、報喜嘍！

一時間鑼鼓震天，楊府喜報不斷，原因無他，楊府三子皆中舉。

時隔六年，楊府再傳佳音。

流水席吃了三日，楊府總算是靜了。

就是連楊立冬都吃醉了一回，他這是真高興吶。

「這都一把年紀了，還跟小兒一樣吃醉。」田慧看著床上歪歪躺著的楊立冬，雙眼含笑。

睡了一宿，楊立冬早就醒了，吃過了醒酒湯，總算是減輕了宿醉的頭疼。「怕啥咧，這些年我也就這麼醉過兩、三回，這回啊，我是真高興。再說，我還喝趴下了好些人，這些人可比我年紀大著了，再說還是咱家的喜事，怎麼說咱還是賺了。這酒，喝得值！」

「我看你往後也別摻丸子了，這人就跟你一個德行！」田慧又給楊立冬倒了碗水，伺候著醉漢喝了。

楊立冬在田慧面前，一向本著小兒心性，鬧騰了一會兒，才想著說正事兒。「咱原是早就說好了，待得圓子他們中了舉，咱就舉家往京城去，給三個小子尋媳婦去。」

這事兒放在楊立冬心裡許久了，田慧的身子骨早就沒啥問題了，不愧是田家的祕方。

「都近二十了，是該說媳婦了……」田慧從不曾去過京城，若說不嚮往，那也是騙人的。

兩廂一商議，北上討媳婦這事兒就定了下來，等年後開了春，從康定城坐官船北上，半月有餘就能到達京城了。

田慧也並不瞞著圓子哥兒幾個。「年後，咱就上京城去，給你們幾個說媳婦去！」

團子立刻羞紅了臉，看著對面的圓子仍是自顧自地挾著菜、吃著飯，也稍稍減退了些羞意。

若是仔細瞧，定能注意到，圓子挾著丸子的手抖了一抖，險先又掉回了盆裡去。

這一餐，圓子只挾了一回丸子。

肉丸子。

團子被人盯著臉又紅了，頂不住壓力，結結巴巴地道：「娘，這樣子大張旗鼓的，怕是不大好吧？」

圓子三人聽著田慧大張旗鼓地在飯桌上說著娶媳婦的事兒，本就是十八、九的年紀了，不少人的兒子都能出來打醬油了。

「娘，這麼大剌剌地去京城，怕是不大好吧？」團子不死心地道，他沒說出的是，這麼大大咧咧地去京城娶媳婦怕是不大好吧？

圓子看了眼團子，又看了一桌子人的臉色，俱是興奮難當，恨不得立刻扒了飯，就去準備行李了。「團子說的是，好似跟個去搶一樣……」

阿土只是笑意吟吟地看著，並不放在心上，本就沒他啥事兒。

秦氏一聽兒弟倆這話，就不樂意了。「我家孫兒啥樣都好，人品好、文學好，長得又是一表人才，難不成娶媳婦還要靠搶的？」

言下之意，這女方啊，都是眼巴巴地將人送了來的。

「奶奶，那可是京城，天子腳下，說不準隨便弄一個路上走的，就是一個官兒，爹也只是五品的將軍，還想到京城去娶媳婦，可不就是搶媳婦一般嘛……」團子也顧不得臉紅了，一句話裡就是娶媳婦長、搶媳婦短的，可是將阿土憋笑得緊了。

秦氏本就是在南下鎮住慣了，這些年，除了楊家村來往的鄉裡鄉親外，就是鎮上的那些個大戶人家，可不就是認為自家兒子想娶媳婦，那是天經地義、手到擒來！

誤會大了！

田慧卻是不以為然，她又不是想著弄個公主兒媳婦，或是一品大員的閨女、孫女的，只求合了心意便成，往後兒子總歸要走官場，有了不拖後腿的媳婦也是至關重要的。

「到了京城，若是有合意的，自然就要上門求娶，若是不願意的，自然得搶媳婦嘍，有啥大驚小怪的，沒見過世面！若是隨著我跟你爹瞎點鴛鴦譜兒，往後半輩子的事兒，別怨我們啊，咱可是先說好了！」

田慧對挑兒媳婦的事兒本就沒啥主意，思來想去還是由著兒子自個兒先挑中意的性子，自己在旁幫著篩選就成了。

兩全其美，媳婦、兒媳婦一道兒挑了！

「娘，我勸您在外頭還是別這般說了，若是被人聽了去，誰敢進咱家，都當是個土匪窩了！」團子撇撇嘴，雖說嘴裡對田慧的這番言論嗤之以鼻，不過心裡聽著，卻是百般得勁兒，真不愧是他娘，還真敢說吶！

「對極！當初知故那小子的媳婦不就是這般得來的？現在人家連兒子都抱上了吧？」楊立冬一向堅決擁護田慧的決定，說著話兒，衝著田慧眨眨眼兒。

老不知羞的。

偏偏田慧絲毫不覺得有啥不對的，秦氏幾個老人也權當是沒見著，早就習以為常了。

若是放在以前，團子定然也是半點兒感覺都沒的，只是這會兒，正說著給他娶媳婦還是搶媳婦的事兒，都要做爺爺奶奶的人了，還在飯桌上眉來眼去，這樣子真的好嗎？

咳！

「嘿，還真別說，你們三奶奶也早就咧開了嘴，知故那小子的媳婦的嫁妝銀子可是比你們三奶奶一家子都有錢，本就不大在意知故賺的那些銀子和分紅，一概都是交到錢氏那兒，由著錢氏當家做主，每家再分下銀子來過日子，和和樂樂的。我就說嘛，這兒媳婦眼見高了，這麼點兒雞毛蒜皮的事兒，自是不大放在心上的！」秦氏一向跟錢氏來往密切，老姊妹倆又是啥事兒都交流的主兒。

鄭老伯難得插話道：「若是我說啊，要選性子大方的，這考中進士還得好些年吧，這日常住在咱鎮子上，咱家又是隨意慣的，官家的閨女啥的，怕是不大好相處，重規矩慣了，反倒是咱家人過得不自在。」

田慧受教地點點頭。「可不就是，那還是得選武將家的閨女？若是跟我這個婆婆起了爭執，我可打不過人家啊……」

噗哧！

「妳若是做婆婆都能做成這樣子，還不如別做了啊！」秦氏樂道。

秦氏自然知道田慧只是說著玩兒的，若是孫媳婦這般大逆不道，不用等田慧出腔，秦氏就能做主將人給休了。

田慧「嘿嘿」地傻笑著，不過是怪緊張的，也不知道是不是要討好新媳婦，真是為難吶。

秦氏是個好婆婆，將田慧這個兒媳婦當做自家閨女一般對待，田慧無意中也將好婆婆的樣子學了幾成，往後的路，都是要靠著磨合。

一桌子七嘴八舌地討論著應該娶怎麼樣的媳婦，熱情高漲。

一桌子的菜，就只有圓子和幾個小的在吃了。

團子是吃著乾飯，側耳傾聽，不想漏過了。

阿土則是時不時地笑著插上幾句話，中肯極了。

「阿土，你難不成就不害羞？你看看圓子，這小子筷子向來是拿得最穩的，若是聽著不大願意的，這手就會不由自主地抖上好幾抖，就是團子，也突然話少了，連最喜歡的魚都不挾一筷子了……」田慧指著這個指著那個，一一分析道。

圓子窘了，原本以為自己只要不吃丸子，就能不被人瞧了出來，哪想得到他娘這般眼尖。難不成說著話的時候，就啥事兒都不做，光是盯著他看了？越想越覺得有這個可能。

「娘！是你們亂說一氣好不好，這人影兒都沒見著，就已經想到要怎麼對付人家了，強扭的瓜不甜！」圓子原本只想著聽過就算了，是他娘非逼著他開口說話，索性來個大吐為快。

靜默。

面面相覷。

楊立冬開口了。「好小子，不愧是我兒子！那等我們看哪家姑娘順眼了，你們就自己各憑本事，怎麼取悅人家姑娘，若是娶不回來，那就只能由著我們給你們定了！」

「好！這事兒就這麼定了，你們回頭寫一千字的要求來，既然娶媳婦啥的，我儘量按著你們的心意來啊，乖啊……」田慧拍板定了下來。

目瞪口呆。

圓子原本想著這幾日也去軍營裡散散心，難不成還真的得寫這個一千字的東西？自己這是嘴欠給惹來的？對哪家姑娘的要求啥的，能寫出一千字來！這不是生生能將人給逼瘋了？

團子已經怨恨地盯著圓子了，若不是積威已久，早就爆發了。

「阿土，你別樂了，你娘早就將你的親事託給我了，往後去了京裡，就看你自己發揮了。」田慧總結了一句，這事兒討論至此。「最遲後日，我就要看到，你爹還要拿著這個去軍營裡打聽打聽的。」

阿土臉上原掛著看好戲的笑，這會兒僵硬了。
團子總算是樂到了，擠眉弄眼。
「乾娘！」
「這事兒沒得商量，你是你們三人中年紀最大的，都已經過了二十，不能再拖了！」田慧不容反駁。
團子想著軍營悟少的那張嘴，不死心地求饒道：「娘，能不能別將那幾張紙給人看，你們私底下看看就成了？」
無回應，一桌子埋頭吃飯。
這事兒，總覺得透出些不尋常來，難不成是入套了？
索然無味。
難兄難弟，排排隊去了書房，就是連最吵人的丸子，也沒跟著去了書房。
倒不是丸子不想去，實在是半路被人給劫走了。「丸子，你帶著兩妹妹玩兒，你哥哥平日裡都是領著你玩兒，你做哥哥了，也得領著妹妹玩兒。」
小包子一點兒都不好領。
「那是我比小包子乖巧，又不哭……」丸子只敢在心裡默默地道。
他早就已經知道，他家，已經沒有他的地位了，好不悲慘！
「小包子睡著了沒？」丸子不死心地道。
小包子睡著的時候，倒是真有一些跟自己長得像的地方。

「若是睡著了，還要你領著玩兒做啥！」田慧白了眼丸子，不由分說地拉著丸子的手走了。都是自己生養的，田慧哪會不知道丸子打的小主意。

「哥，要不咱溜吧？」團子自打記事起，雖說在村子倒是都有女娃子在周圍，不過那能一樣嗎？他們可都是族親！

再打後頭到了鎮上，團子倒是因為年歲小，隨著田慧見了不少人，可那都是婦人！唯一印象深點兒的，已經成了小嬸子，楊知故的媳婦。

待得年歲大了些，就時常往返於書院與楊府，就是生人的面孔都不常見到。在軍營裡的日子更別提了，就是做飯的伙夫都是男的。

難不成比著他娘寫？

圓子睨了眼團子。「你不是說往後再也不讓娘不高興了？」

自打田慧醒了過來後，團子跪在田慧的床前，哭得眼淚鼻涕一把的，好不心酸。不用田慧開口，團子就自個兒說了一大堆的不平等條約，田慧也只得勉強地點點頭，算是應下了。

「嗷……但是我好不高興，這種事兒誰想過，我哪曉得那許多。小時候倒是聽娘說田螺姑娘趁著人出去做活的時候，偷偷地變成個人，然後燒火煮飯啥的……自打我大了後，我就知道，這人壓根兒就不存在啊！壓根兒就是娘說的，那個啥童話故事，騙小孩子的！」

圓子古怪地看了眼團子，幽幽地道：「弟弟，沒承想，你這般早熟！」

「哥！你學壞了！」團子憋屈地道。

不過小時候，確實有想過啊，這樣子如田螺姑娘一般的媳婦倒是真的挺好的。

鬧了一會兒，各自占了一個案桌，振筆疾書，寫完一張遮著一張，保密工作十足。

整個楊府忙壞了。

秦氏幾個老人原本並不打算去，只推說老了，禁不住舟車勞頓，連連推辭。

不過到底心裡頭還是想著去的，誰人不想著去京師，況且還是給疼愛的孫子娶媳婦，說不得前路不大坦蕩，不是常言道，人多力量大嗎？

田慧幾人輪番勸說，半推辭地應了下來。

福叔四人，這麼些年來，也算是小有積蓄，雖說平日裡只是偷偷地給點兒幾個小的零花，不過到底花不了多少。

「爹，您說咱是不是要請趙叔叔租個院子？咱總不能老是借住在趙府吧？」團子知道這些年楊立冬跟京城的趙菜子信件來往密切，前不久決定了舉家要往京城去，楊立冬就往京城捎了信去。

本來就是嘛，娶媳婦又不是買菜，談妥了就能往家裡拉。

團子自覺自己思慮妥當，這幾日光是看著秦氏幾人不停地在張羅著要帶哪些東西去，卻是忘了安排住的，若是一大家子住在客棧，可不就是燒銀子嗎？還雜亂不說。

「不用租、不用租。」楊立冬神祕一笑。

被追問得急了，才道出。「當年跟著聖上進京的時候，聖上賞下了宅子，跟趙菜子的宅子離得不遠……還不小咧，是個三進的宅子，要知道，在京城那種寸土寸金的地兒，三進的院子可是不小了。不過，原本在京城裡，我就一個人，往常都住在趙府，幾人一道兒湊合著過了。」

待得楊立冬很是自誇了一番，眾人自然很捧場，有了地兒住，只需收拾收拾便好了。

「爹，那您認得咱家的宅子在哪兒嗎？」丸子童言童語，對自家突然冒出來的宅子很感興趣，聽說有亭子、有池子，風景不要太好……

丸子已經跟他的小夥伴兒早早地說過了，他就要去京城了，看美人兒！

雖然美人是別人家的！

「你當爹是二愣子不成，這宅子怎麼會不認識，門口可是掛著大大的楊府二字的。」楊立冬揮揮手，讓丸子別搗亂，沒瞧見正在說正事兒嗎？

秦氏又問了一番，京城裡天氣如何，這才散了。

楊立冬本就是隨意的性子，只道是湊合湊合得，說了等於沒說。

好不容易待得到了年前，楊立冬領著兒子閨女，帶著媳婦回了一趟楊家村。

秦氏幾個老人並不曾跟著去。

楊立冬一到村子裡，一路上就有人跟楊立冬打招呼，好不熱情。

小包子還不曾上了族譜，這回來，楊立冬就是想尋尋里正說說這事兒，想等著今年的年三十將小包子的名字記在族譜裡，自然也是跟前一個一樣，等著第二波，由著他跪就是了。

誠心誠意到了，就成，想來祖宗是不會介意的。

錢氏如今就住在楊家村，不過在院子旁，又起了一個新院子，重新圍了個大大的籬笆，並不算是氣派，頂多算得上簇新。一一如今也已經說親了，只是錢氏捨不得大孫女，說是想多留幾年。

一一也是個孝順的，爹娘叔嬸都不在村子裡，一一也想著多留在錢氏的身邊盡盡孝。

聽到院子裡的動靜，一一就扶著錢氏出門來。「來了怎不讓人早些帶信兒來，我也好讓準備準備！」

錢氏前些日子扭到腳了，如今腿腳還是不怎麼索利，傷筋動骨，一百天。

「嬸子，您還好吧？不是讓您少走動走動嗎？養著些……」田慧上前扶著錢氏。

楊立冬抱著小包子，不讓她下地兒，小包子就在他的懷裡，扭啊扭的。

倒不是圓子哥兒幾個不願意抱著小包子，是小包子不情願，別欺負咱人小，咱還是有自己意願的。

錢氏打一出屋子就見著了楊立冬懷裡的小包子，這小東西，可是田慧拚了命給生下來的。

「冬子，快將這小包子給放了下來，都說了多少回，咱抱孫不抱子，若是手癢了，催著圓子哥兒幾個趕緊給你生個大胖孫子……」錢氏老了許多，到底這些年有些操勞得狠了，雖說沒做啥重活，但是家裡家外，都是自己操持著，直到孫女漸長，也總算是能分擔一些了。

錢氏自然是極疼小包子的，只是年歲大了，每回見著楊立冬抱著兒子閨女，錢氏總要嘮叨上那麼幾回。

楊立冬拗不過小包子，自是彎腰將小包子放在了地上，反覆叮囑了別四處亂跑，還不等楊立冬話說完，人就已經衝到了院子裡那個大水缸旁。

「哥哥、哥哥，魚……」小包子踩在一旁的小凳子上，倒也剛好看得到水缸裡的魚。

丸子有些不滿小包子的咋咋呼呼，小聲嘀咕道：「每回來這缸裡都有魚，這都多少年了，沒變過，有啥好大驚小怪的……」到底不敢大聲，生怕惹了眾怒。

半兩卻是極少來楊家村，一下馬車，就忍不住東張西望地看開了，這會兒聽見小包子的笑聲，那包子頭都一顫一顫的，好不吸引人，忍了一小會兒，就站到了小包子身旁去了。

「快進屋坐，都站在屋子裡做啥……」錢氏招呼著院子裡的人，擠得滿滿當當的，原本丁點兒大的人，都長大了，站在院子裡，竟是顯得擠了。

「嬸子，知故媳婦說是給買個丫鬟婆子，您怎麼就給推拒了呢，若是有人幫襯著，您也能輕鬆點兒，一一她們姊妹幾個，也能在娘家享幾年福。」楊知故特意還為了這事兒，讓秦氏去當了一回說客，哪曉得錢氏年紀越大，這人也越發固執了。

「不用、不用，又不用下地兒做活，這日子別提多鬆快了，可是比村子裡的都享福不少了。再說咱一個鄉下地方的，妳道是誰家才會願意來呢，請個菩薩回來，還不如現在這般自在咧。」錢氏不在意地揮揮手，顯然不大想說這些事兒。

阿土只坐了一小會兒，就說要往阿水家去瞧瞧。

這些年，他也不大回楊家村，原本頭一回落了舉，阿水奶可沒少在背後笑話，就是那一年的過年，話裡話外說著這銀子是打了水漂，若是早早地在村子謀一個先生的職位，省得禍害了銀子。

阿土娘氣得臉色鐵青，饒是阿土爹還記得他爹臨終前的託付，也沒啥好臉色，放下不算薄的年禮，轉身就走。

阿土一個人走出了院子，團子兄弟倆也並不曾跟上，這是早先便已經說好的。

田慧興致勃勃地將要去京城的事兒給說了。「嬸子，要不，你們也跟著一道兒去見識見識？」

「不去、不去！京城裡聽說都是貴人兒，若是我這鄉下老婆子不小心給衝撞了，還不是給你們添麻煩。老了，也不想四處走著了，就想待在自家，守著院子田子，就這樣嘍……」錢氏倒是真的一點兒都不想去，相反，心裡只是想著要去京城就有些恐懼。

田慧也不強求，兩人復又說了一些旁的，一一乖巧地坐在一旁，二二倒是在外頭跟著團子兄弟幾人嘰嘰喳喳地不知道說些什麼。楊立冬帶了不少的東西來，都不算是頂頂精貴的，倒也算得上是錢氏不捨得買的。

「一一也是大姑娘了，這自打進屋來，就沒聽到一一說話。」田慧每回來，都得打趣一番一一，小時候的那個村中小霸王，現在竟是這般乖巧，真當是女大十八變，越變越喜人。

一一定下的人家，也是南下鎮的一家商戶。是方府本家的一門親戚，人口簡單，還是為長子提親的。錢氏託了田慧給打聽了再三，是個良配，這親事也就定了下來，雖說成親的日子給推後了兩年，一一如今也開始繡嫁妝了。

「嬸子又來打趣我了，待得我去了鎮上，我可是要每日都來叨擾嬸子的。」一一咧嘴笑著，自打訂了親後，一一被打趣了好多回，如今臉皮可是厚著呢！

稍稍大了些，待得知道了「楊家人不通婚」的事兒後，一一還偏執地尋過田慧，自是得了田慧肯定「圓子團子都是楊家人」，她慢慢地也將那麼點兒小心思放下了。再者圓子哥已經是舉人，自己越發配不上，一一有的，只是祝福，外加那麼一點兒酸澀。

「那可好了，我可是巴不得妳多走動走動呢！我跟妳奶奶說幾句體己話，一一，妳去外頭，幫嬸子看著點兒小包子，別寵著她，若是玩水啥的，可勁兒地揍。」

一一出了門，帶上了房門，屋子裡，只剩下田慧和錢氏兩人。

「嬸子，您上回讓我打聽的，那後生倒是個上進的，只是，聽人話裡的意思，那戶人家怕是有些陰私事兒，旁人都道，只讓我再打聽打聽。我這不急著來跟您說聲，別急著應下了。回頭，讓知故媳婦打聽打聽可有啥好人家，到底也不急在這一時。」

一一的親事定下沒多久，就有人遣了媒婆上門來提親，說的自然是二二。

「這事兒妳可得打聽仔細了，這嫁人嫁人，嫁的可是人家，若是家宅不寧的，二二可不比一一，半點兒手段都沒，到時候可不只有哭的分兒。」二二的性子有些靦覥，一向不如一一這般潑辣。

「噯，我曉得了，要我說，還不如給二二選個小戶人家，家底殷實，婆婆小姑好相處的，到底比別的啥都強！」田慧在錢氏面前，一向有啥說啥，倒是比三個兒媳婦在錢氏面前還自在。

田慧的話，錢氏向來會考慮。

楊府上下，不過帶了幾身隨身的衣物，卻也是滿滿當當裝了好幾輛馬車。

馬車才進了康定城的城門，就有衙役開道，一路往官船碼頭去了。

「楊大人，今日午時過後，官船就會起航了。聽船長說，恰巧吹的是西南風，順風順水，應是會省力不少。同行的，還有三家官員的家眷，多是附近幾個州縣的家眷，去京城省親的。」

楊立冬賞了那兩衙役，衙役臉上笑得更真了些。「大人，據說，這其中的一家是曹御史的家眷，舉家遷往京城的。還有一家是侍郎家的家眷，因著回鄉省親，年前的運河被凍住了，這才趕著年後開春了再走。至於另一家，卻是不大清楚……」

「代我謝過你家大人，勞他費心了。」楊立冬客氣地道。

官船長約二十丈左右，據說能載人六、七百，光是船上的船員就有一百餘人。待得上了船，田慧驚奇地發現，在船板上竟是能開圃種菜。

官船碼頭上就這一輛官船，竟是占了半江之大。

這才剛剛起了些風，船上就已經有些微蕩，秦氏幾個老人卻是頭一回坐船，即使是那麼大的官船，總覺得晃蕩得厲害。

「別盯著河面瞧，只一會兒這人就該吐了……」行李早有船員幫著送上了船，田慧照顧幾個老的，至於小包子，早讓團子給看顧著了。

秦氏聞言搗著胸口。「難怪這一上船，就覺得心口難受，總想吐來著……」

安頓好了老人，楊立冬喚上了阿土。「我上岸去買些吃食，不拘點心啥的，這一路過去，最近停泊的碼頭也應該是徐州城了，大抵要個七、八日左右……」

至於阿土，則是一早就說好的，去給他爹娘辭行。

不過兩、三日，秦氏幾個老人已經吐了好幾回，精神不濟地躺著。

又行了三、四日，到了徐州城的碼頭靠了岸，楊家人總算是適應了船上的晃蕩日子，晃著晃著也習慣了些。

照例是楊立冬領著兒子下船去採辦，就是新鮮的蔬菜肉類都給採買了不少。

前幾日，楊府吃的都是船家提供的飯菜，楊立冬在康定城採買的不過就是點心。可是聞著隔壁幾間船艙傳過來的味兒，這才知道還能自己動手做菜。

田慧出來的時候，早就將租金田租啥的都給收了，帶了全家的家當出了門。有了銀子好辦事兒，楊立冬本就不是對自家人摳摳索索的性子，是以，拚命地採買，好似要將前幾日都給補回來。

「夫人，那戶人家不知道是哪家大人的家眷？」楊家人隔壁的船艙裡，是曹御史府上的家眷。

曹夫人放下茶盞，隨身伺候著的丫鬟接了茶盞過去。曹夫人這才笑道：「到了京城，可就不是在老宅子裡的規矩了，凡事都要慎言慎行，莫要被人抓了錯處。」

「母親，那日我可是看著他們，光是來來回回地端菜，走了就有三、四趟了！」曹小姐也是頭一回坐船，不過是因為窗戶半開著透氣兒，先是聞到了菜香，再接著就是船板上來來回回走動的身影。

「夫人，聽採買的婆子說了，這家人可是男人去採買的，這光是雞鴨豬肉就買了好幾筐，這、這是打算在船上住下來的吧？」丫鬟樂道，可是隱隱地又有些羨慕。自家採買的不過是剛好夠主子吃用的，也是勉強有餘，至於下人們的，自然是由船上提供，這也得花銀子的。

待得到了小碼頭停靠的時候，楊立冬早就已經問過了船長，每隔幾日停靠，楊家人都是大飯量的，就算是來回採買了好幾趟，也只是勉強夠吃。

若是遇著停靠的小碼頭，如此一窩蜂地去採買，除了官船外，還有好些私船。

「夫人，這一路到京城，怕是還要十日，這是最後停靠的碼頭，說不得，若是不順水的話，怕是要十來日了……」曹府負責採買的婆子道，她們只夠採買了兩、三日的東西。

這靠了岸的時候，本就是已經過了市集，沒承想，就是連雞蛋都沒放過，也只夠勉強吃個三、四日。

「夫人，要不到隔壁的去買些來？」

秦氏如今在船上已經是行動自如了，原先剩下來的豬肉，都被做成了豬肉條，或是炸成了肉丸子。這回，本就是趕在集市末了，楊立冬跟著圓子兄弟幾人，可是跑了好些的酒樓和農家，才算是勉強置辦夠了，這可是都花了大價錢的，不過大多都是肉類，也幸虧楊家人都不大挑食。

因著船員也得採辦，是以一直到了太陽都快下山了，才又重新起航。

除了開船的時候是順風順水的，不過行了三、四日，後來，一路都不大順風，不順風，自然不順水。只是，楊家人並不清楚，只道是原本就得這些日子。

過了五日，曹夫人並不曾去尋楊家人。

隔壁住著，只道是這家人大抵是借了官船，因為竟是連半個下人都不曾有，曹夫人不大願意相信，這家人是哪戶大人的家眷，如此想著，自然不會自降身分地去跟楊家人搭話。

沒承想，第一個找上楊家的卻是許老夫人，一看就是不一般的老夫人，那種握著一府上下權勢的老夫人。

更別說，許老夫人卻是跟楊家人一見如故，熟稔了後，時常請田慧帶著幾個小的，到他們的船艙裡去坐坐、耍耍。

許老夫人也時常掐著飯點兒到楊家來蹭飯，每回都是管飽。

終於，船還是要靠岸的。

第七十八章 入京

對於楊家一家子來說，這趟船上漂泊的日子總算是到頭了。

雖說大魚大肉的日子過得挺有滋有味的，不過吃不得蔬菜，這人啊都快膩出油來了。

才剛剛一靠岸，隔壁曹御史家的，就有下人上船了，打發了船員小心地將大箱子給搬出了船艙，動靜不小。

等楊家人上了岸，楊立冬左右張望著，並不見著一個來接自家的，難不成自己要挑著行李進城去？這個碼頭距離京城，也還有近半個多時辰的路。

「慧娘，要不然跟著我家的馬車進城去？」許老夫人自然是看到了楊家人的窘狀，出聲詢問道。不過，她也只能讓出兩輛馬車來，再多的自家這邊就沒得坐了。

曹夫人剛在馬車裡坐穩，自然一字不落地將許老夫人的話聽進了，只是，無動於衷。

「娘，若不然咱家也擠出兩輛馬車來？」曹小姐熱心地道，早先在船艙裡，時常聽到楊家人鬥嘴逗樂，樂了好些日子。曹夫人則是因為家裡的馬車來得多了，她並不曾帶了這許多下人上京來，留了好些人在老宅子打理，她們母女倆先來了一步。

曹夫人默不作聲。「先看看再說……」

不過一會兒，曹小姐復又上了馬車。

曹小姐看了一眼曹夫人，不滿道：「娘，侍郎府上的借了三輛馬車給那家人了，咱落後一步了，這最前頭的馬車，都已經開始走了！」

「噗哧，我道是什麼事兒，不過是一家子初進京的，哪值得上趕著去巴結人家，咱家可是御史府上，沒必要趕著去巴結。況且，妳家祖母的性子，卻是不願意跟這些人搭上關係。進了府，妳小心著些說話，免得到時候就是妳爹也護不住妳！」曹夫人一直就沒將這事兒放在心上，只是曹小姐卻是鬱鬱寡歡的。

「小孩子心性……」曹夫人笑著搖搖頭，一路聽著馬車外的叫賣聲，果然非是自家老宅子能比擬的。

楊立冬領了兩家人的情，一家是禮部侍郎，謝侍郎府上的家眷。至於，許老夫人，卻是不管如何打聽，也不知道是哪家府上的。

楊立冬將行李都放在了武德坊的正巷子口，東首第五戶，留下了圓子跟福叔幾人看著行李，其他人則是跟著楊立冬去尋楊府。

「這兒便是了！」話落，楊立冬就敲響了門，當初，他就留了一對夫婦倆看著院子，也不曉得這麼多年沒回來，是不是還在。

等等！

吱……門開了一條縫兒，探出個腦袋來，戒備地望著外頭一堆人。

「那個，老頭兒夫婦倆在不？」突然間，楊立冬忘記了這老頭兒夫婦倆姓啥名啥，都是緊張給鬧的。

「去去去，去別處兒要去！這兒哪有什麼老頭兒，到別處行騙去，這兒可不是你能鬧騰的，也不看看是誰的府上！」小哥兒話落就將門給關上，絲毫不給楊立冬發問的機會。

相對無言。

楊立冬能感覺自己額上的冷汗冒了出來了，丟人丟大發了。

「爹，您會不會尋錯地兒了，這兒可不是楊府……」團子豎起食指，指了指頭頂上的匾額，明晃晃地寫著「馬府」。

「看將你爹給嚇得……咱在這附近尋尋看就是了。」田慧遞給楊立冬一條帕子，讓他好好擦擦汗。

只是一條巷子尋下來，也不見半個楊府。

「要不再換一條巷子找找？」現在就連團子也不好打擊他爹，甚至隱隱地有些同情了。到了這會兒，楊立冬默默地想著，是不是應該先尋個客棧？

又是條巷子、又一條巷子……

「爹，這條巷子裡，有個趙府，是不是趙叔叔家？」圓子替換了田慧，也加入到了這個搜尋「楊府」的行動中來。

「走走走，領著我去！」楊立冬已經無語了，對自己無語了，只是，附近這幾條巷子都已經尋遍了，若是有趙府，就應該有楊府才是。

楊立冬急吼吼地叩響趙府的大門，還不等開門的詢問，就道：「趙菜子在不？你家夫人在也成！」

在這京城裡，就算是有頭有臉的大人物見著自家老爺，也得稱呼聲「趙將軍」，可眼前這人急吼吼地喊出自家老爺的名字，要知道，老爺的這個名字可向來是老爺的忌諱。

據說，是不大符合文化人的身分，雖說他家老爺確實是大字不識幾個。

「不知您是哪位，我這就去稟了夫人。」小哥兒問道，只是不確定眼前這人是不是來打秋風的？

跑了一個多時辰，楊立冬有些不耐地道：「就說是南下鎮的楊立冬一家子老小都上京了！」

小哥兒極有眼色勁兒，請了楊立冬在一旁等著，又是倒茶端凳子的。

只等了一小會兒，趙夫人領著人迎了出來。

「楊大哥，快裡頭請，怎麼來得這般突然，也不曾去碼頭迎迎你們。慧姊呢？還有孀子呢？」趙夫人自打做了這個趙府的女主人後，性子爽利了不少，雖然原本就是爽朗有餘的性子。

楊立冬面對著趙夫人，到底也只能僵著臉兒。「都在隔壁的巷子口。原本是想著尋我家府邸的，可是都跑了好幾條巷子，也沒尋到楊府，難不成真是我弄錯了？」

趙夫人被嗆了一聲，咳著吩咐下人，趕緊去將田慧幾人接了來。「咱先進府去，去，趕緊將老爺請了來，只說楊將軍到了！」

楊立冬再三追問，趙夫人只能攤攤手道：「楊大哥，你這可是為難我了，我嫁過來之前的事兒，我哪曉得這許多……」

在趙菜子急匆匆地回府的時候，趙夫人已經安頓好了楊家人。

楊立冬看著兒子們看著自己的眼神，充滿了同情，他急於想弄明白，自家的府邸去了哪兒！

「冬子哥，住在這兒不好嗎？咱兩家人可是十年，有十年了吧，沒見著了！」趙菜子很是哀怨，對楊立冬的不解風情，表達了抗議。

「得，別來誆我，到底是怎麼一回事兒？你應該最清楚不過了！我這張老臉都快丟盡了，一路風塵僕僕地到了京城，還誇下了海口，說是京城裡有一座大院子，現在倒好，兒子們看我的眼神都是同情的！」楊立冬回想了許多遍，確認應該沒錯才是。

當日，楊立冬就朝宮裡遞了官文，等著康元帝召見。

只是第二日，宮裡並沒有旨意下來。

楊立冬回京，本就是打著回京述職的幌子來的，順道才是來尋兒媳婦的。

楊家人更是同情楊立冬了，果真是當官不容易啊，圓子兄弟三人，在心裡狠狠地被填補了一通，當官不易，且行且珍惜。

待得第四日，楊立冬終於忍受不了這些人的眼神，穿上官服，跟著趙菜子一道兒上朝去了！

退朝後，康元帝的御書房裡，二人恭敬地立著。

只有一人，直視著康元帝。

「咳……楊愛卿，這是何時回京啊，這不等傳召就入京，怕不大好吧？」康元帝本就是心虛，這會兒打定了主意要惡人先告狀。

楊立冬撲通一聲跪下了。「陛下啊，君無戲言！微臣被您唬得好苦啊，康定城的官員和百姓都道，微臣就是個吃軟飯的，一家子老小，都是靠媳婦養活的！有些不要臉的，還道微臣家裡出了三個舉人，那也是因著媳婦賺的銀子才能供出了三個舉人的……陛下，微臣這大話早在南下鎮就已經誇下了，這會兒，也已經沒臉回府了！」

康元帝倒是沒想到，楊立冬變臉變得如此之快，剛剛那會兒，還在怒視著自己，這會兒就已經抹鼻子了。

「趙將軍，此話怎講？冬子的俸祿呢？」

「回陛下，楊將軍從五品的官職，大抵是每年二百石的俸糧……」趙菜子躬身道。

「那你呢？」

「從三品……」趙菜子都有些不好意思了。

「陛下啊……」楊立冬哭得更是傷心，整個人都要趴在了地上，這幾日接連受了打擊，心靈上的打擊，可是傷得不輕啊。

「行了，這事兒算是朕不厚道了。」康元帝被楊立冬一陣高過一陣的哭聲給擾得心煩，咳了咳，終於道出了事實。

「你那宅子已經被朕賞賜給了那誰……」康元帝一時半會兒也想不出來賞給誰了，原本想著晾個楊立冬幾日，這人也會去買個鋪子或是租賃個院子啥的，至少住客棧也成啊，或是最不濟的，在趙府安分地住下來也成啊，原來是囊中羞澀啊。

也是，在那小地方住了那麼多年，聽說半個下人都不曾有。思及此，康元帝已經想好了要重重地賞賜楊立冬，好好補償他這幾年。

「實在也是怨不得朕，這城中的宅子都是有了主兒的，朕也實在是無法啊……」

「陛下，據臣所知，文大學士已經告老還鄉了，他的那宅子已經標價出售了，只是要價頗高，才一時間沒能賣出去……」文府就在趙府同一個巷子裡，不過是比趙府大了許多。

趙菜子也只是聽說，因著大字不識的武將，真的挺不好意思去文府的……

趙夫人這些年，時常跟田慧有信箋往來，是以，對楊家的那些事兒並不陌生，一年前就聽說了，楊家人年後就要來京城踏踏青，可這踏青的地兒也忒折騰了，路途遙遠不說，還一家子拖拖拉拉，怕是想歸去，難矣。

用她家老趙的話說，當京城是個慈善地兒，想來就來，想走就走？若不然，他早就領著妻兒，四處踏青去了！

趙夫人自覺有古怪，追問之下，田慧才讓趙夫人留意著京城適齡的女子，自然，是跟楊府相配的。不過，考慮到京城閨秀怕是不大願意跟著楊家人回南下鎮吧？

趙夫人也只得託了娘家嫂子，四處打聽著留意著。她家嫂子，可是剛剛娶了兒媳婦，自然手裡頭有不少的名單。

休整了幾日，好不容易等到了休沐日，楊立冬就領著田慧並著幾個小的，去了京城城郊的田府。

既然到了京城，若是不去田府，總不是那麼個事兒。

前一日就遞了拜帖，第二日一早，坐著趙府的馬車，一路暢通無阻地往京郊去了。

團子賤賤地道：「想不到趙府的馬車這般好用……」

楊立冬這幾日頗受打擊，在南下鎮的時候，雖說不曾橫行鄉里，但是楊將軍這個名號還是可行的。但是到了京城，早年跟著康元帝的影響力，早就已經消失殆盡了，四處行走，還多虧了趙菜子給介紹捧場，才不至於被人給忽視得徹底。

楊府的宅子被康元帝另賞他人，這事兒，只兩日，就已經在京城傳遍了。楊立冬啥都沒做，只是退了朝後，被康元帝留在御書房，待得回話的時候，用幽怨的眼神、落寞的調調，控訴著被人欺壓的事實。

這才一到休沐日，楊立冬就出城了。

「慧兒，怎麼到了京城，還不回家住著，如今是住在客棧嗎？」田老爺子早就等在門上了，估摸著等城門開了，才會出了城來。

田慧倒是不曾想過，一出城，就見到如此大的陣仗。

丸子一直拉著半兩的手，只是覺得今日的半兩，有些不對勁兒。丸子說不出來為啥，只是難得好脾氣地任由半兩攥著手，她可真是下了大力氣的。

「爺爺，先讓妹夫和外甥進去再說吧……」田慧的哥哥也一直站在田老爺子的身旁，笑著打量著田慧一大家子，隱隱地有些羨慕，真是好大一家子啊。

「對對對，看我都高興壞了！」

等眾人落坐，田家二房的也過來了，田家二房人丁凋零，田二老爺子抱著半兩不撒手，禁不住老淚縱橫。田家二房，曾孫輩的，只半兩和半兩的一個堂哥，可謂個個都是命根子。

至於田慧的親哥，只有一子一女，也算是田家多子的了。不過，田家家風不錯，都不納妾，最多，也就一、兩個通房丫頭。對於田家人來說，避子湯啥的，自家就能開出來。

因為田府出了一個「武王府老夫人」的緣故，田家的孫媳婦也都是大家閨秀，不過，田慧爹娘這一輩的，早就無人了。田府也是日漸凋零，就是到了田慧這一輩的，也只有田慧的親哥，田大少爺，和二房的田三少爺。

是以，看著楊家人拖家帶口的，田府上下無不瞪大了眼，隱隱好些羨慕。

若不是田慧是田家的姑奶奶，田家人早就出口問了，可有啥祕方不成？

田老爺子再三要求田慧一家子搬到田府來，一家人也走動走動，若是等人回了南下鎮，也不知道啥時候能見著。

「爺爺，實在是冬子哥每日都要上早朝，住在城外頗為不便利，不過，等過幾日，宅子置辦下來了，爺爺你們也一道兒住著，咱再親香親香……」至於這事兒，田慧跟楊立冬早就商量好了。

用過了飯，一行人才回了城。

御書房裡，康元帝正拿著一疊紙，時不時地悶聲咳個幾聲。

趙菜子根本不曾看過，雖說這些年，也好歹識了幾個大字兒，不過，看著那麼一疊子的紙，早就沒有翻看的慾望。

第二日上朝，康元帝下旨，擢升楊立冬為昭勇將軍，正三品官職。另為，康城一州的按察使。與此同時，秦氏接旨，為六品安人。

康元帝重賞楊家人，賞下五進宅子，原是文大學士的宅子。文大學士本就是文人，時常在宅子裡開宴，小橋流水，粉牆黛瓦，光是不經意地散落在各個牆角的小品，都使人觀之不盡。

若不是要價實在過高，這宅子早就被人買下了。

滿朝文武，心裡莫不腹誹，文大學士若是早知今日，怕是早早便將宅子給低價賣了去。京城裡的，誰都清楚，文大學士最是不缺銀子，蘇州文家，世代大家，唯一的那麼點兒性格，就是瞧不上武官。

文大學士抬高了價碼，不過是標榜自家府邸的稀罕。

楊府，一時間風頭無兩。

三日後，便是吉日，舉家搬遷。

望著大門上大大的楊府二字，楊立冬這才鬆了一口氣兒，臉上帶著些許笑意。

「這幾日緊繃著臉，我看你也累壞了吧？」田慧親自打了水，伺候楊立冬歇息。

這一日，楊府一大早就開始收禮，就是康元帝也有喬遷之禮送到，武王府也有一大張的禮單……

待得楊立冬歇下了，田慧將禮單尋了來，一大家子幫著分類入了庫。

武王府設宴，請了田慧一家子，楊立冬因著公事纏身，只得由田慧領著五個小的去了武王府，坐的還是趙府的馬車。

不過幾日，楊府的少爺正到了說親的年齡，有不少夫人都到趙府去探口風。

「咱家還是得回南下鎮的，若是娶親了，自然是要買個大宅子。不過，京裡的大家閨秀，怕是不大願意去南下鎮這種小地方。」楊立冬生怕自家媳婦在外頭碰壁，這不，早早地打了預防針。

「那種一品大員家的姑娘們，我這個婆婆還使喚不動呢，咱也不學人家，只管找跟咱差不多的，也不拘嫡庶，性子好，合了我的眼緣就成了。」田慧說的性子好，這幾日也見多了姑娘家，扭扭捏捏的性子，自己還真是瞧不來。

光是想著，往後自家院子裡，多了好幾個兒媳婦都是如此的，怕是恨不得早早地分家了。

道不同啊……

隨著崔魚兒赴宴，田慧算是知道了自己尋兒媳婦的路途漫漫。

圓子三人性子迥異，由武王這個表舅領著，也是每日赴宴，一家子忙得腳不沾地。

一個月後——

當初同一條船上，一道兒進京的禮部侍郎的謝大夫人，託了武王妃來問個訊兒。謝夫人同武王妃原是表姊妹，情分自是不錯。

「表妹，聽說你們也算是有一面之緣，若不是我那外甥女真道是不錯，我也不會承情開這個口兒，若是被母妃知道了我給嫡親的外甥說了個不相當的，怕是要挨訓了！」武老王妃每隔幾日，就差人喚田慧過府說說話。這幾日，就是佛堂也去得少了，只想著跟老姊妹詢問京裡的適齡小丫頭。
武王原也是有意跟楊立冬交好，武王本是庶長子，襲了爵位，不過是康元帝念著當初，在登基之時他爹的保駕之功。不過，因著母舅家不顯，武王經營了多年，也總是小心翼翼。
如今，楊立冬可算是京城裡人人上趕著巴結的一號紅人，每日退朝後，楊立冬都被留下，據說，就是後宮裡，也是小動作不斷。
今日，武王妃說的，也是趁著田慧過府的時候。
「喔？不知道說的是第幾個姑娘？」武老王妃雖說不出門，不過到底跟謝府還是有親戚間的往來，自然對謝府的幾個小丫頭也算是熟識。
武王妃笑著道：「是三姑娘，謝家大房的嫡出姑娘！打小就是養在謝老夫人的膝下，不過謝老夫人疼愛孫女，這不一挑，便拖得年歲大了些，如今也是十六了……」
京裡的姑娘，自打姑娘家上了十歲就開始相看，待得十四、五，大多都已經訂親了，過個兩、三年，便是到了出門的時候。如謝家姑娘這般到了十六，還不曾訂親的，卻是少數，也難怪明知道楊家人都會回南下鎮，仍託了武王妃來探探口風兒。
「不知道這是瞧上我家哪個小子了？」一個月下來，田慧早就拿到了一份名單。等楊立冬回府，夫婦倆就窩在屋子裡，來來回回地商量著，刷了一個又一個。
這謝家的三姑娘本就是在名單中的。
「是二外甥……」謝老爺任禮部侍郎，至於謝大老爺，也不過是從五品的閒職，在京城裡這種品階的官員一抓一大把，謝老爺如今看來是升官無望了……

謝家瞧中的是團子。

就憑著楊家如今風頭正旺，光是憑著楊立冬這幾日時常領著幾個兒子出入一、二品大員的府邸，謝家也不敢托大。

年後，風小爺就已經帶了信回府，讓他爹好好招待楊將軍。在軍中，達官顯貴的子弟受了楊立冬頗多的照顧，雖說真沒啥可照顧的，不過是朝夕相處，也處出了不少情分來。

「慧兒，這事兒我看還是從長計議……」武老王妃慢慢悠悠地道，只是看著自己的兒媳婦多了分審視。

武王妃倒是不曾想過向來不管事的婆婆，會駁了自己的話。「母妃！三姑娘可是嫡出，自小琴棋書畫，半點兒不曾落下……」

田慧傻眼了，武王妃就算是將謝家三姑娘誇出一朵兒花來，田慧還得去打聽打聽的，娶媳婦又不是買菜，不新鮮不合意能燉了吃了眼不見為淨。

「蘭姑姑，勞姑姑替我送送慧兒……」武老王妃身邊，一直帶著蘭姑姑，蘭姑姑原是宮裡的女官，是太后賞賜下來的，武老王妃一向待她禮讓有加。

「老奴該做的……」來了武王府多次，田慧雖說不知蘭姑姑的底細，不過見著自家姑姑對這個蘭姑姑以禮相待，自然也是從善如流。

初到京城月餘，京城的物價豈是南下鎮能比的，秦氏幾人折騰著買了不少的罐子，醃了不少的酸菜酸春筍。田慧只是聽說，武老王妃最近沒啥食慾，隨口提了提自家醃的酸菜，哪承想武老王妃就當真的。

當日，田慧各種就送了一小罐子進府，沒承想一直被老王妃惦記著，蘭姑姑也最是愛這口了。

蘭姑姑送了田慧出府，回院子時，卻是跟在武王的身後。

「王爺……」武王妃看著老王妃的臉色，有些忐忑地喚了聲武王，恭敬地福了福身。

武王只是點點頭，眼都不看下武王妃，逕自在老王妃的身旁坐下。「母妃，今日瞧著精神頭不大好……」

京城裡，誰人不知，武王是個孝子，就是太后，對武王也是大加讚賞，常道武王府出了個好苗子。「跟你說了多少回，娘只是側妃，平日裡喚娘就好了，若是被人聽見了，豈不是笑話？」

「娘，這是太后娘娘親口應允了的。」武王不管再忙，若是在京，每日都要到他娘的院子裡或是佛堂，喝杯茶。

「為娘已是一大把年紀了，還會在乎這些？娘既是知道自己的身分，這些年，只是安心在佛堂念經，求佛保佑我兒。」武老王妃話鋒一轉。「十來年，若不是太后娘娘召見，我從不曾踏出武王府一步，王府裡的大小事，我從不曾過問半句，不過是不想武王府淪為他人笑話！」武老夫人，原只是武王的二夫人，若非武王府的嫡系參與了皇位之爭慘敗後死的死，若非陛下念著當年武王這一脈的舊功績，也不會留了原本的庶子，由二夫人的子嗣承襲了爵位，自然，武王府地位早就不復從前，有的只是一個空架子。

武老夫人是仔細人，自忖著只是側房轉正，之後便大門不出，二門不邁，日日念經誦佛。

武王看了一眼低著頭的武王妃，不作聲。

「我只問你，將謝家三小姐說給團子的事兒，是你的主意？」

武王自打坐下，見著蘭姑姑不曾給自己倒茶斟水，就知道這兒有問題。

「娘，兒子惶恐！外甥的婚事，兒子豈能做主，表妹夫如今可是陛下跟前的紅人，一時間風頭無兩。陛下知道兒子跟表妹夫還有親戚關係，特召了兒子問了好些話。」武王恭敬地站著，回話。

「唉……娘早就跟你說過，咱娘兒倆是欠了田府的，田府如今人丁凋零……不說了、不說了。就是謝府求到了太后跟前，為娘還是那句話，謝家三姑娘不配！」武老王妃顯然是激動過度，顫顫巍巍地站起來，甩了武王伸過來扶著自己的手，卻是扶著蘭姑姑的手，往後院的佛堂去了。

「蘭姑姑啊，我這是老了，連帶著娘家人也跟著我一直受罪，眼見著慧丫頭是個有福氣的，這些人的手就長了。」

「楊夫人是個好的，斷然不會怪罪老夫人的，必是曉得老夫人也是無奈啊……」

武王陰著臉，看著自己被他娘甩開的手。

「王爺……」

「王妃這是覺得謝家三姑娘是好的？」

武王妃左右兩難，若說不是個好的，那她提出來說給團子這是安的什麼心思。若是個好的，武王又豈是個兩耳不聞窗外事的？

「嗯？」武王爺自己給自己斟了茶，端起茶盞，慢慢悠悠地喝著，卻是不看王妃一眼。

「王爺英明，三姑娘是個好的，只是被外頭的謠言給誤了！」武王妃硬著頭皮，辯解道。

「是嗎？」

「王爺可去打聽打聽的……」

「打聽打聽？如此甚好，我記得二兒也已經十五了，既然是個好的，就將謝家三姑娘留著給二兒吧！」二兒，是王妃的嫡子，武王府唯一的一個嫡子。

「王爺！二兒可是您的嫡子！」武王妃驚恐地道，她從來不知道，向來溫文爾雅的王爺，就為了那麼點兒小事，卻要毀了自己的嫡子。

「怎麼，現在三姑娘不好了？還是我這個王爺，在武王府說話也已經不管用了？」武王爺輕輕地將茶盞放好，這可是他娘最心愛的一套茶具，若是這樣子砸了，那可是可惜了。

撲通——

「王爺，還望王爺看在二兒向來孝順的分上……」

武王爺走了……

第七十九章　親事

武王府有意讓嫡子娶謝三姑娘，傳聞不脛而走。

武王妃在佛堂前跪了一日，都不見老王妃出來，謝府的人，早就送了拜帖上門。

武王府的長子，雖說是庶子，不過因著親娘早逝，一向是由老王妃帶大的，至於親事，則是由太后娘娘指婚，只是因為大兒的親娘，原是太后娘娘宮裡的老人。

武王妃疲於應付謝家人，王府的一應大小事兒都交給長子媳婦做主。

武王府的這些事兒，田慧卻是半點兒不曾聽聞。楊立冬倒是早就聽聞了武王府的事兒，卻不會去告訴田慧。不過，待武王卻是多了幾分真心。

有此傳言，謝府的主子施壓於武王妃，聽說宮裡的謝嬪娘娘，在太后處遇見了武王妃，也意味不明地說了幾句話。

楊府上下，倒是不曾想過，只是因著自家的事兒，鬧得滿京城的風雨。

「我沒想著，咱家團子竟頭一個被人瞧上。行啊，小子！」飯後，田慧調侃道。田慧也瞧了好幾家姑娘，盡是不大如意，總覺自家的兒子自然是怎樣的都能配上。

大抵，為人爹娘都是如此的。

養了半年，團子已不如從前那麼黝黑了，穿戴富貴，也是翩翩佳公子一枚。

田慧自動忽略了，團子此刻正露出大門牙，惡意地笑著。

「娘，書房裡那張寫著對媳婦要求的紙呢？」原本團子是想偷偷看看圓子和阿土心中媳婦人選的，這幾日在這權貴之地，團子也跟著見識不少，果然南下鎮只是一個小地方。

不過，那些人打量自己的眼神，團子仍是覺得十分不舒服，倒是寧願在南下鎮待著，勝在自在。

如今，圓子兄弟三人出門，好似明晃晃地打著標籤，缺媳婦一枚。

「娘收著呢，每日都要看的，爭取給你們娶個合心意的來。」田慧臉不紅氣不喘，十分淡定。

天知道，早在搬家之初，她就再也沒見過那幾張紙，就差翻個底朝天了也是沒能尋見，只是這會兒卻是不能說的，若不然，團子非得跟她急不可。

楊府上下行色匆匆，只覺得每日都有忙不完的事兒。

紛紛作鳥獸散了，真是禁不起折騰。

如此大的楊府，就是連個下人都不曾有一個。秦氏每日除了要照看小包子，還得防著丸子與半兩到湖邊玩水去，可是累壞了一家子老小。

太后與康元帝一商量，賜下了一對宮人。據說巧了，跟蘭姑姑原是一處兒的，蘭姑姑還特意來了趟楊府，敘了好一會兒的舊。安姑姑和靜姑姑，人如其名，果真是一雙安靜的人兒。

楊立冬這一住，就是三個月。

田慧現在也不急著尋兒媳婦了，夫婦倆權衡了再三，一應斷了三兄弟的外交，只打了聲招呼，第二日，就包袱一整送到了應天書院。

不過，每日都是來回的，卻也少不得帶些東西。

第一日下學歸來，團子就癱軟了，應天書院的先生都是進士出身，本就是京城裡數一數二的書院。因書院開學已過了好些日子，才一進書院，先生就要求補足了之前的功課。

如此，直到曹御史上奏，楊立冬身為一州要職卻在京城長期滯留。

滿朝文武皆知，楊將軍這是奉著康元帝的旨意才滯留京城，康元帝討了個沒趣，在御書房裡痛斥御史，轉個臉，又是一臉的無辜。

「楊愛卿，可要朕做個媒人？」

趙菜子低頭，作壁花狀。康元帝向來愛作媒，還搶著作媒，只是，作媒的水準卻是真的不咋的，不過他只敢默默地在心裡想著……不能大逆不道啊！

「陛下，我家兒子的親事向來是夫人做主的，我也只是幫著打聽打聽。」

這是被拒絕了？康元帝摸摸鼻子。「這事兒還由不得你拒絕了。許老夫人，你也識得的，跟你一道兒坐船進京的。許老將軍，朕在西北的時候，就頗受許老將軍的照顧，別說你們倆不曾受過照應！」

「不知許老夫人看上我家哪個兒子？」楊立冬也不廢話，他們夫婦倆早就商量好了，若是親事再尋不到合意的，楊立冬就得回康定城去了，不過兒子都在京城裡念書，若是親事成了，楊立冬就有藉口哄著田慧回康定城了。

楊立冬不只受過許老將軍的照顧，若不是許老將軍，楊立冬怕是早就落下了後遺症，一瘸一瘸的，如今他的右腿上，還有一條長長的傷疤。

當時，楊立冬不過是康王營下的一個小兵仔，也算是楊立冬該有這種福運。

許家，如今雖說是掛著將軍府的匾額，不過，宅子裡都是些寡婦了。許老將軍的兒子，早些年盡喪戰場中，就是連許老將軍，也在幾年前仙逝了。

許老夫人這回，是守完了三年孝，帶著一家子大小回京的。

如今，孫子輩中，只有一男一女，都是大房嫡出的，至於二房，卻是連個庶子都不曾留下。偌大的將軍府，只有許老夫人和兩個兒媳婦，還有兩孫兒。

楊立冬只稍一沈吟，心裡也算是應下來了。

「許老夫人只是對你府上誇讚有加，並不曾明說。不若，讓母后去問問？」康元帝也知許老將軍府上人丁凋零，唯一的一個孫子也不過十五歲，能否建功立業也全看這孫子了。

而楊府，一門三舉人，楊立冬年紀輕輕已經手握一方重權，光是這幾個月，就有人時常上門探探口風，連趙府也熱鬧了不少。

太平盛世，想要建功立業卻是不容易的。

「微臣自然是信許老夫人教導出來的孫兒，兩個嫡子、一個乾兒子，若是許老夫人有意，由著老夫人挑吧，左右都還是沒訂親的。」

許家小姐守了三年孝，也已經十七了。

過了幾日，許家給了回話，說是二少爺。

「嘖嘖嘖，讓哥哥瞧瞧，行啊，最小卻是最有能耐了！」圓子笑著打趣道，入了書院，圓子的性子倒是開朗了不少，書院裡的大多都是已經成家的，不過，好些都是如圓子這般，雖說已經近二十了，家裡卻是在張羅著親事的。

團子羞紅了臉，今日，楊立冬在飯桌上說了這事兒，說是明日就是吉日，尋了官媒上許家提親去。「咱這是逮著一個姑娘，就算是一個了！」

「團子，你跟娘說實話，可是見過了許家姑娘？沒道理啊，圓子可是怎麼說都比你招眼啊……」田慧也跟著打趣兒。

團子羞得直搖頭。「娘，都還不曾說親，莫要污了女兒家的閨譽！」

「喲喲喲，這還沒成親，就已經開始護上了。」秦氏也笑著道，果真如田慧說的，人不可貌相啊。

安姑姑笑著給楊家人說了下該如何對待待嫁姑娘家的事。

樹上的喜鵲嘰嘰喳喳，不過半個月，田慧以雷霆之勢，將其餘的兩個兒子婚事給定了下來。

圓子定下的是戶部侍郎的嫡長女，因著呂侍郎一連生了六個閨女，好不容易才有了一個嫡子，如今嫡子也已經九歲了。呂侍郎雖說是做著三品的官兒，只是因為不大好生兒子，他家的閨女，行情漸低。

就是嫁出去的兩個庶女，只生下了閨女。

呂家小姐雖說是嫡女，卻是高不成低不就的，生生急白了呂夫人的一頭黑髮。

不知為何，只打了過眼，田慧卻是早就認定了這呂家閨女，不過是不知該說給哪個兒子，待得暗地裡看了兩、三個月，團子的親事也敲定了，便一道兒請了官媒上門去提親了。

至於阿土，田慧也是拿著名單選了又選，沒承想，阿土卻是中意宋將軍家的嫡長女，要說這宋將軍，原是跟著趙菜子的，不過是因為宋將軍早年喪妻，只留下了一個女兒。後來，續娶的卻是康定城溫府的姑娘，帶著一個兒子。

卻是舊識，本就是書信不斷，待田慧到了京，宋夫人也是時常上門來的。

如此，婚事敲定，楊立冬便帶著媳婦，並著三個小娃子回南下鎮去了。臨走前，田慧還懇求了安姑姑跟著一道兒去，說是教兩個小姑娘規矩。

田慧留下了二萬兩銀票，凡事都拜託靜姑姑掌家。

鬧騰了一時的京城，總算是塵埃落定。

秦氏幾人原是想跟著一道兒回去的，不過不放心圓子三人，生怕這三人被京城裡的紈袴子弟給帶壞了，轉念一想，待得明年年初，田慧又得回京來置辦聘禮，不過是小半年的時間，索性留下不走了。

這一來一回又得個把月，光是想著吐得不成人形，秦氏就有些退縮了。

況且，京城裡的楊府，府大院大的，福叔鄭伯已經開闢出了一塊大菜園子，可是比南下鎮的宅子裡好了許多。這幾日，她就在估摸著，池塘裡的蓮藕待得到了夏日，就能收了賣了，若是在池塘裡養些魚，說不得還能換銀子呢！

誰讓京城物價極高，能不想著法子賺錢嗎？

——全書完

番外一　抱孫

兩年後——

一年前，圓子兄弟三人，在楊立冬和田慧的主持下，在京城低調地完了婚。

田慧也不是個講究的婆婆，只是匆匆地操辦完了婚事，小住了幾日，就隨著楊立冬回了南下鎮。至於京城的楊府，自然是由圓子的媳婦，呂侍郎的嫡長女呂氏當家。

雖說田慧夫婦倆都不在京城，但是三個兒媳婦卻也是懂禮的，既是出嫁的女子，自然不可隨意地回娘家。

田慧在臨走前，給了呂氏一萬兩銀子的家用，又在京城的城郊，比著田府的莊子置辦了田地，也算是吃穿不愁，好歹能過個日子。

楊家的三個兒媳婦，嫁妝都不薄，雖說都是年輕的媳婦，不過京城裡，卻是誰都不敢小瞧了楊府。楊家三子也不過堪堪為舉人罷了，楊家的媳婦卻是時常受邀，說來也是怪事，不知為何，三個兒媳婦俱是沒有傳出喜訊。

年末，田慧早早地就捎來了家書，因為是在京城辦的婚事，卻是不曾拜過祠堂，就是村子裡的親戚也不曾見過。呂氏早早地吩咐下去，向圓子打聽了不少南下鎮的事兒，在京城置辦了好些東西，只等著南下的那一日。

南下鎮前幾日就已經下了一場大雪，雪初化。

「娘，您說圓子他們是不是已經上船了？不知道這路上可還好行？就是咱鎮上都已經下了場大雪，這運河是不是也封了……」田慧雖說早在半個月前就得了回信，後來卻是再也沒有回信了，也不知是不是因為那場大雪的緣故。

離著過年，也不過是半個多月，也難怪田慧等著有些心焦了，如今丸子也時常留在軍營裡，既然楊立冬這個做爹的不言語，田慧也實在是管不過來。

至於小包子，大多時候都是由著安姑姑帶著。安姑姑，雖說已經看不出當初初來楊府的那種冷清的性子，不過，卻是待小包子極好。

如今的小包子，雖說仍是胖墩墩的，卻是隱隱地有了安姑姑的模樣，一板一眼的，極為講究。田慧明裡暗裡說了幾回，不過，沒承想安姑姑也只是笑著應了，回頭卻是依然如故，小包子卻是極為信服安姑姑。

田慧甚至是慫恿了丸子將小包子拐到了軍營裡，沒承想，小包子玩得極歡，田慧得了這信兒，可算是鬆了一口氣兒，不過待得幾日後，回到了楊府，又變成了一板一眼的小包子，田慧可不被折磨得焦頭爛額。

楊立冬只是笑著看著這母女倆鬥智鬥法，也只有這小閨女才能將田慧折磨得精疲力盡，才能緩緩對京城裡的思念。

田慧的年紀長了些，楊府也買了兩家子下人，日子算是鬆快了不少。如果說這些年來，楊府最大的變化就是，院子擴大了不少。楊立冬將東首的那戶宅子給買了來，雖說是高價買來的，不過到底也值得，這會兒可不就是派上用處了。入了冬，田慧就吩咐了早早地將院子都給打掃出來，就是連床鋪都是簇新的。

「夫人、夫人，少爺們回來了，外頭可是一排的馬車！」楊家並不重規矩，這會兒來通報的是門房的媳婦。

啪——田慧起得有些急了，竟是帶倒了凳子。田慧原是正在院子裡逗著小包子玩兒。

「快、快、快，去跟老夫人說說，這人兒可都是回來的。怎麼這會兒就到了，也不知道順利不順利……看我這張嘴，都到了自然是順順當當的！」田慧一邊走，一邊呸呸呸，可不就是樂壞了。

小包子險被田慧給帶倒了，也虧得安姑姑眼疾手快，才將人扶住了。「安姑姑，您說大哥他們的媳婦長什麼樣兒？」

「小姐這是忘了少夫人的樣子嗎？」安姑姑柔柔地道，眼裡帶著笑。

三對璧人，田慧拉了這個拉了那個，也不知到底該跟哪個媳婦親熱親熱地說會兒話。

待得田慧聽說了，呂氏用一萬兩的銀子，在京城開了兩家鋪子後，財源廣進，田慧偷偷地咽了咽口水。這戶部家的嫡女，可不就是娶對了，往後這家交給呂氏，倒是也沒有啥不放心的。

「娘，我將帳本也都帶來了，一會兒您查查。」

田慧直擺手。「不用、不用，左右咱家不分家，妳自己看著辦，往後這家還是得由妳當著的，你們幾個自己合計著來。」左右田慧都是在南下鎮的，自然是管不著京城這麼遠的事兒。

話。

這回，跟著一道兒來的是福嬸和鄭嬸子。秦氏拉著老姊妹的手，可不就是有說不完的話。

呂氏三個媳婦子，不過一人帶著一個婆子、一個丫鬟，隔壁的院子也還是恰恰夠住了。待得休整好了，楊立冬就帶著一家子老小回家祭祖。如此，楊家村豈會不給楊立冬這個臉面，一早得了消息，早將祭祖用的東西置辦好了。

團子媳婦許氏，生於將門世家，不過到底是抵不住軍營的誘惑，偷偷地隨著團子換了男裝，就去了軍營。直到第二日，田慧這才發現，差點兒哭倒在楊立冬的懷裡，怎麼就是個不省心的，一個新媳婦，竟敢往都是男子的軍營裡跑，這偏偏還是跟著自家兒子一道兒去的！

這唯一省心的也就是阿土的媳婦，宋氏。每日只是甜甜地笑著，陪著小包子玩兒，或是逛逛南下鎮。

至於圓子的媳婦呂氏，一聽說田慧也有做生意的天賦，在視察了幾日的石頭宴後，就時常纏著田慧道東道西，不過卻總是圍繞著賺錢的事兒。

如此，一直到了吃年夜飯。

楊立冬只是說了幾句勉勵的話，不過田慧卻是忍了許久，決心給幾個兒媳婦找點事兒做！

「你們成婚也有一年多了，該考慮考慮孩子的事兒了！」

新媳婦羞紅了臉，就是連團子這個皮厚的，也忍不住紅了耳根子。

待得入了夜，楊立冬讓田慧枕著自己的胳膊。「咱家的小包子也不過是幾歲，這就急著抱孫子了？」

「誰讓她們一個個都不讓我省心，這難得回來幾日，就一個個給我添麻煩。哼，索性，我就讓她們找些事兒做，也能清靜清靜，省省心。誰讓我這個婆婆是個好的，我就是做不出折騰媳婦的事兒來。」田慧仍是習慣性地將腳擱在楊立冬的腿上。

這一日，楊府的床搖動了大半宿，直到天兒快亮了，才有了片刻的寧靜。

——本篇完

番外二 書信

京城裡——

田慧躺在搖椅上，一如以前在南下鎮的時候，坐在院子的日頭下，晃著。

「娘，我扶您去屋子裡坐會兒？」圓子如今也已是三個孩子的爹了，官至吏部尚書。

田慧搖搖頭，看著擠在身旁的兒孫，看看這個瞧瞧那個。「我啊，這輩子就喜歡躺在搖椅上，不知不覺地晃著晃著，就是一輩子了。晃著、晃著，你爹都已經沒了……」

圓子再也忍不住，低著頭撲簌簌地掉著眼淚。

院子裡，盡是低低的啜泣聲。「做啥哭呢，我兒都已經有了白頭髮，娘也是到時候了。打眼京城裡，娘都已經是長壽的。你爹，怕是再等下去，就該要怨我了。這幾日啊，我總夢到你們的爹，說是想我了，問我怎麼讓他等了這麼久……」

小包子如今也已經貴為王妃，早已泣不成聲，哭倒在王爺的懷裡，咬著下唇，死命地不讓自己哭出聲兒來。

「丸子，去將你爹書房裡的那字拿來我瞧瞧……」田慧好似根本聽不見周圍低低的哭泣聲，逕自吩咐道。

待得丸子匆匆地跑去了，田慧雙眼才回了神兒。「小包子，妳爹在的時候，也不曾來得及說分家的事兒，趁著我還清醒著，我就將這個家也分分，都分一分。圓子團子，你們如今都有一份家業了，這個家，我就多分一份給丸子。就是小包子，也有一份，別說不要，留著念想罷了……至於阿土，乾娘也留了一份兒。」

這些日子來，許久不再稱呼小名的田慧，也開始喚上了。

「娘，我不要、我不要，都給哥哥們……」

「娘就妳這麼一個閨女，娘的心意……」從楊立冬告老還鄉後，便在京城裡開了一家舶來品的鋪子，楊家自然非是當初的小打小鬧可比擬的，厚重的家產，饒是分家了，也夠一家子吃上幾輩子。「娘知道王府不缺物什，娘給妳留的也不是金銀田產，不過是妳中意的東西。」

丸子一直在軍中，與半兩一起，夫婦倆一直住在南下鎮的院子裡，過著如當初田慧與楊立冬一般的日子。半兩本就不願意再回京城，如此又是能顧著老宅子，又是與丸子一道兒，也算是合心意了。

「妳爹啊，明明寫得一手好字，卻總是哄著我。」田慧顫抖著雙手，撫著有些破舊的紙張，自打楊立冬去了後，田慧每回夜裡睡不著，總會看著楊立冬寫的這些。這些是楊立冬告老還鄉之後，每日總會寫上那麼一些的字，待得楊立冬走之前，已經有厚厚的一大箱子了。一點點地留著，從年輕那會兒，到楊立冬沒了以後。

楊立冬都寫了——

慧娘，我怕是要比妳先走了。我到底仍是自私了些，我只要一想著，妳在我之前合了眼，我就是呼吸都不暢快了……若是我走了，這個家也就交給妳了，一如我多年前說的，圓子是長子，這麼多年的夫婦了，妳的性子我懂。圓子是長子，楊府以後就交給圓子繼承。慧娘，我若是託夢給妳，那便是我想妳了，妳，別讓我等太久……

田慧驀地滴下了一滴淚，攥著楊立冬的書信，晃著晃著，閉上了眼。

我終究還是讓你久等了……

——本篇完

有情有義．笑裡感動　活得率性．妙語如珠／小餅乾

2016年3月出版

二嫁得好

穿過來後，
她從寡婦到棄婦到貴婦，活得像倒吃甘蔗，
不只銀兩賺得飽飽，再嫁後夫妻生活也和和美美，甜得快膩人……

文創風 390 **1**

人家穿越是榮華富貴，而她穿來是個寡婦就算了，
才來沒幾日，居然就被趕出婆家門，帶著兩個小兒子窩山洞裡吃地瓜過活，
唉！穿過來之前沒當過娘，穿過來之後，不得不學著當個娘，
好幾回她氣得三人抱在一起哭，感動也抱在一起哭。
她想，既然回不去了，可得想法子讓這一窩三口吃飽、長進、活好，
看來能使得上力的就是她半吊子醫術、以及時不時來的靈光預感，
她決心要帶著兩個兒子活得有滋有味……

文創風 391 **2**

楊家人將她嫌得不成樣，還把她從寡婦休成棄婦，
呵呵，她倒覺得離了楊家那狼坑不是壞事，
人呢活著就是要有志氣能自在，機運來了，便能從賺小錢到賺大錢，
瞧她，活得多好，連棄婦都當上了，還怕人家說什麼，
想怎麼過日子就怎麼過日子，兒子想怎麼教就怎麼教，
醫術幫她賺一點，敢於嘗試幫她賺更多，
對人都一張冷臉的老寡婦，疼她的兩個兒子也順便對她好，
連房子都分他們一家三口住，就連老寡婦失而復得的兒子都對她……

文創風 392 **3**

說真的，楊立冬剛認識田慧這女人時，
他只有想翻白眼跟搖頭的分，要不就頻頻在內心嘆息……
天氣熱，她整個人懶洋洋躺在那兒，要她走動還會生氣；
說什麼都有她的理，直率得不像話，覺得她傻氣偏偏有時又很靈光，
倒是做起生意點子多，教起兒子很有她的理，連別人家的兒子也疼愛有加，
天下有女人像她那樣的嗎？他真真沒見過。
唉，男人一旦對個女人好奇起來，事情就沒那麼簡單了，
自願當起她兩個兒子外加一個乾兒子的接送車夫，
時不時就買好吃的討好三個孩子，人家可還沒叫他一聲爹呢！
那天，還趁她酒後亂性，誆騙她要對他負責，想方設法讓她只能嫁給他……

文創風 393 **4** 完

她棄婦的日子過得好好，本來沒打算再嫁的，
偏遇到了皮厚的冤家，對她吃乾抹淨還誆她要對他負責，
看在他對自家兩個兒子這麼照顧的分上，心想就跟他湊合著過看看吧……
沒想到，他對自己真是好得沒話說，
這一生，她沒奢想過能二嫁個皇上器重的將軍，
親兒子、乾兒子全考中、還連中三元，連開的餐館都賺得荷包滿滿，
現在的她什麼都不求，只求能度過命中這關卡，能跟他長長久久……

2016年1月出版

今宵美人嬌

文創風 370～371

純情少年的真心告白：
喂，本人可是第一次主動討好人唷，還不快來領情！
懷春少女的驚人告解：
爹，娘，請原諒女兒，今晚女兒墮落啦～～

若遇情竇雙開綻　最是人生好時節／糖豆

雖說爹娘本是冀望人如其名才喚她湯圓，但她未免太不負厚望了吧，
不僅吃得身材圓滾滾，亦被寵得性子軟趴趴，任人搓圓捏扁，
結果便是慘遭下人嘲笑，還被夫君利用，就連懸樑用的繩子也欺負她胖！
生生從中斷裂，害她自盡都落人笑柄，不得已只好改為割脈了卻一生……
豈料醒來竟重回十歲，雖未釐清狀況，可至少她知道，要拚死減肥，還有——
往後取名絕對得三思！瞧，這世她遇上個叫「元宵」的神秘少年，
按理兩人該是同類呀，可字詞不同他便與她天差地遠，
先別提那張精緻的相貌有多讓人自卑，光論他囂張及毒舌的程度她就望塵莫及。
這人初見面旋即數落她胖，她聽了不爽理他，他竟小肚雞腸地展開報復，
害她在王府聚會上出醜，成了舌戰箭靶，最後甚至遭人推落水池——
好啦這純屬意外與他無關，不過見她如此狼狽也算稱了他的心，
那……為何他會挺身替她出氣，還第一時間下水救她？
如今又趁夜偷偷闖入她房內，笨手笨腳地替她搽藥到底是怎麼回事？
而這不但不尖叫、不抵抗，反倒還有點開心的自己又是怎麼回事?!

2016年1月出版

藥香賢妻

文創風 365～369

易得無價寶，難得有情郎。
榮華富貴她可以不靠男人、自己掙得，
幸福姻緣卻是可遇不可求的，
何況她要的還是在古代女人想都不敢想的「唯一」，
而他，竟願意……

情有靈犀・愛最無價／靈溪

她是現代女軍醫，莫名穿越到大齊王朝一個小吏家中。
生不出兒子的娘備受爹爹冷落，從此小妾當道，親娘纏綿病榻，
她薛無憂是個嫡女，卻淪落成被人嫌棄的賠錢貨。
親娘軟弱，祖母刻薄，爹爹不喜，二娘厭惡，庶妹狠毒，
她更是被認為是一個和傻子差不多的呆子。
被認為呆子也沒什麼不好，正好讓她韜光養晦，把前世的醫術提升精進。
扮男裝溜出去行醫之後，意外地廣結善緣，
之後開藥廠，買農莊，置田舍，鬥二娘，懲庶妹，結權貴……
從此娘親重獲寵愛，祖母、爹爹視她若寶，相府公子、威武大將軍紛紛示愛……
從無人聞問到桃花大開，她要選哪一個啊？她真是頭疼死了……

文創風 393

二嫁得好 4 完

國家圖書館出版品預行編目資料

二嫁得好 / 小餅乾著. --
初版. -- 臺北市 : 狗屋, 2016.03
冊 ; 公分. --（文創風）
ISBN 978-986-328-570-0（第4冊 : 平裝）. --

857.7 105000275

著作者 小餅乾
編輯 王佳薇
校對 蔡佾岑 許雯婷
發行所 狗屋出版社有限公司
地址 台北市104中山區龍江路71巷15號1樓
電話 02-2776-5889～0
發行字號 局版台業字845號
法律顧問 蕭雄淋律師
總經銷 知遠文化事業有限公司
電話 02-2664-8800
初版 2016年3月
國際書碼 ISBN-13 978-986-328-570-0
原著書名 《寡妇难贤》

定價250元
狗屋劃撥帳號：19001626
網址：love.doghouse.com.tw E-mail：love@doghouse.com.tw